Linda van Rijn

Zandvoort aan Zee

Thriller

uitgeverij marmer

Hoofdstuk 1

'Ik zie de zee al!' Op de achterbank stuiterde Lize Jacobs van opwinding zowat heen en weer. Met haar handje tegen het raam keek ze met open mond naar buiten. 'Kijk, golven!'

Mandy Houtstra draaide zich om en keek grinnikend naar haar stiefdochter. Ze waren alleen al in dit zomerseizoen vijf keer op het strand geweest en vorig jaar hadden ze zelfs een week in een huisje in Noordwijk gezeten. Maar toch was het elke keer weer alsof Lize de zee voor het eerst zag. Mooi was dat, vond Mandy. De eigenschap van kinderen om nooit hun enthousiasme te verliezen.

'Staat het huis op het strand?' vroeg Lize. 'Kan ik vanuit mijn kamer de zee zien?'

'Dat weet ik niet', lachte Mandy. 'Maar het huis staat in elk geval heel dicht bij het strand. We kunnen er lopend naartoe.'

In gedachten zag Mandy de foto's voor zich op de website die haar moeder had doorgestuurd. Toen ze de link had gekregen was het nog winter geweest, zo'n grijze, grauwe dag waarop het gewoon niet licht wilde worden. En haar humeur niet wilde opknappen. De fijne zomerse plaatjes van een grote villa, dicht bij het strand en op loopafstand van de boulevard en dan ook nog eens voorzien van een eigen sauna en bubbelbad, waren genoeg geweest om weer vrolijk te worden.

Geboekt voor juni!, had haar moeder erbij gezet. *Komen jullie ook?*

Mandy en Robin hadden die uitnodiging maar al te graag aangenomen. Haar moeder en stiefvader wilden eigenlijk hun twaalfenhalfjarig huwelijk vieren door met hun dierbaren een week door te brengen op de plek waar ze elkaar het jawoord hadden gegeven. Maar omdat ze in de zomer waren getrouwd, zou dat betekenen dat ze midden in de winter een week in een koud en misschien wel regenachtig Zandvoort zouden zitten.

'We vieren ons dertienjarig huwelijk', had Elly van Nieuwbeek, Mandy's moeder, daarom grappend gezegd toen ze de uitnodiging deed.

Ze hadden geluk met het weer. De hele week zou het rond de vijfentwintig graden zijn, met een kleine uitschieter naar boven op woensdag, de trouwdag van haar moeder en stiefvader. Grote plannen voor de komende week waren er niet, behalve naar het strand gaan en heel lekker eten. Willem, Mandy's stiefvader, had speciaal zijn barbecue in de auto geladen, omdat hij van mening was dat hij daarop veel lekkerder eten kon bereiden dan op de barbecue die gewoon bij het huis hoorde. Mandy begreep daar niets van, maar Robin had instemmend geknikt toen hij het hoorde, dus blijkbaar was het een mannending. Net als barbecueën in het algemeen – althans, naar Mandy's mening.

'We hadden beter via het dorp kunnen rijden', zei Robin, die achter het stuur zat en nu met enige wanhoop in zijn blik naar het traag voortkruipende verkeer op de boulevard keek. Ook al was het een vrijdagmiddag buiten de schoolvakantie – Robin had met succes zijn charmes in de strijd gegooid bij de directrice van Lizes basisschool –, toch wekte de boulevard de indruk dat het halve land vrij was. Het was twee uur 's middags, waarschijnlijk ook het hoogtepunt van de drukte.

'Heerlijk dit', zei Mandy. Dat ze er met de auto bijna niet door kwamen, kon haar niet deren. Ze hadden geen haast. Een heerlijke week van zon, zee en strand lag voor hen en ze vond het ook fijn dat ze haar moeder, stiefvader en zus weer eens uitgebreid kon spreken. Dat kwam er op een of andere manier nooit echt van. Iedereen was altijd maar druk, zijzelf ook sinds ze het verzekeringskantoor waar ze al jaren werkte, afgelopen jaar had kunnen overnemen. Een grote stap, maar wel eentje waar ze goed over had nagedacht en waar ze geen spijt van had gehad, ook al was haar hoeveelheid vrije tijd zo ongeveer gereduceerd tot nul. Gelukkig had ze na lang zoeken vorige maand eindelijk een nieuwe medewerker gevonden die ze haar rechterhand kon noemen. Komende week zou Irene de boel draaiende houden en alleen bij heel grote nood zou ze Mandy bellen, had ze gezegd. 'Ik vind het echt niet erg hoor', had Mandy haar nog op het hart gedrukt, maar eigenlijk was ze maar wat blij dat Irene had gezien dat ze heel erg aan vakantie toe was.

'Er is echt geen plek meer te vinden', zei Robin. 'Moet je zien, ze staan hier zelfs half op de stoep geparkeerd.'

Mandy knikte. 'Gelukkig horen er vijf parkeerplekken bij het huis, dat heb ik in de beschrijving gelezen.'

'Je ouders hebben wel uitgepakt.'

Mandy knikte. Ook al was Willem haar stiefvader, ze refereerde vaak aan hem en haar moeder als haar ouders. Haar eigen vader, Walter, was twintig jaar geleden overleden, waarmee hij een enorm gat in hun gezin had achtergelaten. Mandy was net zestien geweest en als vaderskindje had ze altijd eerst bij hem aangeklopt voor advies of om even haar verhaal kwijt te kunnen. Ze kon ook goed met haar moeder opschieten, maar haar vader had iets extra's gehad wat ze bij haar moeder miste. Een onzichtbare draad waarmee ze altijd verbonden leken te zijn, een wederzijds begrip dat ze nooit benoemden maar allebei voelden. Ze hadden niet eens genoeg aan een half woord, ze konden vaak helemaal zonder woorden.

Zijn dood was even plotseling als gruwelijk geweest en het had jaren geduurd voor ze normaal kon terugdenken aan die drie weken waarin haar hele leven op z'n kop was komen te staan. Haar vader ging naar de huisarts met een vreemde pijn in zijn zij. Twee dagen later had hij een diagnose gekregen: alvleesklierkanker. Nog eens drie dagen later kwam het doodvonnis. Uitzaaiingen op zo'n beetje elke denkbare plek, een behandeling was niet alleen zinloos maar zou waarschijnlijk de dood alleen maar versnellen.

Het was alsof met de diagnose de kanker ineens vrij spel had gekregen. Haar vader was bijna voor haar ogen afgetakeld, elke dag meer pijn, elke dag minder kunnen. 'Een paar maanden', had de arts gezegd. Het werden weken, gevolgd door een ongelooflijk mooi afscheid en een intens diepe, zwarte leegte waarin Mandy zich nooit helemaal begrepen had gevoeld omdat zij de enige was die zo'n band met hun vader had gehad. Judith, haar zus, was altijd meer op hun moeder gericht geweest.

'Het is nog maar twee kilometer', zei Robin, met een blik op het navigatiesysteem. 'Maar ik vrees dat het nog wel even duurt voor we er zijn.'

Mandy liet haar blik over de boulevard dwalen. Hordes mensen liepen in allerlei richtingen heen en weer, voor de viskraam stond een lange rij. Op het strand was het dringen geblazen, vrijwel elke vierkante meter zand leek te zijn ingenomen door bedjes, handdoeken en parasols in alle kleuren van de regenboog. Toch wist ze zeker dat een paar honderd meter de andere kant op nog ruimte genoeg zou zijn. Het was een vreemde eigenschap van mensen om altijd hutjemutje te gaan liggen. Vreemd, maar vermakelijk, en zo hoefde je natuurlijk niet ver te lopen voor een patatje of een ijsje.

'O kijk, er komt beweging in', zei Robin. 'Na de kruising kunnen we doorrijden.'

Mandy strekte haar nek. 'Je hebt gelijk', zei ze. 'De file loopt verder het dorp in, maar blijkbaar willen er maar weinig mensen rechtdoor.'

Het duurde een paar minuten voor ze de kruising hadden gepasseerd. De navigatie stuurde hen een smalle straat in, achter de huizen langs, om vervolgens weer uit te komen op een straat evenwijdig aan de zee. Hier werd de bebouwing minder dicht en de huizen groter, en een parkeerverbod aan beide zijden van de weg verklaarde waarom de dagjesmensen zich hier niet lieten zien.

Nog eens een kilometer verderop zette Robin de auto stil voor een mooie villa met een puntig hek, een brede voordeur en hoge ramen van waaruit het uitzicht op de duinen prachtig moest zijn. Nog voor Mandy haar moeder kon bellen, zette het hek zich al in beweging. Langzaam en statig schoof het open. 'Dit is echt mijn droomhuis', zuchtte Mandy bewonderend.

Ze parkeerden aan de zijkant van het huis en stapten uit. Lize sprong zowat uit de auto en rende meteen naar de deur, waar ze Mandy's moeder in de armen vloog. 'Oma!' riep ze uit, hyper van de vakantie en de lange rit. Mandy glimlachte. Ongeveer een halfjaar nadat Mandy en Robin een relatie hadden gekregen, was Lize haar moeder oma gaan noemen. Uit zichzelf, zonder dat iemand daarom had gevraagd, al wist Mandy dat haar moeder uit elkaar klapte van trots door haar eretitel. Een titel die ze helemaal verdiende, haar moeder was het soort oma waar elk kind van droomde. Altijd in voor iets leuks, niets was te gek en ze had verwennen tot een kunst verheven. Af en toe logeerde Lize bij haar en Willem, al was Eva, Robins ex en de moeder van Lize, daar fel op tegen. Ze had er zelfs een rechtszaak over gevoerd, die ze natuurlijk had verloren. Mandy kon er niets aan doen dat ze altijd meteen begon te zuchten als ze dacht aan Eva en haar rechtszaken. Ze was de tel ervan allang kwijtgeraakt, de inzet van de ene zaak nog futieler dan de andere. Doodvermoeiend, vooral voor Robin, die het getouwtrek om hun dochter spuugzat was.

'Kom gauw binnen', wenkte Elly vanuit de deuropening. 'Je weet niet wat je ziet, het huis is echt prachtig.'

Terwijl Robin de koffers uit de auto haalde, omhelsde Mandy eerst haar moeder en daarna haar stiefvader, die achter zijn vrouw in de deuropening was opgedoken. 'Welkom', zei hij, met zijn diepe stem. 'Leuk dat jullie er zijn.'

'Zet de koffers maar daar neer', zei Elly, wijzend naar een plek onder de trap. 'We verdelen de kamers straks wel. Eerst maar eens wat drinken.'

Mandy liep langs Willem naar binnen, de woonkamer in. Haar moeder had niets te veel gezegd. Het huis was prachtig, het uitzicht spectaculair. Recht voor de deur lag het strand, een stuk dat blijkbaar minder populair was en daardoor veel rustiger. De golven rolden in een kalm tempo het strand op, het zand leek te glanzen in de middagzon. Het beeld werd doorbroken door een bekende blauwe BMW die door de straat reed en vrij plotseling remde.

'Lize!' riep Mandy. 'Kom gauw, tante Judith is er!'

'Proost.' Elly hief haar glas en liet het tegen die van haar gezinsleden klinken. Mandy nam een slok uit het hare en hield het glas daarna omhoog. In het late zonlicht twinkelden de belletjes in de prosecco vrolijk omhoog.

'Lekker', zei ze genietend en nam een tweede slok. Daarna zette ze haar glas weg en strekte haar benen voor zich uit op de deckchair. Glimlachend keek ze naar Robin op de stoel naast haar. De geur van barbecue drong haar neus binnen.

'Papa!' Vanaf de schommel achter in de tuin klonk de vrolijke stem van Lize. 'Papa, duw me!'

Robin kwam overeind en liep naar zijn dochter, die prima zelf kon schommelen maar die altijd hoger en hoger wilde. Ze gilde het uit van plezier toen haar benen hoog door de lucht maaiden.

'Heerlijk, hè.' Judith nam Robins plek naast Mandy in. Ze had ook een glas prosecco in haar hand, waar ze een klein slokje uit nam. Daarna liet ze haar blik over de tuin dwalen, en over de grote villa. 'Wat een mooi huis.'

Mandy knikte en trok haar knieën omhoog, terwijl Judith werd afgeleid door haar telefoon. Mandy voelde zich fijn loom door de combinatie van de wijn en de lange strandwandeling die ze net met Robin en Lize had gemaakt. Onderweg hadden ze af en toe in de zee gezwommen, om daarna weer een stuk verder te lopen. Lize had krabbetjes gezocht met een schepnetje dat ze van Mandy's moeder had gekregen. Het was zo fijn geweest, zo... overzichtelijk. Dat was misschien het juiste woord. Overzichtelijker dan haar leven er de laatste tijd uit had gezien.

Het was ook gewoon veel tegelijk. De zaak waar ze zich meer dan fulltime mee bezighield, Robin die altijd maar druk was met zijn werk. Hij was weliswaar als accountmanager in loondienst bij een IT-bedrijf, maar dat betekende niet dat hij dagen van negen tot vijf maakte. Verre van dat, er waren weken geweest dat ze na een lange werkdag ook nog allebei elke avond achter hun laptop doorbrachten en alleen vlak voor ze naar bed gingen aan een gesprek met elkaar toekwamen. Niet de leukste weken en Mandy hoopte dat ook hier nu verandering in zou komen. Ook omdat ze merkte dat Robin amper nog aan zijn dochter toekwam, die om het weekend en elke woensdag bij hen was. Robin zei vaak dat hij Lize vaker wilde, de helft van de tijd. Maar in de praktijk lieten zijn werktijden dat helemaal niet toe. Onlangs had hij op zijn werk aangegeven dat hij graag een dag per week ouderschapsverlof wilde nemen en dat zou waarschijnlijk over een of twee maanden ingaan. Dan had hij weliswaar meer tijd voor Lize, maar het was nog maar de vraag of ze ook vaker hun kant op zou komen. Momenteel was Robin verwikkeld in de zoveelste rechtszaak met Eva over de aanpassing van het ouderschapsplan, waarin de omgangsregeling stond beschreven. Eva hield, zoals te verwachten viel, vast aan de oude regeling, waarin ze vond dat Robin op het gebied van tijd met hun dochter eigenlijk al te ruim werd bedeeld. Bovendien bleef ze maar redenen aanvoeren waarom Mandy in haar ogen zeer ongeschikt gezelschap was voor Lize. De argumenten daarvoor zouden lachwekkend zijn als ze niet zo pijnlijk waren. Hun huis – een ruim appartement in het centrum van Breda – zou te klein en totaal ongeschikt zijn voor een kind. Mandy zou gemeen, wreed en zelfs gewelddadig zijn – beschuldigingen die kant noch wal raakten, maar desondanks veel pijn deden. Mandy was juist stapelgek op Lize en na drie jaar hadden ze ook echt een goede band opgebouwd. Geen moeder-dochterband, want dat waren ze niet, meer als een tante en een nichtje: warm, liefdevol, maar tegelijkertijd met een zekere ruimte. Mandy voedde niet op, maar ze stond wel altijd voor Lize klaar. Ze ging vaak leuke dingen met haar doen, stopte haar 's avonds in, las haar voor, troostte haar als ze viel. Maar ze nam geen belangrijke beslissingen, dat was aan Robin en zijn ex. Vanaf het begin had ze heel bewust haar plek bepaald en bewaakt en Mandy wist dan ook heel zeker dat de rechter de onzinargumenten en aantijgingen aan haar adres van tafel zou vegen, maar leuk was anders. Boven alles kostte het veel tijd, energie en ook geld, want een advocaat was niet gratis.

Het ergste was nog dat Eva ergens bereikte wat ze wilde, want er waren momenten dat al het gedoe tussen Mandy en Robin in kwam te staan. Momenten waarop ze er allebei zo klaar mee waren dat ze hun frustraties op elkaar afreageerden. Dat waren onzinnige ruzies, die energie vraten en niets oplosten, maar toch was zowel Mandy als Robin soms niet in staat om het getwist te voorkomen. Gelukkig waren ze allebei volwassen genoeg om achteraf hun excuses aan te bieden en in te zien wat ze zelf anders hadden kunnen doen. Het kwam gewoon door die negatieve energie. Die ging onder je huid zitten.

Soms wenste Mandy dat ze Robin een jaar later was tegengekomen, en niet slechts een paar weken nadat hij apart van Eva was gaan wonen. Maar vanaf het moment dat ze hem had ontmoet op een feestje van een wederzijdse vriend, was er geen houden meer aan geweest. Op het feest kletsten ze uren en bij het afscheid wisselden ze telefoonnummers uit. Nog voor Mandy een uur later haar hoofd op haar kussen had gelegd, had ze Robin al aan de lijn gehad. Het was alsof ze elkaar al jaren kenden. Ze raakten gewoon niet uitgepraat, en dat was eigenlijk nog steeds zo. Er waren zoveel onderwerpen waarover ze hetzelfde dachten, en minstens zoveel waarover ze konden discussiëren.

Twee dagen na het feest was Mandy opnieuw naar Breda gereisd, deze keer niet voor een bezoek aan hun gezamenlijke vriend, maar voor Robin. Ze hadden gegeten in een cafeetje en daarna was ze als vanzelf met Robin mee naar huis gegaan. Het ging allemaal zo makkelijk, zo natuurlijk. Twee weken later had ze haar eigen tandenborstel in de badkamer van het kleine appartement dat hij tijdelijk onderhuurde, omdat hij na de scheiding een plek nodig had gehad om te wonen. Na de tandenborstel was een aanzienlijk deel van Mandy's kleding naar het appartement verhuisd en zes maanden na hun eerste ontmoeting sliep zij ongeveer permanent bij hem. Alleen de dagen dat Lize er was, bracht ze toen nog in haar eigen huis in Utrecht door. Ze begreep Robins huivering om haar voor te stellen aan zijn toen vierjarige dochter en had dat nooit als een motie van wantrouwen gezien. Hij wilde absoluut zeker zijn van hun relatie en hij wilde bovendien dat Eva en hij in rustiger vaarwater waren voor hij Mandy zou introduceren.

Want, zo redeneerde hij, als hij Lize aan Mandy voorstelde, zou zijn ex binnen een mum van tijd van de nieuwe relatie weten. En dat zou ze, op z'n zachtst gezegd, niet licht opnemen.

Achteraf gezien was dat naïef gedacht. Niet Lize maar de tamtam had Eva allang op de hoogte gesteld van Mandy's bestaan. De nieuwe relatie van haar ex was natuurlijk koren op Eva's molen geweest en al snel had ze iedereen die ze kende – ook gezamenlijke vrienden van haar en Robin – verteld dat Robin al voor de scheiding een relatie met Mandy had gehad. Niets van waar, maar een verhaal dat eenmaal was verteld, was maar moeilijk uit te wissen, zeker als het landde in welwillende oren. Eva vertelde ook aan iedereen dat de zogenaamde affaire de reden van de breuk was. In het begin had Robin nog moeite gedaan om dat te weerleggen en om duidelijk te maken dat het allemaal een stuk gecompliceerder lag. Dat hij en Eva altijd al verschillend waren geweest, en dat hun verschillen lange tijd hun kracht waren geweest. Dat ze elkaar aanvulden en van elkaar leerden. Maar op een bepaald moment was er iets veranderd. Misschien kwam het door de geboorte van Lize, misschien doordat Eva zichzelf ineens spiritueel was gaan ontwikkelen en Robin daarin niet mee kon of wilde gaan. Of misschien was het gewoon zo dat mensen die zo verschillend waren, uiteindelijk struikelden. In elk geval, zo had Robin aan Mandy verteld, hadden hij en Eva op een zeker moment alleen nog maar ruziegemaakt en uiteindelijk had Robin de knoop doorgehakt en had hij uitgesproken dat hij wilde scheiden. Vanaf dat moment communiceerden hij en Eva alleen nog maar via hun advocaten.

Lange tijd had Mandy gedachten gehad als: straks, als dit allemaal achter de rug is, dan... Maar inmiddels had ze zich gerealiseerd dat er geen straks was. En dat dit allemaal niet achter de rug zou zijn. Een scheiding als je een kind had, was geen einde. Het was het begin van een nieuwe situatie waarin je nog steeds tientallen grote en kleine beslissingen moest nemen, waarin je elkaar op wat voor manier dan ook moest zien te vinden. Ze hoopte dat dat op een dag als vanzelf zou gaan. Ze wist dat die dag nog niet was aangebroken. Daar zou niet alleen veel tijd, maar ook de nodige wrokkige ruzies en leugens overheen gaan. Maar wie weet, hield ze zich vaak voor. Wie weet zouden Eva en Robin op een dag eindelijk in staat zijn de strijdbijl te begraven. Wie weet zou Eva ook een nieuwe liefde vinden. Wie weet konden ze op een manier met elkaar omgaan die misschien geen vriendschap was, maar in elk geval vriendschappelijk.

'Willen de dames misschien nog een slokje erbij?'

De stem van Willem haalde Mandy uit haar gedachten. Blijkbaar zag ze er nogal geschrokken uit, want haar stiefvader schoot in de lach. 'Slecht geweten?'

Mandy lachte ook, al was het wat schaapachtig. 'Zoiets, ja.'

Ze hield haar glas naar hem op en Willem vulde het bij tot de rand. 'Ho maar', grinnikte Mandy. 'Anders haal ik het avondeten niet.'

Ze keek hem na toen hij wegliep om ook het glas van

haar moeder te gaan bijvullen. 'Hij doet wel zijn best', zei Judith naast haar.

Mandy draaide haar hoofd naar haar zus. 'Hoe bedoel je?'

'Dat hij zijn best doet. Willem.'

'Ja?' Mandy fronste. 'Met ons, bedoel je?'

Judith knikte. Mandy dacht even na. 'Dat is toch al best wel lang zo?'

Judith gaf geen antwoord. Mandy keek naar haar zus. Ze wist wel waar Judith op doelde, maar het leek zinloos om dat allemaal weer aan te halen. Hun moeder was inmiddels dertien jaar met Willem getrouwd, en de eerste jaren waarin de band tussen hem en Mandy en Judith wat moeizaam was geweest, lagen echt al een hele tijd achter hen. Achteraf zag Mandy in dat wederzijds onbegrip de boventoon had gevoerd. Willem had zelf geen kinderen en al waren Judith en Mandy op dat moment al begin twintig geweest, toch had Mandy het gevoel gehad dat er een soort concurrentiestrijd tussen hen was geweest. De inzet: Elly's aandacht. Willem had moeite te begrijpen dat voor Elly haar kinderen op één kwamen, iets wat hij misschien beter had kunnen aanvoelen als hij zelf vader was geweest. Andersom hadden Mandy en Judith hem met argusogen bekeken. Dat was achteraf gezien natuurlijk bespottelijk, maar als ze eerlijk was, moest Mandy toegeven dat ze de introductie van een nieuwe man in het leven van haar moeder best ingewikkeld had gevonden. Er was de vreemde tegenstelling tussen haar moeder het geluk gunnen aan de ene kant, en het niet willen doorbreken van hun drie-eenheid aan de andere kant. Na de dood van haar vader hadden ze met z'n drieën een sterk verbond gevormd, en dat was gebleven toen Mandy en Judith het huis uit gingen. Nu Willem er was, was de band weliswaar niet veranderd, maar het verbond wel. Er waren andere belangen om rekening mee te houden – zijn belangen – en er was niet langer de vanzelfsprekendheid dat ze altijd thuis konden binnenvallen. Niet dat Elly dat had uitgesproken, het was meer een gevoelskwestie geweest. Regelmatig was Mandy thuisgekomen om daar een nogal knorrige Willem – inmiddels ingetrokken bij haar moeder – te treffen, die andere plannen had met zijn zaterdag dan het ontvangen van zijn stiefdochter. En vaak genoeg als Mandy haar moeder belde om bijvoorbeeld even samen wat te gaan drinken in de stad, was het antwoord dat Willem eigenlijk iets anders wilde gaan doen. Hij was ook niet uitgenodigd, wilde Mandy dan kinderachtig zeggen. Maar ze wilde haar moeder geen loyaliteitsconflict bezorgen.

Het had een jaar geduurd voor de spanning wat wegebde en nog eens een of twee jaar voor die helemaal verdwenen was. Althans, in Mandy's beleving. Ze wist dat Judith langer moeite had gehad met Willems aanwezigheid, iets wat Mandy niet altijd even eerlijk vond, want Judith had hun stiefvader ook niet echt een kans gegeven. 'Het is een gevoel', had haar zus met regelmaat gezegd. 'Ik kan het niet uitleggen.'

Maar uiteindelijk waren ook bij Judith de belangrijkste reserves verdwenen. Zowel Judith als Mandy stond achter het huwelijk van hun moeder. Het was, zo had Elly ze toevertrouwd, eigenlijk vooral een formaliteit. Een manier om te voorkomen dat ze talloze papieren moesten invullen om ook voor officiële instanties bij elkaar te horen. We moeten ook aan de toekomst denken, had Elly gezegd.

Het was een mooie ceremonie geweest, gevolgd door een fijn feestje voor de kleine groep mensen die Elly en Willem als hun dierbaren beschouwden. Mandy vond het fijn dat tijdens de ceremonie ook aandacht was besteed aan hun vader: zo voelde het alsof de cirkel op een of andere manier rond werd gemaakt. En dat haar negentigjarige oma – de moeder van haar vader – tijdens de huwelijksvoltrekking op de eerste rij had gezeten, bezorgde haar nog steeds een warm gevoel. Dat haar grootmoeder twee jaar geleden was overleden, stemde haar, ondanks oma's hoge leeftijd, nog altijd verdrietig.

Mandy's aandacht werd getrokken door de schaterlach van Lize, die de schommel inmiddels had verlaten en nu met Robin en Willem een partijtje voetbal speelde. Willem deed alsof hij niet kon trappen en schoot de bal voortdurend finaal de verkeerde kant op, tot hilariteit van Lize.

Mandy keek naar Judith, die haar blik ook op het tafereel had gericht. Ze deed haar mond open om iets te zeggen, maar sloot hem toen weer. De laatste tijd had ze Judith niet veel gesproken. Sinds ze haar woonplaats Utrecht had verruild voor Breda, waar Robin moest blijven wonen vanwege Lize, had ze veel minder tijd om af en toe even bij Judith in Amsterdam langs te gaan. Of misschien nam ze minder tijd, nu ze zo vaak door haar werk werd opgeslokt.

Judith verging het niet veel anders, haar werk als officier van justitie liet zich vaak ook maar moeilijk tussen negen en vijf persen.

Haar zus draaide haar hoofd en even ontmoetten hun blikken elkaar. Mandy glimlachte, Judith deed hetzelfde. Mandy hief even haar glas en nam een slok. Judiths aandacht was afgeleid. Mandy sloot haar ogen. Deze week zou in het teken staan van ontspannen, en eindelijk weer tijd hebben voor haar familie. Ze voelde genietend hoe de late zonnestralen de huid van haar gezicht beroerden. In de verte hoorde ze het ruisen van de golven. De vakantie kon niet beter beginnen.

Hoofdstuk 2

'Kom mee, jongens, anders is er straks geen millimeter zand meer vrij!' Bij de achterdeur van de villa keek Elly ongeduldig toe hoe strandtassen werden gepakt, flessen water werden gevuld en niemand echt haast leek te maken. Mandy rende nog snel naar boven voor een extra strandlaken en propte toch nog maar een extra flesje water in haar tas. 'Hebben we de zonnebrand?' vroeg ze aan Robin, die zijn schouders ophaalde.

'Ja, die heb ik gezien!' riep Lize. 'Onder in de tas!'

'Oké, laten we gaan dan.' Mandy liep naar buiten, zette de laatste tas in de bolderkar en pakte de trekstang. 'Wil je erin zitten?' vroeg ze aan Lize, hoewel de kar uitpuilde met strandstoelen, speelgoed, handdoeken en twee koelboxen.

Haar stiefdochter knikte en Mandy schoof wat spullen

aan de kant om ruimte te maken. 'Je moet wel een koelbox op schoot houden', lachte ze en Lize pakte het ding zonder protest aan.

'Kom mee!' riep Elly opnieuw en met z'n allen liepen ze het hek uit. Mandy keek grinnikend toe hoe haar stiefvader schuilging onder een enorme opblaaseenhoorn.

'Staat je goed, Willem!' riep ook Judith en grijnzend omhelsde hun stiefvader het dier nog eens extra.

'Mag ik hem straks alsjeblieft van je lenen?' vroeg hij aan Lize. 'Ik wil er zo graag op varen in de zee.'

'Ja, opa!' riep Lize gierend van de lach uit. 'Mag ik dan achterop?'

'Jij mag de kapitein zijn. Als we even doorvaren, halen we vanmiddag een ijsje in Engeland.'

'Is dat ver?' vroeg Lize bloedserieus en Willem grinnikte. 'Laten we dat maar niet doen, meisje. Dan zijn we niet voor het donker thuis.'

Mandy keek naar haar stiefdochter. Lizes ogen twinkelden door het vooruitzicht van de dag die voor hen lag en de grapjes van haar opa. Zoals wel vaker als ze die twee samen zag, viel het haar op dat ze een mooie klik hadden. Precies zoals andere opa's met hun kleindochters, maar dan op geen enkele manier verbonden door een bloedband. Dat bloed en liefde twee verschillende dingen waren, wist ze zelf inmiddels maar al te goed. Ze hield van Lize zoals van een eigen kind, al had ze wat dat betreft geen vergelijkingsmateriaal.

Het was een onderwerp waarover Robin en zij het de laatste tijd steeds vaker hadden. Eerst, toen al dat gedoe met Eva op z'n heftigst was geweest, was het geen onderwerp van gesprek geweest. Het was van belang geweest om eerst in rustiger vaarwater te komen en alles rondom Lize goed te regelen. Een baby van Robin en Mandy samen zou dat vaarwater alleen maar opstuwen tot een tsunami. Inmiddels was de band nog steeds niet goed, maar was het ouderschapsplan in elk geval door zowel Robin als Eva als de rechter goedgekeurd. Dat betekende niet dat alles van een leien dakje ging, maar wel dat er in elk geval een basis was voor een goede regeling. Mandy had liever gezien dat de band tussen hen en Lizes moeder ook beter zou zijn voor ze aan eventuele gezinsuitbreiding zouden gaan denken, maar ze begon meer en meer in te zien dat dat een utopie was die ze hoogstwaarschijnlijk nooit zouden bereiken. Ze was nu halverwege de dertig en had voldoende tijd, maar nog jarenlang wachten zou geen goed idee zijn. Eerlijk gezegd was Mandy van het hele onderwerp eerst wat zenuwachtig geworden. Robin had al snel gezegd dat hij zeker nog een kind met haar wilde, als ze daarvoor openstond. Natuurlijk, had Mandy geroepen. Op termijn. De gedachte had haar vervuld met een vreemd soort opwinding, maar ook met angst. Die angst was er nog steeds, maar de opwinding begon langzaam om te slaan in iets anders. Ze kon het niet goed omschrijven. Een oergevoel. Wat ze voor Lize voelde wilde ze heel graag nog een keer ervaren, maar dan vanaf het begin. Bovendien zou een baby een prachtige verbinding zijn tussen haar, Robin en Lize. Een heleboel liefde die de lijm van hun gezin kon versterken.

Mandy keek nadenkend naar Robin, die een paar meter voor haar liep. Nog altijd kon ze zomaar ineens een moment van verliefdheid voelen. Het zou geweldig zijn om hem te zien als vader van hun eigen baby. Ze glimlachte even. De afgelopen weken hadden ze niet zoveel over het onderwerp gesproken. Misschien was deze vakantie wel een mooi moment om het er weer eens in alle rust over te hebben. De knoop door te hakken, misschien wel.

'Daar is een mooie plek!' riep haar moeder, toen ze het strand op liepen. 'Als het dan straks vloed wordt, zitten we er ook nog droog.'

Zo was haar moeder, die dacht aan dat soort dingen. Mandy zette de bolderkar neer en hielp Lize met uitstappen. Het meisje holde meteen met Willem naar zee om de eenhoorn te water te laten. Terwijl haar moeder maar bleef redderen met de koelboxen, parasols en literflessen water, spreidde Mandy haar handdoek uit en ging naast haar zus liggen. Haar oog viel op een rechthoekige bobbel onder Judiths badpak, ter hoogte van haar buik.

'Bevalt het?' vroeg Mandy, met een knikje in die richting. Judith was suikerpatiënt en had sinds een paar maanden een insulinepomp die ze altijd bij zich droeg en die via een naaldje insuline afgaf. Daardoor hoefde ze niet meer dagelijks zelf insuline te spuiten.

'Ja, ik ben er heel blij mee.' Judith legde even haar hand op haar buik. 'Het was even een gedoe om hem goed in te stellen, maar nu doet hij precies wat hij moet doen. Alleen als ik ga eten moet ik op de pomp instellen hoeveel extra insuline ik nodig heb. Ik vind het vooral heel fijn dat ik niet voortdurend hoef te spuiten en ook niet altijd zoveel spullen mee hoef te nemen.'

'Spuit je helemaal niet meer?'

'In principe niet, maar voor de zekerheid heb ik nu wel een spuit in mijn koffer gestopt. Als ik een paar dagen wegga, vind ik het een fijn idee dat ik niet in de problemen kom als de pomp kapotgaat.'

Mandy dacht terug aan vijf jaar geleden, toen ontdekt werd dat Judith diabetes had. Haar zus was in die periode regelmatig in het ziekenhuis opgenomen en ze had er ook slecht uitgezien. Inmiddels merkte je helemaal niets meer aan Judith, al was het voor diabetespatiënten belangrijk om altijd waakzaam te zijn.

'Mag je ermee zwemmen?'

Judith schudde haar hoofd. 'En in de volle zon liggen is ook geen goed idee, daarom blijf ik in de schaduw. Ik kan hem wel loskoppelen als ik ga zwemmen, maar eerlijk gezegd...' Ze strekte zich uit op haar handdoek en grijnsde. 'Eerlijk gezegd vind ik het wel prima. We zouden dit echt vaker moeten doen, gewoon even naar het strand. Al is het maar een dag of een middag.'

Mandy knikte. 'Zeker vanuit Amsterdam ben je er zo.'

'Toch doe ik het nooit. Het voelt als spijbelen.'

'Dat deed je vroeger al nooit', zei Mandy grinnikend, denkend aan hoe haar oudere zus echt de braafste leerling van de school was geweest, in tegenstelling tot haarzelf. 'Dat was meer mijn ding.'

Judith glimlachte. 'Ik denk vaak: als je single bent, werk je maar door. Ik heb voor mezelf het idee dat ik sneller een dag of een middag iets leuks zou gaan doen als ik niet alleen zou zijn.'

'Je kan toch een vriendin bellen. Of mij.'

'Ja.' Judith haalde diep adem. 'Maar iedereen is druk. De meeste mensen kunnen niet zomaar een middag vrij nemen. Ikzelf trouwens ook niet.' Ze lachte, hoewel ze niets grappigs had gezegd. 'Ik moet ook niet zo klagen. Op dit moment neemt mijn werk gewoon mijn hele leven in beslag. Ik heb niet eens tijd voor een man.' Judith trok een gezicht. 'Al heb ik ook geen idee waar ik er een zou moeten vinden.'

'Dat komt echt wel goed', zei Mandy. Ze wist eigenlijk niet goed hoe ze moest reageren. Haar zus had het maar zelden over haar leven als single, het leek een onderwerp te zijn dat ze doorgaans liever uit de weg ging. Toch had ze het de vorige keer ook al aangesneden.

Judith haalde een fles zonnebrand uit haar tas en begon haar armen in te smeren. 'Zou je denken?' vroeg ze, als antwoord op Mandy's opmerking.

Mandy knipperde een paar keer achter haar zonnebril. 'Ik zou niet weten waarom niet.'

Een tijdje was het stil tussen hen, toen borg Judith de zonnebrand op en leunde achterover in haar stoel. 'De laatste tijd denk ik steeds vaker dat ik blijkbaar erg moeilijk ben om mee samen te leven. Mijn twee vorige relaties gingen na een halfjaar uit.'

Mandy staarde voor zich uit. Een strandbal die door de wind was opgepikt, landde een eind verderop in zee. Twee tieners zwommen er gillend van de lach naartoe. Dichterbij reed een jeep van de reddingsbrigade voorbij. 'Die mannen waren jou niet waard', zei ze tegen Judith. 'Ze konden er niet tegen om hun leven te delen met een sterke vrouw.'

Haar zus haalde kort haar schouders op. 'Misschien.'

Mandy nam een slok uit haar waterflesje. Judiths laatste relatie was meer dan twee jaar geleden uitgegaan, die ervoor een aantal jaar eerder. Het klopte dat haar zus, nadat ze vanaf haar achtentwintigste vier jaar had samengewoond, maar weinig geluk kende in de liefde. Maar Mandy had zich ook verbaasd over haar keuze. Joachim, haar vorige vriend, was een vrijbuiter die leek te beschikken over een nooit aflatende stroom aan cashgeld, zonder duidelijke herkomst. Net wat voor Judith, die haar zaken juist goed op orde had, zowel financieel als in de rest van haar leven. Misschien had dat vrije haar juist in hem aangetrokken. Leven met de dag en waar de wind je brengt – zo anders dan zijzelf gewend was. Toch had het niet gewerkt. Na een halfjaar had Joachim besloten zich in Portugal te vestigen, zonder dat hij een duidelijk doel voor ogen had. Hij had niet gevraagd of Judith meeging.

Koen, de man met wie Judith voor Joachim een relatie had gehad, was een ander type geweest. Helemaal niet zo vrij, eerder in de ban van zijn stramien. Alles moest volgens plan gaan, zijn eigen plan bij voorkeur. Van het tijdstip waarop hij opstond tot de manier waarop hij zijn werk deed (hij was accountant, wat Mandy altijd een zeer goed passend beroep had gevonden) en de invulling van hun vrije tijd – hij vond het maar niets als hij voor verrassingen kwam te staan. Als je de psycholoog wilde uithangen, zou je Joachim kunnen zien als Judiths tegenreactie op Koen, maar zo ver wilde Mandy helemaal niet gaan.

Met regelmaat had Judith haar zus getrakteerd op de geestigste anekdotes over Koens milde neuroses, maar ze was dol op hem geweest en zag hen samen hun leven delen. Tot Koen kinderen wilde en Judith daarover twijfelde, en hij dat zag als een motie van wantrouwen. Wat het niet was, want Judith twijfelde over kinderen in het algemeen, niet zozeer over Koen als vader. Dat kreeg ze hem echter niet uitgelegd en hij verbrak de relatie. Misschien maar goed ook, had Mandy weleens gedacht, al was Judith echt verdrietig geweest. Een kinderwens liet zich echter niet dwingen en Judith had er geen. Iets wat je nu waarschijnlijk als een zegen kon beschouwen, aangezien ze dit jaar veertig werd.

'Ben je echt op zoek?' vroeg Mandy, na een lange stilte.

Judith trok met haar mond. 'Ik heb voor het eerst zo'n dating-app gedownload, misschien zegt dat wel iets.'

'Echt?' Mandy draaide zich op haar zij. 'En, heb je al leuke mannen ontmoet?'

Judith glimlachte. 'Eerlijk gezegd weet ik het eigenlijk niet. Ik chat wel regelmatig, maar ik heb moeite om in te schatten hoe serieus ik dat moet nemen. Dan wil ik bijna voorstellen om af te spreken, en reageert zo'n man helemaal niet meer. Of andersom: na drie zinnen stelt iemand al een date voor. Dat lijkt me nogal snel.'

Mandy grinnikte. 'Wat ik heb begrepen van vriendinnen, is dat dating-apps een wereld op zichzelf zijn. Maar met wat ervaring leer je die wereld vanzelf kennen.'

Judith humde wat, deed haar mond toen open, maar sloot hem weer. Na een paar seconden keek ze Mandy aan. 'Oké, er is wel iemand... Sst.' Dat laatste voegde ze snel toe, toen ze zag dat Mandy haar mond opendeed. 'Ik wil niet dat mama dit hoort. Ik weet helemaal niet waar het naartoe zal gaan.'

'Wie is het dan?' vroeg Mandy nieuwsgierig. 'Is hij leuk?'

'Geen idee, ik heb hem nog niet ontmoet.' Judith grijnsde. 'Hij werkt als maatschappelijk werker in Amsterdam, hij is gescheiden en vader van een tweeling van elf jaar. Meer weet ik eigenlijk nog niet. Hij is heel geestig, dat wel. Via de chat heeft hij me aan het lachen gekregen.'

'Waarom spreek je niet met hem af?'

'Dat ga ik ook doen, volgende week. Hij wilde deze week afspreken, maar ik zei dat ik met mijn familie was en dat leek ons wat heftig voor een eerste date.'

Mandy grinnikte. 'Nou ja, wel meteen een vuurdoop.' Ze keek haar zus aan en werd weer serieus. 'Ik vind het echt leuk voor je. Wie weet is dit hem wel. Dat gun ik je echt.'

'Ja.' Judith knikte een paar keer. Toen haalde ze kort haar schouders op. 'We zien het wel.'

Gek eigenlijk, hoe je je relatie makkelijk voor lief nam. Toen ze nog single was geweest, had Mandy ook vaak verlangd naar iemand om haar leven mee te delen. Om 's avonds tegenaan te kruipen en de dag mee door te nemen. Een luisterend oor en fijn gezelschap. Nu stond ze er eigenlijk nooit bij stil wat een zegen het was dat ze zo iemand had gevonden.

Mandy keek naar haar vriend. Lize was uit het water gekomen en was nu aan het voetballen met haar vader. Mandy kneep haar ogen samen. Robin zag er goed uit in zijn blauw-wit gestreepte zwembroek. Hij werd later dit jaar veertig, maar van een veertigerslichaam was bepaald geen sprake.

'Een veertigerslichaam?' had haar vriendin Sita laatst grinnikend gevraagd, toen Mandy dat woord had gebruikt. 'Wat is dat nu weer?'

Mandy had op haar vingers opgesomd: 'Buikje, onderkin, net even te veel rughaar. Je weet wel wat ik bedoel.'

'Jakkes', had Sita gelachen. 'Je doet mannen van veertig tekort. De meeste die ik ken, zien er prima uit.'

'Mijn ex was in de veertig toen wij iets kregen. Hij had een veertigerslichaam.'

Nu het gesprek zich in haar hoofd opnieuw afspeelde, dacht Mandy vluchtig aan Pieter. Zij achtentwintig, hij eenenveertig. De relatie had waarschijnlijk nooit kans van slagen gehad. Toch had ze het anderhalf jaar geprobeerd. Dat ze uiteindelijk uit elkaar gingen, had niet met zijn lichaam te maken. Wel met zijn complete gebrek aan begrip voor haar.

Waarschijnlijk had Sita gelijk en deed ze mannen van veertig tekort. Maar als ze om zich heen keek, zag ze er genoeg met het lichaam dat ze bedoelde – al kende ze de leeftijden van die mannen niet. Robin hoorde er in elk geval niet bij. Dat hij sinds jaar en dag twee keer per week sportte, was goed te zien. Zijn buik was strak, zijn armen sterk. De donkerbruine pilotenzonnebril stond hem goed.

De laatste tijd had hij zijn haar wat langer laten groeien, waardoor het krulde in zijn nek.

Joelend liet Robin zich voorover in het zand vallen. Hij pakte de bal en wenkte zijn dochter. Lize was niet bang uitgevallen en volgde haar vader de zee in, ook al werd ze bijna omvergespoeld door een golf. Net achter de branding bleven ze staan om over te gooien met de bal.

Plotseling werd Mandy overvallen door de wil om onderdeel uit te maken van het tafereel. Haar plek in hun eigen gezinnetje in te nemen. Al stond ze er niet vaak bij stil wat een rijkdom ze had, nu – misschien kwam het door het gesprek met Judith – voelde ze het ineens heel sterk. 'Ik ga even zwemmen', zei ze tegen Judith en ze stond op van haar handdoek. Op een drafje liep ze de zee in. 'Ik doe mee!' riep ze en dook in een grote golf.

Haar huid trok, haar neus brandde en ondanks de douche die ze net had genomen, voelde Mandy zand op haar huid. Terwijl ze zich insmeerde met een dikke laag aftersun, glimlachte Mandy via de badkamerspiegel naar Robin. 'Wat een heerlijke dag.'

Haar vriend knikte. Hij was vandaag ook flink bruin geworden en zijn zwembroek tekende zich duidelijk af in de vorm van witte huid. Hij trok een korte broek en een T-shirt aan en keek op het scherm van zijn telefoon. 'Het is nog best vroeg. Zullen we een ijsje gaan halen?'

Mandy knikte. Nadat ze van het strand thuis waren gekomen, had Willem de barbecue aangestoken, maar na een lunch met kibbeling en een Magnum in de middag, had Mandy niet echt trek gehad in de overvloedige hoeveelheid vlees en groenten die hij had bereid. Het vooruitzicht van het zelfgemaakte aardbeienijs van de ijssalon in het dorp die ze vanmiddag hadden ontdekt, deed haar echter het water in de mond lopen. 'Ik denk dat Lize ook wel mee wil.'

'Ja!' klonk de stem van haar stiefdochter vanaf de andere kamer. Mandy grinnikte. Ze hoorde ook alles.

Mandy liep naar beneden. In de woonkamer trof ze Judith aan, ook al fris gedoucht. 'Wat ga je doen?' vroeg haar zus toen Mandy haar tas pakte.

'Een ijsje halen. Ga je mee?'

Judith aarzelde, maar schudde toen haar hoofd. 'Nee, ik ga zo even wandelen. Niets fijner dan een strandwandeling op een zomeravond.' Ze dacht even na en glimlachte. 'Of, nou ja, niets fijner dan een strandwandeling op wat voor moment dan ook.'

'Ah toe, tante Judith?' smeekte Lize. 'Ga je alsjeblieft mee ijs halen?'

'Volgende keer, lieverd', glimlachte Judith. 'We zitten hier nog lang genoeg.'

Lize verdween om haar sandalen te gaan aantrekken en Mandy keek haar zus onderzoekend aan. 'Gaat het wel?'

'Ja.' Judith fronste even. 'Prima hoor.'

'Je lijkt een beetje...' Mandy liet een stilte van een paar seconden vallen. Toen bedacht ze zich. Judith knapte er vast niet van op als Mandy nu zei dat ze er moe uitzag, hoewel het wel zo was.

'Een beetje wat?'

'Niks. Laat maar.'

Judith trok een gezicht. 'Ik ben gewoon moe. Het is een drukke tijd. Veel zaken die tegelijk lopen.'

Mandy knikte begrijpend. Ze kon zich niet herinneren dat Judith het ooit niet druk had. Zeker sinds ze een paar jaar geleden van hulpofficier was opgeklommen naar officier van justitie. 'Het is fijn dat je er even uit bent', zei ze. 'Hopelijk hoef je deze week niet te veel te werken.'

'Nee.' Judith glimlachte. 'Een paar mailtjes, maar verder kan ik mijn laptop gelukkig dicht laten. Even niet de hele tijd denken aan criminelen, ook weleens fijn.'

Mandy keek toe hoe haar zus een vestje aantrok, ook al was het niet koud, en daarna de voordeur uit stapte.

'Kom mee!' riep Lize. 'We gaan!'

Mandy liep naar de kamer om Robin te zoeken. 'Waar gaan jullie naartoe?' vroeg haar moeder.

'Naar de ijssalon. Zin om mee te gaan?'

Elly schudde haar hoofd en gebaarde naar de eettafel. 'Ik ga dit opruimen.'

'Zal ik even...'

'Nee, nee joh.' Haar moeder wapperde met haar handen. 'Willem helpt zo wel even, en daarna gaat hij naar de supermarkt. Hebben jullie nog iets nodig?'

Mandy schudde haar hoofd. 'Nee, niets. Tot straks.'

Bij de ijssalon was het opvallend rustig. Mandy bestelde eenhoornijs in zuurstokkleuren voor Lize en ijs met chocoladekoekjes voor zichzelf en voor Robin. Ze namen hun bestelling mee naar buiten, waar ze een muurtje met uitzicht op zee uitzochten.

'Wat was er met je zus?' vroeg Robin.

Mandy haalde haar schouders op. 'Die had geen zin om mee te gaan. Ze ging liever een strandwandeling maken.'

Robin blikte opzij. 'Gaat het wel goed met haar? Ze lijkt me zo...' Hij zocht een paar seconden naar het juiste woord, maar haalde uiteindelijk zijn schouders op. 'Nou ja, ik weet het ook eigenlijk niet.'

'Ik snap wat je bedoelt', zei Mandy. 'Volgens mij is ze een beetje overwerkt. Ze zei zelf dat het een drukke tijd is geweest.'

'Hm.' Robin knikte een paar keer. 'Misschien komt ze deze week wat tot rust.'

Mandy gaf geen antwoord. Het was eigenlijk een vreemde situatie dat Robin en Judith elkaar niet zo goed kenden. Zo nu en dan spraken ze met z'n drieën af om samen te eten, maar als dat eens in de twee of drie maanden gebeurde, was het veel. Drukke agenda's, en misschien ontbrak het ergens ook wel aan de wil. Vaker ging Mandy alleen met haar zus uit eten of naar de sauna.

'Ja', zei Mandy, als vertraagd antwoord op zijn opmerking. En daarna, toen ze in de verte de lucht zag veranderen: 'Moet je kijken. Zou dat die storm zijn?'

'Dat lijkt me niet', zei Robin. Hij haalde zijn telefoon tevoorschijn. 'Volgens Weeronline zou het pas vanavond laat gaan stormen. O, wacht.' Fronsend las hij iets op het scherm. 'Volgens het KNMI komt de storm sneller dichterbij dan verwacht. Er is zelfs code oranje afgegeven voor de kustgebieden.'

Mandy staarde naar de lucht boven zee, die in een verbazingwekkend tempo donkerder kleurde. De wind trok aan. Op de boulevard ontstond onrust. 'Laten we maar teruggaan', zei ze tegen Robin.

Net voor ze het hek van de villa bereikten, vielen de eerste regendruppels, dik en lauw. De wind zette nog een tandje bij. De lucht boven zee was nu bijna zwart en een grote bliksemschicht verschafte een spectaculaire aanblik. 'Ik hoop maar dat Judith al terug is', riep Mandy tegen Robin. 'Kom gauw!' Dat laatste was voor Lize bedoeld, die eerst niet kon kiezen tussen een lekkende druppel van haar ijsje weglikken en voortmaken om de regen te vermijden. Uiteindelijk koos ze voor het eerste, terwijl de regenbui in slechts een paar seconden tijd finaal losbarstte. Robin pakte zijn dochter op en rende met haar naar binnen.

'Wat een bui', zei Mandy in het halletje, terwijl ze de druppels van haar voorhoofd wiste. Ze rilde in haar zomerjurk, waarin ze het net nog warm had gehad en die nu als een natte lap tegen haar lichaam plakte.

Elly kwam het halletje in. 'Ah, daar zijn jullie gelukkig. Niet normaal hè, die regen.'

'Nou, zeker', knikte Mandy. 'Het barstte ineens los.'

'Dat is wel vaker met een zomerstorm. Het kan flink spoken na een benauwde dag als vandaag.' Elly keek langs Mandy naar buiten. 'Is Judith bij jullie?'

'Niet gezien. Die zal wel doorweekt zijn straks.'

'Ik bel haar wel even. Misschien kunnen we haar ergens oppikken.'

Mandy knikte en liep naar boven om een andere jurk

aan te trekken. Daarna hielp ze Lize uit haar natte kleren en in haar nachtjapon. Buiten mocht het nu dan wat koeler zijn, in huis was het nog even warm als eerst.

Toen ze beneden kwam, was Robin in de keuken bezig. Haar moeder zat op de bank en keek bedrukt naar het scherm van haar telefoon. 'Wat is er?' vroeg Mandy.

'Ze neemt niet op.'

'O.' Mandy haalde haar eigen telefoon tevoorschijn. Ze opende WhatsApp en keek naar de status van haar zus. 'Ze is ook al een tijdje niet meer online geweest. Ik denk dat ze haar telefoon op stil heeft gezet.'

'Maar het stormt. Ze moet toch onderweg zijn naar huis.'

'Ja.' Mandy belde. Voicemail. 'Ik denk dat ze ergens is gaan schuilen. In een strandtent of zo. Of misschien...'

Een luide donder onderbrak haar. Het huis leek te trillen op zijn grondvesten. 'Wow', zei Mandy geschrokken. Ze sloeg haar arm om Lize, die tegen haar aan kroop. 'Niets aan de hand', zei ze troostend, hoewel haar eigen hart bonkte. Ze was nooit dol geweest op onweer.

Robin kwam de keuken uit met een dienblad vol theeglazen. Aan de voorkant van het huis sloeg de regen tegen de ruiten. De wind voerde zand aan en de bomen in de tuin bogen zo ver door dat Mandy bang was dat ze zouden breken. Een weggevlogen parasol stuiterde door het duin, dichterbij vloog een Albert Heijn-tas door de straat. Twee jonge ouders met een kinderwagen renden voorovergebogen voorbij.

Mandy belde opnieuw haar zus. Geen gehoor. Ze opende

WhatsApp. Judith was in de tussentijd niet online geweest. *Alles goed?*, stuurde Mandy, maar er kwam geen reactie.

'Misschien heeft ze geen bereik', zei Robin. 'Dat heb ik op het strand ook niet overal.'

'Ze zal toch niet nog op het strand zijn?' Mandy keek naar hem op. 'Ik hoop voor haar dat ze ergens dekking heeft gezocht.'

'Wat is het hier donker', zei haar moeder en ze knipte de schemerlamp aan.

'Is Willem al terug?' vroeg Mandy. Haar moeder schudde haar hoofd.

Een nieuwe bliksemschicht verlichtte de hemel, zonder pauze gevolgd door de donder. De wind leek nog steeds aan kracht te winnen en loeide om het huis. Er reed een auto door de straat, langzaam, de ruitenwissers op de hoogste stand. 'Daar is Willem', zei Elly en ze liep naar de achterdeur om die alvast open te doen voor haar man.

Rennend kwam hij binnen, in elke hand een zware boodschappentas. 'Niet normaal', zei hij en hij hoestte een paar keer. 'Het barstte echt ineens los.'

'Judith is nog niet terug', zei Elly.

'O...' Willem keek haar aan. 'Die zal wel ergens schuilen voor het noodweer.'

'Ze neemt haar telefoon niet op.'

'In de duinen kun je ook schuilen', zei Robin. 'Je hebt toch van die bunkers?'

Mandy keek hem aan. 'Kun je daarin dan?'

'Misschien zit ze wel in een duinpan', zei Willem. 'Daar kun je best goed dekking zoeken tegen de regen.'

'Dat verklaart wel waarom ze geen bereik heeft', zei Robin.

Mandy keek nog maar eens op haar telefoon. De WhatsApp-status van haar zus was ongewijzigd. Buiten gaf de storm zich nog niet gewonnen. Een nieuwe vlaag regen sloeg tegen het raam. Haar moeder wrong met haar handen.

'Wie wil er een spelletje met me doen?' vroeg Lize.

Mandy speelde een potje kwartet en toen nog een en het bleef maar regenen. De wind nam iets af in kracht. Het liep tegen halfnegen en het schemerde meer dan normaal was voor de tijd van het jaar. 'Ze had nu echt allang terug moeten zijn', zei Elly.

Ze hadden nu allemaal al gebeld. Eerst was de telefoon nog overgegaan, inmiddels schakelde elke oproep meteen naar de voicemail. 'Ik breng je naar bed', zei Robin tegen Lize. Het meisje protesteerde. 'Ik wil wachten tot tante Judith terug is.'

'Die komt zo wel', zei Robin, maar in zijn stem ontbrak de overtuiging. Lize was oud en gevoelig genoeg om te begrijpen wat er aan de hand was.

'Waar is ze dan?' fluisterde ze met angst in haar stem.

'Kom maar', zei Mandy. 'Ik loop wel even mee naar boven.'

Met z'n drieën gingen ze de trap op. Links was Lizes kamer, naast die van Robin en Mandy. Rechts was de kamer van Judith. De deur stond op een kier. Mandy wierp een blik naar binnen. De kamer was kraakhelder en opgeruimd, precies zoals ze haar zus kende. Over de stoel hing alleen een dun jasje, dat Judith kennelijk aan had willen trekken maar toch hier had gelaten. Op een kleine schrijftafel tegen de muur lag haar agenda open. Een papieren exemplaar. Mandy keek erin. Vandaag geen afspraken. Later deze week stond een aantekening. Mandy boog zich voorover en aarzelde even. Kon ze wel zomaar de agenda van haar zus lezen? Die was toch eigenlijk privé? Het voelde niet zo goed, maar tegelijkertijd kon er iets in staan dat van belang was.

Ze nam de agenda in haar hand en las toen toch maar wat er stond geschreven bij de dinsdag. Het was een krabbelige aantekening en ze moest haar ogen samenknijpen om het goed te kunnen lezen.

Doc komt.

Mandy fronste. Doc... Haar eerste gedachte was dat het een afkorting was voor 'document', maar het kon natuurlijk net zo goed iets anders zijn. Een naam? Of stond het voor 'dokter'? Al zou dat wel een vreemde manier zijn om het woord af te korten.

Er kwam iets anders in haar op. Misschien had dit te maken met die date waar Judith het over had gehad. Was haar zus niet helemaal eerlijk geweest en had ze de afspraak toch deze week al gepland?

'Mandy!'

Ze keek op toen ze Lizes stem hoorde. 'Wat is er?'

'Wil jij mij voorlezen?'

Mandy keek naar de agenda en knikte toen. 'Natuurlijk, lieverd.'

Ze legde de agenda terug op het tafeltje en liep al weg,

toen er een briefje op de grond dwarrelde. Snel raapte ze het op. Ze wilde het terugstoppen, maar Lize stond al in de deuropening. 'Wat ben je aan het doen?'

'Niks, lieverd', zei Mandy snel. Ze stopte het briefje in haar zak en liep achter Lize aan. Haar stiefdochter kroop in bed, onder haar dunne laken. Het was klam in de kamer. Mandy opende het raam een stukje om de warmte te verjagen, maar de wind rukte bijna de klink uit haar hand. De storm was nog lang niet gaan liggen.

'Komt tante Judith wel weer terug?' vroeg Lize met een klein stemmetje.

Mandy ging op de rand van het bed zitten en streek kastanjebruin haar uit het gezicht van haar stiefdochter. 'Natuurlijk wel. Ik denk dat haar telefoon gewoon geen bereik heeft, of geen batterij. Ze zal nu wel elk moment thuiskomen.'

Lize was er duidelijk niet gerust op. 'Straks is ze nog weggewaaid. In zee.'

'Nee joh, gekkie.' Mandy legde al haar overtuigingskracht in haar stem. 'Tante Judith kan wel tegen een stootje, hoor. Ze is vast op tijd weggegaan van het strand, dat weet ik wel bijna zeker.'

'Hm', zei Lize. De frons in haar voorhoofd verraadde haar gedachten. Mandy streek nog maar eens over haar wang.

'Maak je geen zorgen, liefje. Morgen bij het ontbijt zie je haar weer.'

Mandy opende het voorleesboek en las extra lang, tot ze de ogen van haar stiefdochter al zag dichtvallen. Toen sloot ze het boek, drukte een kusje op Lizes voorhoofd en trok het laken nog even op. Ze liet de deur op een kiertje staan en liep naar de trap.

'Mandy.' Robin stond in de deuropening van hun slaapkamer en wenkte haar. 'Wat denk jij?' vroeg hij, terwijl hij de deur achter hen sloot.

Mandy haalde diep adem. Ze liep naar het raam. Hier, vanaf de bovenverdieping, kon je over het duin heen kijken. De zee was donker en wild. Golven rolden woest aan land, vreemd verlicht door een restje zonlicht dat vanachter de blauwgrijze wolken doorbrak. Het strand was verlaten. In de wind stuiterden verloren strandspullen voorbij. De regen leek wat minder te worden.

'Ik weet het niet', zei ze naar waarheid. 'Mij lijkt dat ze zo meteen gewoon thuiskomt. Ik kan gewoon niet bedenken waarom dat niet zo zou zijn.'

'De vloek van de mobiele telefoon', zei Robin.

Mandy keek hem bevreemd aan.

'Continue bereikbaarheid schept verplichtingen', verklaarde hij. 'Namelijk de verplichting om dan ook daadwerkelijk bereikbaar te zijn.'

'Ik vind dat geen verplichting.'

'Wel als niemand weet waar je bent, zoals je zus nu. Dan verwacht iedereen dat je bereikbaar bent en zo niet, dan is er meteen bezorgdheid. Vroeger zou iedereen hebben gedacht: die duikt wel weer op.'

Mandy dacht daar even over na. 'Ja', zei ze uiteindelijk. 'Misschien is dat zo.'

'Papa!' riep Lize vanuit de andere kamer en Robin verdween naar zijn dochter. Mandy bleef staan op haar plek bij het raam. De lucht leek wat lichter te worden. Over zee trokken de donkerste wolken weg. De golven bleven beuken, maar de woeste kracht was eruit. Op het strand verscheen een hond, pas een eind verderop zijn baas.

Robin keerde terug. 'Zullen we naar beneden gaan?'

De thee was onaangeroerd. Mandy pakte haar glas. Het water was lauw geworden. Elly zat aan tafel, Willem was nergens te bekennen.

'Hij is een rondje gaan rijden', beantwoordde Elly de vraag die Mandy niet stelde. 'Kijken of hij Judith kan vinden.'

'Misschien moet ik hetzelfde doen', zei Robin, maar hij ondernam geen actie. Mandy opende een nieuwsapp op haar telefoon.

'Kijk, de storm is het belangrijkste nieuws', zei ze en ze tikte het eerste bericht aan. 'RTV Noord-Holland zegt dat het in Zandvoort het ergst was. Wacht, ze hebben een filmpje.' Ze tikte de video aan en zette het geluid van haar telefoon harder. In de video waren beelden te zien van een strandtent waar het ene moment het terras vol zat en het volgende moment veel mensen zichzelf tegelijkertijd naar binnen probeerden te haasten. Twee parasols vlogen als snoeppapiertjes weg in de wind. De lucht ging in minder dan een minuut van bewolkt naar donkergrijs en daarna zwart. 'Dit zagen wij ook', zei Mandy.

Toen het filmpje was afgelopen, startte automatisch een nieuwe video in, deze keer van de zee. 'Ongelooflijk', mompelde Robin bij de beelden van een bui die het ene moment nog ver weg leek en vervolgens in duizelingwekkend tempo dichtbij kwam.

Zandvoort overvallen door storm, was de kop die de nieuwszender erbij had gezet.

Nog geen seconde later rinkelde er een telefoon. Er ging een collectieve opleving door hen drieën heen, die onmiddellijk inzakte toen Elly het scherm naar Mandy en Robin draaide. 'Het is Willem. Ja?' Dat laatste was voor haar man bedoeld. Mandy spitste haar oren, maar kon de woorden van haar stiefvader niet ontcijferen. Te oordelen aan het gezicht van haar moeder had hij Judith niet gevonden. De bezorgde trek om Elly's mond bleef, ze knikte een paar keer. 'Oké', zei ze, en ze hing op. 'Hij is de boulevard helemaal afgereden en daarna nog eens, in tegengestelde richting. Er was bijna niemand op straat, zei hij.'

'Logisch', knikte Robin. 'Mij lijkt het aannemelijker dat Judith ergens in een strandtent zit.'

'Kunnen we niet zien waar haar telefoon is?' vroeg Mandy, ineens hoopvol bij haar eigen idee. 'Daar heb je toch "Zoek mijn iPhone" voor?'

'Volgens mij moet je dat dan wel eerst hebben ingesteld', zei Robin, maar desondanks pakte hij Mandy's telefoon aan. Een tijdje zat hij ingespannen te puzzelen, toen gaf hij het toestel terug. 'Het kan alleen als Judith vooraf toestemming heeft gegeven.'

Mandy maakte een geluid dat van alles kon betekenen. Niemand zei iets. Haar moeder liep rusteloos door de kamer, Robin keek op zijn telefoon. Mandy ging maar weer voor het raam staan, alsof daar iets te zien was.

Ze wist niet hoeveel tijd er was verstreken voordat Willem terugkwam. 'Niets', zei hij hoofdschuddend. 'Ik ben ook door ongeveer iedere straat van het dorp gereden.'

'Ik ga strandtenten bellen', zei Mandy en ze voegde de daad bij het woord. Een voor een tikte ze de paviljoens aan op Google Maps. Zonder uitzondering kreeg ze een haastige ober aan de telefoon en klonken op de achtergrond luide stemmen. 'Sorry', zei de eerste, een meisje dat zo te horen nog geen twintig was. 'De hele zaak zit vol. Kunt u de naam nog eens herhalen?'

'Dit heeft geen zin', zei Mandy na het derde telefoontje. 'Ik kan beter zelf naar binnen lopen bij elke strandtent.'

'Ik ga mee', zei Robin, maar Mandy schudde haar hoofd. 'Laten we allebei apart gaan, dan gaat het veel sneller.'

Elly vond het geen probleem om op Lize te passen en Mandy en Robin vertrokken samen met Willem. Robin stapte bij Willem in de auto, zij zouden allebei gaan zoeken in restaurants en cafés in het dorp. Mandy zou alle strandtenten langs de boulevard voor haar rekening nemen.

Ze liep naar haar auto, die om de hoek van de straat geparkeerd stond. Had ze vanochtend, nadat ze even naar de supermarkt was gereden, nog moeite gehad om haar donkerblauwe Peugeot tussen twee andere auto's te fileparkeren, nu was het kleine parkeerplaatsje op haar eigen auto na verlaten. Het was of met de storm ook het grootste deel van de bezoekers uit het dorp was gewaaid.

De leren bekleding voelde koud tegen haar blote benen. Gelukkig had ze een vestje aangetrokken. Heel even sloot Mandy haar ogen, toen startte ze de motor. Toen ze wegreed om haar zus te gaan zoeken, voelde het volslagen onwerkelijk.

Hoofdstuk 3

HET WAS NU ECHT DONKER. IN HET DASHBOARD LICHTten de cijfers van het klokje groenig op. 22.02 uur. De striemende regen had plaatsgemaakt voor gemiezer en de wind leefde af en toe op met een snelle, sterke stoot, maar leek zich voor het grootste deel gewonnen te geven. Mandy speurde de straat af, maar de stoepen waren verlaten.

Omdat ze vanaf de villa niet de route langs zee, maar die door de wijk had genomen, moest ze eerst bij de boulevard zien te komen. De navigatie kon haar helpen, maar die stond uit. Het waren maar een paar straten, ze moest het op gevoel wel redden.

'Twee keer rechts', prevelde ze zachtjes voor zich uit. Dan moest ze vanzelf weer bij de zee uitkomen. Ze remde af voor een kruising. Geen verkeer.

Net toen ze optrok, zag ze plotseling beweging in haar ooghoek. Of het nu een geparkeerde auto was die optrok of een voertuig dat ze helemaal over het hoofd had gezien, dat wist ze niet. Hard trapte ze op de rem, maar het was al te laat. Met een schurend geluid raakte haar bumper die van de andere auto. In één klap stond ze stil. Trillend bleef ze achter het stuur zitten, haar handen voor haar mond gevouwen.

Het portier van de andere auto ging open. Een gestalte stapte uit, in slechts het zwakke schijnsel van de straatlantaarns kon Mandy geen gelaatstrekken onderscheiden. Ze slikte moeizaam. Een man, gokte ze. Hij hurkte bij de bumpers van hun beider auto's, die tegen elkaar aan stonden. Ze moest ook uitstappen.

'Sorry', was het eerste wat ze zei, toen ze zich bij de andere automobilist voegde. 'Ik had u helemaal niet gezien. Echt heel stom van mij.'

Het was inderdaad een man, zag ze nu. Hij leek haar een jaar of zestig en hij keek naar haar op met een gezicht dat niet onvriendelijk was. 'Je liet me schrikken', zei hij. 'Ik dacht: ze ziet me wel.'

'Ik weet niet wat er gebeurde', zei Mandy. 'Heeft u veel schade?'

'Zo te zien valt het mee. Hier zit wel een kleine deuk.'

Nerveus boog Mandy voorover om de schade met eigen ogen te bekijken. In de bumper van de andere auto zat inderdaad een deuk en iets wat op een scheur leek. 'Ik zal u mijn telefoonnummer geven', zei ze.

'Heb je een schadeformulier in de auto liggen?'

'Ik heb eigenlijk haast.'

De man keek haar aan. 'Sorry, maar ik wil dit even goed regelen.'

'Maar mijn zus...' Mandy beet op haar lip.

'Wat is er met je zus?'

Mandy schudde haar hoofd. 'Nee, laat maar. Momentje.'

Uit het dashboardvakje haalde ze het mapje waarin ze de autopapieren bewaarde en waar inderdaad een formulier in bleek te zitten. Mandy vulde haar gegevens in en overhandigde het daarna aan de andere bestuurder, die zijn deel invulde en bovendien de schade aan de auto aangaf op de voorgedrukte tekening.

'Maak je geen zorgen', zei hij, toen hij kennelijk Mandy's nervositeit bemerkte. 'Dit is allemaal verzekeringswerk.'

Mandy inspecteerde haar eigen bumper, die op de plek van de botsing slechts een paar kleine krasjes vertoonde. Alleen in de buurt van de kentekenplaat zat iets...

Ze boog verder voorover. Raar dat ze daar nu juist wel een deukje zag. En iets wat leek op...

'Wat is dat?' vroeg de man, die het ook had opgemerkt. 'Ik dacht we elkaar maar op één plek hadden geraakt.'

Mandy ging op haar knieën zitten en bestudeerde de kleine deuk links van de nummerplaat. Er zat iets van een laagje overheen, dat ze in het gelige schijnsel van de lantaarn niet goed kon zien. Het was in elk geval droog en wat korrelig. Ze pakte haar telefoon en lichtte zichzelf bij met de zaklamp. Fronsend keek ze naar de schilfertjes op haar vingertoppen. Die waren donkerrood en...

'Het lijkt wel bloed', zei de man. 'Ben je gewond?'

Mandy gaf geen antwoord. Ze had zich niet bezeerd en als het al bloed was op de auto, dan was het gedroogd.

'Hier zit nog iets', zei de man. 'Iets bruins.'

Mandy richtte haar lamp erop en zag wat hij bedoelde. 'Is dat haar?'

De man zat nu naast haar en liet zijn vingers over het kleine plukje gaan, dat onder de rand van de nummerplaat geklemd zat. 'Volgens mij heeft dit niet met onze botsing te maken', zei hij.

Mandy knikte langzaam. 'Ik heb vanmorgen misschien wel iets geraakt', zei ze nadenkend. 'Het zou een konijntje geweest kunnen zijn. Er sprongen er een paar weg voor de auto.'

De man keek haar aan. Hij deed zijn mond open om iets te zeggen, maar sloot hem toen weer. Hij nam het tweede vel van het schadeformulier en gaf Mandy het bovenste. 'Ik meld me wel bij je verzekeraar', zei hij. 'Succes met je zus.'

Mandy knikte een paar keer. 'Ja. Ja, bedankt.'

De man reed een stukje achteruit en stuurde toen om Mandy's auto heen. Ze stapte in en reed verder, deze keer met hulp van de navigatie. Onderweg belde ze Robin. 'Heb je haar?' vroeg hij, toen hij opnam.

'Ik heb een aanrijding gehad.'

'Wat? Ben je gewond?'

'Nee, nee.' Mandy haalde diep en trillend adem. 'Alleen blikschade, gelukkig. We hebben een formulier ingevuld en nu ben ik weer op weg.'

'Heb je veel schade?'

'Volgens mij valt het wel mee. De andere auto had een deuk in de bumper. De verzekering zal het wel oplossen.' Ze gaf richting aan en stuurde de boulevard op. 'Waar ben jij?'

'Ik loop net weer een restaurant uit.'

'Ik ga nu naar de eerste strandtent', zei Mandy en ze hing op. Waar het overdag dringen was voor een parkeerplaats, had ze nu alle ruimte om de auto neer te zetten. Ze stapte uit en liep via de strandopgang naar beneden. *Strand Noord*, stond er op een bordje. Ze liep naar binnen. De ergste drukte was hier al voorbij.

'Hai', begroette een meisje van de bediening haar. Ze droeg gympen en een kort spijkerbroekje en had een hoge paardenstaart. 'Kan ik je helpen?'

'Ik zoek iemand', zei Mandy, en ze bedacht nu pas dat ze een foto had moeten meenemen. 'Mijn zus.'

Het meisje keek rond in de zaak. 'Zoek maar een tafeltje uit als je op haar wil wachten. De keuken gaat wel sluiten.'

Mandy schudde haar hoofd. 'Nee, we hebben niet afgesproken. Ik eh... We kunnen haar niet vinden. Ik denk dat haar telefoon leeg is.'

'O.' Het meisje keek haar aan met iets van bevreemding op haar gezicht. 'Hoe ziet ze eruit?'

Mandy pakte haar telefoon en zocht een foto. Gelukkig had ze er vanmiddag nog eentje gemaakt, Lize en Judith samen in de branding. 'Vanavond droeg ze een witte broek en een blauw vestje.'

Het meisje pakte de telefoon aan en bestudeerde de foto. Ze wenkte een collega en liet hem het scherm zien.

Even keek Mandy hoopvol toe, toen schudde het tweetal het hoofd. 'Nee, sorry', zei het meisje, en ze gaf de telefoon terug. 'Volgens mij is ze hier vanavond niet geweest. Maar het was druk, ik weet het niet helemaal zeker.'

'Dank je wel', zei Mandy.

Ze liep door, naar Sandy Hill en daarna naar Ajuma. Overal liet ze de foto zien, overal kreeg ze vertwijfelde blikken en aarzelend nee schudden. Niet gezien, waarschijnlijk. Het was een drukke avond. Chaos toen de storm ineens losbarstte en iedereen naar binnen rende.

Bij het derde strandpaviljoen dacht Mandy er pas aan om haar telefoonnummer achter te laten. Ze liep terug naar de auto en verzette die, om daarna weer een aantal tenten binnen te lopen. De avond liep op z'n einde – in elk paviljoen waren weer minder mensen dan in het vorige. Robin belde. Mandy nam op met een sprankje hoop. 'Nee, niets', zei hij. 'En Willem heeft haar ook nog niet gevonden.'

Er waren veel meer strandtenten dan Mandy tot nu toe had opgemerkt. Ze keek op haar telefoon. Het was bijna middernacht. Ze was iets over de helft van de boulevard. Bij de volgende tent was de deur op slot, binnen was het personeel aan het opruimen. In het paviljoen erna waren de lampen al uit. 'Dit heeft geen zin meer', zei ze tegen Robin aan de telefoon. Aan zijn stem hoorde ze dat ook hij de hoop begon op te geven dat ze Judith in een restaurant zouden aantreffen.

'Ik zie je zo thuis', zei hij.

Mandy was er als eerste. Toen ze de achterdeur opende, vloog haar moeder op haar af. 'En?' vroeg ze, hoewel Mandy haar per WhatsApp op de hoogte had gehouden.

'Niemand heeft haar gezien.' Mandy slikte een paar keer. Haar keel voelde ineens dik. 'Ik weet het niet, mam. Ik begrijp er niets van.'

Haar stem brak, en met haar eigen tranen kwamen ook die van haar moeder. 'Er moet iets gebeurd zijn', huilde Mandy. 'Judith zou nooit zomaar verdwijnen.'

Robin en Willem kwamen binnen. 'O mijn God', zei Robin, toen hij hen zag huilen. Mandy schudde haar hoofd en veegde met de rug van haar hand haar tranen weg.

'Nee', zei ze. 'We hebben niets gehoord.'

'En nu?' vroeg Robin, maar daar had niemand een antwoord op.

Mandy zette thee, niet omdat ze daar zin in had maar omdat ze iets te doen wilde hebben. Haar moeder hield haar gezelschap in de keuken. 'Misschien is ze iemand tegengekomen', zei Elly.

'Wie dan?'

Haar moeder haalde kort haar schouders op. 'Iemand die wij niet kennen. Ik weet eigenlijk niet...' De zin eindigde in een korte zucht en hoofdschudden. 'Ik heb Judith de laatste tijd niet zoveel gesproken. Ze was de hele tijd zo druk.'

Mandy moest toegeven dat voor haar hetzelfde gold. Vluchtig dacht ze aan het gesprek van vanmiddag, op het strand. De dating-app, de man met wie Judith had gechat... Ze goot kokendheet water over de zakjes. Nee, het was veel te vergezocht. Judith had gezegd dat ze pas volgende week met hem zou afspreken. Als ze voor later die dag een date had gepland, had ze er niet over gelogen. Mandy kende haar goed genoeg. Judith loog niet.

Terug in de kamer deelde ze de theeglazen uit. 'Robin en ik hadden het er nog over...' zei Willem. Hij liet een pauze vallen.

'Wat?' vroeg Elly.

'Dat we... Nou ja. Dat het misschien goed is om de politie in te schakelen.'

Diep vanbinnen voelde Mandy iets verstrakken, als een band om haar organen, die plotseling werd aangetrokken. Natuurlijk was de gedachte al bij haar opgekomen, ergens in haar achterhoofd waar ze hem snel weer kon wegdrukken. Als de politie erbij kwam, dan was het... echt.

Haar moeder brandde haar lip aan de thee. Ze zette haar glas weg. 'Ja', zei ze toen, ineens kalm. 'Ik denk ook dat we dat moeten doen.'

Hoe ging zoiets in z'n werk? Allerlei praktische vragen kwamen bij Mandy op. Dat was fijn, nadenken gaf houvast. Belde je 112 als je iemand niet kon bereiken, en vinden? Of was dat meer voor echte spoed, als een ongeval of inbraak? Er was toch zo'n ander nummer... Ze kon er nu niet op komen. Geen spoed, wel politie. Was dat eigenlijk altijd bereikbaar?

Willem werd blijkbaar niet door praktische gedachten tegengehouden. Hij had zijn telefoon gepakt en hield die nu aan zijn oor. 'Belt hij het alarmnummer?' vroeg Mandy zacht aan Robin. Haar vriend knikte.

Mandy luisterde naar het gesprek. Stiefdochter...

Storm... Niet meer gezien... Overal gezocht... Willem bleef uiterst kalm. Ze had niet anders verwacht van hem, hij was niet makkelijk van zijn stuk te brengen.

Ze kon niet horen wat er aan de andere kant van de lijn werd gezegd. Willem knikte een paar keer, vroeg of het echt niet mogelijk was dat er gezocht zou worden en legde zich toen kennelijk neer bij het antwoord. 'Ja', zei hij als laatste, terwijl hij iets op een papiertje krabbelde. 'Ja, dat hopen wij ook.'

Hij hing op. 'Ze doen niets', zei hij. 'Volgens die vrouw van de meldkamer komen ze bij een volwassene pas na vierentwintig uur in actie, tenzij er reden is om aan te nemen dat diegene ofwel in gevaar verkeert, of een gevaar vormt voor zichzelf of de omgeving.'

'Ze is verdwenen in een storm', zei Elly verbeten. 'Dat lijkt me toch genoeg reden om aan te nemen dat ze mogelijk in gevaar verkeert?'

Willem schudde kort zijn hoofd. 'De politie ziet dat anders. Pas als ze morgenavond nog niet terug is, zien zij aanleiding om in actie te komen. Voor nu worden alleen surveillancewagens in de omgeving ingelicht dat ze naar haar moeten uitkijken.'

'Hoe dan? Ze hebben niet eens een foto.'

Willem tikte op het papiertje. 'Ik heb een mailadres gekregen, waar ik die naartoe kan sturen.'

Elly pakte het blaadje en haar telefoon en ging aan de slag. 'En nu?' vroeg Mandy, niet voor het eerst. Ook deze keer vond de vraag geen antwoord.

Ze wachtten nog een uur. Ondanks de spanning merkte

Mandy dat ze moe werd. Het was bijna halftwee. 'Misschien moeten we proberen om wat te slapen', zei Robin, die het blijkbaar hetzelfde verging. 'Morgen kan weer een drukke dag worden. Ik bedoel, als ze niet...' Hij keek naar Mandy. 'Nou ja, als ze dan nog niet terug is.'

Ze gingen naar boven. Elly en Willem bleven zitten. Hun kamer was op de benedenverdieping, maar Mandy wist niet of ze gingen slapen. Ze legde haar telefoon aan de lader en controleerde of het geluid aanstond. Ze was een lichte slaper. Als Judith belde, zou ze het meteen horen.

'Welterusten', zei Robin en hij draaide zich om. Mandy sloot haar ogen, maar ondanks haar vermoeidheid wist ze meteen dat ze de slaap niet zou kunnen vatten. Nu, in het donker, maakten haar gedachten zich op voor een duizelingwekkende race. De vreemdste, en donkerste, scenario's kwamen voorbij in haar hoofd. Judith, meegesleurd door de golven. Judith, in een busje, geblinddoekt, zoals je dat in films zag. Judith, zwaargewond door een onduidelijke oorzaak, kilometers verderop waar niemand op het strand kwam. Judith, met overal bloed.

Mandy hapte naar adem en vloog overeind. Zweet prikte overal op haar lichaam. Ze sloeg het laken van zich af en zette het raam open. Het ruisen van de golven maakte haar geenszins kalmer.

Ze liep naar Judiths kamer, alsof ze daar antwoorden zou vinden. Het voelde vreemd en onnatuurlijk om in de spullen van haar zus te neuzen, maar toch opende ze de kast. Waar Mandy en Robin vanuit hun, inmiddels rommelige, koffer leefden, had Judith haar kleding netjes opgevouwen op de planken gelegd. Aan de hangertjes hingen drie zomerjurken, een jumpsuit en een vestje. Op de planken lagen keurige stapeltjes. Onder in de kast stonden slippers en sandalen, twee aan twee.

Mandy ging op de rand van het bed zitten. Op het nachtkastje lagen een boek en een telefoonlader, het bed was strak opgemaakt. Onder het schrijftafeltje tegen de muur stond Judiths handtas met daarnaast haar laptoptas. Mandy stond op en ging op de stoel zitten.

Eerst keek ze in de laptoptas, die precies bevatte wat je zou verwachten: een zilvergrijze computer, een lader en een muis. Daarnaast een dunne map met wat papieren. Werk, zag Mandy, toen ze erdoorheen bladerde. Wat aantekeningen in Judiths doorgaans gelijkmatige handschrift, een beetje haastig opgeschreven te oordelen aan de uitschieters.

Mandy stopte de papieren terug in de map en pakte de handtas van haar zus. Die stond open en Mandy zag een donkerblauwe portemonnee, een pakje zakdoekjes en een tasje waar lippenstift, pleisters, paracetamol en tampons in bleken te zitten. Ze opende de rits van de portemonnee. Rijbewijs, pinpas, bonuskaart, wat contant geld – er was niets wat opvallend ontbrak.

Ze stopte alles terug in de tas. Misschien was dat nog wel het vreemdste. Die ongelooflijke normaalheid van alles.

Ze ging terug naar bed. Op de slaapkamer was het amper afgekoeld, maar de wind maakte het iets aangenamer. Beneden hoorde ze de stemmen van haar moeder en stiefvader, naast zich de diepe ademhaling van haar vriend. Toen ze haar ogen sloot, veranderde het ruisen van de golven in haar hoofd in een gebeuk dat alles overstemde. Het beeld van Judith kwam terug, meegevoerd door het water. Haar ogen vlogen weer open. Het was niet logisch. Niemand met enig gezond verstand waagde zich in een storm zo dicht bij de zee.

Een hele tijd staarde Mandy met open ogen in het donker. Buiten reed een auto voorbij, maar toen ze bij het raam keek, was die al verdwenen. Uiteindelijk voelde ze iets van de vermoeidheid terugkeren, net genoeg om haar ogen te kunnen sluiten en haar gedachten heel even tot stilstand te brengen. Toen viel ze in een korte, onrustige slaap.

Het laken zat als een klem om haar benen, opgerold en klam. Mandy opende haar ogen, meteen was ze alert. Robin zat op de rand van het bed met zijn telefoon in zijn hand. Mandy pakte haar eigen mobiel. 5.34 uur. Een straaltje zweet liep van haar voorhoofd naar beneden.

Geen berichten, geen gemiste oproepen, niets. Mandy draaide zich om naar Robin. 'Is er al nieuws?' vroeg ze, terwijl ze zich realiseerde dat het onlogisch zou zijn als Judith hem zou bellen en niet haar.

Robin stond op. 'Niets', zei hij. 'Ik ga even douchen.'

Mandy schoot in een T-shirt en een korte broek, keek even bij Lize die nog diep onder zeil was en liep de trap af. Beneden, aan de eettafel, vond ze haar moeder. Elly droeg dezelfde kleren als de avond ervoor. Haar ogen waren rood en stonden vermoeid.

'Ben je eigenlijk wel naar bed gegaan?' vroeg Mandy.

Haar moeder schudde haar hoofd. 'Willem wel.'

Mandy zette koffie – meteen een dubbele – en zwijgend dronken ze die op. Robin kwam naar beneden, Mandy ging douchen. Het leek alsof alles in een waas gebeurde – de waas van vermoeidheid en angst. Toen ze beneden kwam, schoof Willem ook net aan.

'Dit is echt niet normaal', zei Robin. 'We moeten opnieuw de politie bellen. Het zou bizar zijn als ze vanavond pas gaan zoeken.'

Het wachten, bedacht Mandy, maakte je gek. Ze pakte haar telefoon. 'Je hebt gelijk.'

Deze keer geen aarzeling of praktische vragen. Ze belde 112, net als Willem had gedaan, en werd, nadat ze de juiste hulpdienst had genoemd, doorverbonden met de meldkamer van de politie. 'Het gaat om mijn zus', zei ze. 'Ze is vermist.'

Dat woord voelde vreemd in haar mond. Vermist.

'Wanneer heeft u uw zus voor het laatst gezien?' vroeg de man aan de andere kant van de lijn.

'Gisteren aan het begin van de avond. Ze is gaan wandelen, maar toen kwam ineens de storm opzetten. Daarna hebben we geen contact met haar kunnen krijgen en ze is ook de hele nacht niet teruggekomen.'

'Wat is haar naam?'

'Judith Houtstra.'

Aan de andere kant van de lijn was het even stil. Er klonk getik, waarschijnlijk van een toetsenbord. 'Ik heb hier al een melding staan dat er naar haar uitgekeken moet worden.'

‘Dat klopt, mijn stiefvader heeft gisteravond al gebeld. Maar naar haar uitkijken is niet genoeg.’ Mandy zweeg even. Het was niets voor haar om zo stellig te zijn, zeker niet tegen iemand die ze niet kende. Maar toch haalde ze diep adem en zei: ‘Het is echt niets voor mijn zus om zomaar te verdwijnen. Er moet iets gebeurd zijn en de politie moet haar echt gaan zoeken.’

‘Ons protocol is dat wij na vierentwintig uur...’

‘Dat weet ik’, onderbrak Mandy hem. ‘Maar ik weet gewoon zeker dat er iets aan de hand is. Ze heeft hulp nodig, dat kan niet anders. Als we wachten tot de avond...’ Ze maakte haar zin niet af. Aan de andere kant van de lijn was het stil. ‘Ik ken mijn zus, ze is de meest betrouwbare persoon die ik ken. Ze zou ons nooit zomaar in angst laten zitten. Ze is officier van justitie.’

Dat laatste kwam eruit in een opwelling. Robin keek naar haar, eerst bevreemd, toen knikkend. Waarschijnlijk was het niet relevant, maar Mandy merkte dat haar opmerking iets teweegbracht aan de andere kant van de lijn. ‘Momentje’, zei de centralist. ‘Ik kom zo bij u terug.’

‘En?’ vroeg Elly, toen Mandy stil bleef. ‘Wat zeggen ze?’

‘Volgens mij moet hij overleggen en...’ Mandy stak haar hand op toen ze weer wat hoorde aan de andere kant van de lijn.

‘Mijn collega’s komen zo uw kant op’, zei de man. ‘Wat is het adres?’

Ze waren er verrassend snel. Mandy had de minuten zo’n beetje afgeteld en kwam op twintig tussen het moment van ophangen en het moment dat er een politieauto voor de deur van de villa stopte. Elly deed open. Twee agenten, een man en een vrouw, kwamen binnen. Hun uniformen leken de hele kamer op te vullen. Lize kwam net binnen en keek met grote ogen toe.

'Wilt u iets drinken?' vroeg Willem. 'Ik heb nog koffie?'

Het tweetal sloeg het aanbod af. Robin gaf Lize zijn telefoon om een filmpje te kijken en met z'n allen gingen ze aan de grote eettafel zitten. Door de openstaande tuindeuren dreef warme lucht naar binnen die geurde naar iets zoets en bloemigs. De mannelijke agent, de jongste, haalde een opschrijfboekje tevoorschijn. Zijn collega vouwde haar handen voor zich op tafel. 'Wij hebben begrepen dat er sprake is van een vermissing.'

Een moment lang was het stil. Iedereen wachtte tot een ander het woord nam. Uiteindelijk deed Elly haar mond open. 'Dat klopt, mijn dochter is gisteravond een strandwandeling gaan maken, en daarna is ze niet teruggekeerd. Omdat de storm vrij plotseling kwam opzetten, gingen we er eerst van uit dat ze ergens was gaan schuilen en terug zou lopen als het weer wat beter was. Maar dat is niet gebeurd.'

De agente knikte, haar collega maakte aantekeningen. 'Hoe laat was dat?'

Elly schetste de hele tijdlijn voor de politiemensen, hier en daar geholpen door de anderen. Ook gaf Mandy door wanneer Judith voor het laatst online was geweest op WhatsApp. 20.59 uur gisteravond. Ongeveer een uur nadat ze voor haar wandeling was vertrokken.

'Goed', zei de agente, nadat alle informatie wel zo'n

beetje was gedeeld. 'Ik begrijp dat jullie erg bezorgd zijn, maar normaal gesproken is het zo dat wij een volwassene pas na een vermissing van vierentwintig uur gaan zoeken. Dat is ons protocol.'

Mandy deed haar mond al open om iets te zeggen, maar de agente was nog niet uitgepraat.

'Ik begrijp dat het voor families heel frustrerend is, maar ervaring leert ons dat het overgrote deel van de volwassenen vanzelf weer opduikt. Of anders vrijwillig is verdwenen. Dat is een recht dat je hebt als je meerderjarig bent.'

Mandy knikte langzaam. De agente keek hen een voor een aan. 'Dat wil niet zeggen dat we altijd aan ons protocol vasthouden. Als de omstandigheden ons aanleiding geven om eerder een onderzoek te starten, zullen we dat altijd doen. U gaf al aan dat het zeer tegen het karakter van Judith indruist om niets van zich te laten horen en dat er ook geen aanwijzingen zijn dat zij met rust gelaten wil worden. Dat is voor ons reden om alert te zijn, net als haar beroep.'

De mannelijke agent nam het gesprek over. 'Wij hebben al contact gehad met het parket en het blijkt dat Judith momenteel niet aan een zaak werkt die te boek staat als risicovol. Desondanks nemen we haar werk mee in het onderzoek.'

'En wat houdt het onderzoek in?' vroeg Willem.

'We hebben al een alert gestuurd naar al onze surveillancewagens om naar Judith uit te kijken. Zo meteen zullen we een oproep doen via Burgernet, die in een straal van enkele kilometers via sms op elke mobiele telefoon zal binnenkomen. In de sms worden Judiths signalement en voornaam gedeeld en het moment van vermissing. We vragen mensen om naar haar uit te kijken en eventuele informatie met ons te delen.'

'Het is ook belangrijk om te weten dat Judith diabetespatiënt is', zei Mandy toen. 'Ze heeft een insulinepomp en kan daarmee een aantal uur vooruit, maar ze heeft insuline nodig.'

De agente maakte een aantekening. 'Hoeveel uur kan ze doen met haar pomp?'

'Dat hangt ervan af hoe vol hij was toen ze wegging', zei Mandy. 'Als ze hem net had gevuld, zit ze zo'n vierentwintig uur goed. Maar dat weet ik niet zeker.'

Elly liep naar de keuken en kwam terug met de insuline die Judith in de koelkast had bewaard. Ze zette de doosjes van de apotheek op tafel. 'Dit was genoeg geweest voor de rest van de week', zei Elly. 'Maar ik weet niet hoeveel ze in totaal bij zich had.'

Mandy staarde naar het voorraadje. Als Judith haar insuline niet kreeg, zou ze zich eerst slecht gaan voelen en uiteindelijk buiten bewustzijn raken. Of erger.

Ze huiverde. Vooralsnog had Judith waarschijnlijk wel insuline in haar pomp. En over een paar uur... Mandy schudde kort haar hoofd. Niet aan denken nu. Positief blijven. Hoop houden.

'En nu?' vroeg Elly. 'Gaan jullie haar ook zoeken?'

De vrouwelijke agent knikte half. 'Niet in de zin van dat we de straat op gaan, maar op de achtergrond zal de recherche zich met deze zaak bezighouden. Daarbij zal in eerste instantie dus vooral naar haar werk worden gekeken. De huidige zaken waarbij zij als officier betrokken is, geven geen aanleiding tot ongerustheid, maar we zullen ons nu ook richten op zaken uit het recente verleden. Daarnaast zullen we bij de rechter-commissaris een verzoek doen om Judiths telefoon uit te peilen.'

'Haar spullen liggen hier', zei Elly. 'Die kunnen jullie misschien meenemen.'

'Dat is niet nodig, maar we willen wel graag een kijkje nemen in haar kamer.'

Elly liep met de agenten mee naar boven. Binnen vijf minuten waren ze terug. Via de voordeur liepen ze naar buiten. 'Onze collega's van de recherche houden even contact met jullie', zei de vrouw. 'We hebben een 06-nummer doorgekregen.'

'Van mij', zei Mandy.

'Dit is het nummer voor als jullie ons willen bereiken.' De vrouw gaf Mandy een kaartje. 'Dat telefoonnummer gaat rechtstreeks naar de recherche.'

Mandy bedankte hen. Ze bleef in de deuropening staan tot de agenten waren ingestapt en in langzaam tempo waren weggereden. Pas toen ze om de hoek waren verdwenen, sloot ze de deur met een zachte klik. Alsof haar lichaam het al die tijd had tegengehouden, begon ze plotseling over haar hele lijf te trillen.

De dag gleed voorbij zonder ook maar iets te brengen. Geen enkele verandering. De bel ging. Mandy pakte een plastic tas met eten aan van een bezorger die hooguit zestien jaar was en niet wist hoe snel hij terug moest keren naar zijn brommer. Eten, dacht ze, toen ze naar binnen liep. Wie gaf daar nu om?

Willem, kennelijk, want hij had het besteld. Hij had ook de tafel gedekt en nu zaten ze met z'n allen klaar. Willem en Robin vielen aan op de Chinese rijsttafel die in plastic bakjes uitgestald stond, Elly prikte met haar vork in de rijst zonder een hap te nemen. Lize at met kleine, voorzichtige hapjes. Mandy had het gevoel dat er een grote bal van touw in haar maag zat. Ze had de hele dag amper iets naar binnen kunnen werken.

De tijd was tegelijkertijd hortend langzaam en akelig snel voorbijgegaan. De recherche had twee keer gebeld, beide keren zonder nieuws. Het onderzoek naar de zaken waarin Judith als officier had gewerkt, dreigde dood te lopen. 'We zien geen aanwijzingen', had de man die de tweede keer belde gezegd. Mandy was zijn naam al vergeten. Arend? Arjan? Iets met een A in elk geval. En wat betekende dat: geen aanwijzingen gevonden? Dat ze er ook niet waren? Dat het zoeken nu al werd stopgezet?

'We houden onze ogen open', had de rechercheur geantwoord.

Mandy en Robin waren uiteindelijk toch maar even naar het strand gegaan. Mandy had de aanblik van Lize niet langer kunnen aanzien, op de bank, verveeld kijkend naar het zoveelste filmpje op de iPad. Of in haar eentje op de schommel, invoelend genoeg om nu geen aandacht te vragen, maar met haar ziel onder haar arm. Ze hadden samen gelezen in de hangmat. Pippi Langkous, een lievelingsboek dat Lize en Mandy deelden. Maar Mandy had haar aandacht er geen moment bij kunnen houden.

'Hier kunnen we toch niets doen', had Robin gezegd en ze waren naar de zee vertrokken. Mandy had de vreemde gewaarwording gehad dat al haar zintuigen hun filter hadden verloren. De meeuwen die krasten, dichtbij en ver weg. De hoge kinderstemmen, het gegil van pubers die elkaar opjutten, peuters die omvielen in het water en kraaiden van plezier – alles kwam zo hard binnen in haar oren dat het bijna fysiek pijn deed. Maar ook het hete zand onder haar voeten en de geur van zout en alg – en gefrituurde kibbeling – voelden als vloedgolven die haar overspoelden. Bovendien schrok ze elke keer als ze een gestalte zag van ongeveer dezelfde lengte en hetzelfde postuur als Judith. Tegelijkertijd voelde het totaal onwaarschijnlijk dat haar zus nu ineens op het strand zou opduiken, bikini aan, zonnebril op, alsof er niets was gebeurd.

'Moet je kijken', zei Robin, die tijdens het eten op zijn mobiel zat te kijken. Dat was een gewoonte waar Mandy een grondige hekel aan had, maar nu was het haar amper opgevallen. 'Het is opgepikt door een lokale nieuwssite. Ze hebben een nieuwsbericht over de vermissing geplaatst.'

Mandy pakte haar eigen telefoon en zocht het bericht op. Aan het einde van de ochtend was via Burgernet een bericht verspreid, waar tot nu toe geen bruikbare reacties op waren gekomen. Blijkbaar had een redacteur van de site er een aanleiding in gezien om contact op te nemen met de politie, want in het bericht werd iemand van persvoorlichting geciteerd.

'Ze vinden de vermissing zorgelijk en werken met enkele rechercheurs aan de zaak', las Mandy hardop voor van haar scherm. Ze keek naar haar moeder. 'Hopelijk komen er nu wel reacties van mensen die haar gisteravond nog hebben gezien.'

'Zouden we niet zelf iets op social media moeten zetten?' vroeg Robin. 'Met haar foto erbij? Wie weet als dat gedeeld wordt...'

Mandy keek aarzelend. 'Judith heeft zelf geen social media, in verband met haar werk. Ik weet niet of ze het fijn vindt als we dat doen.'

'Maakt dat nog uit?' vroeg Willem. 'Of ze het fijn vindt? Ze is al bijna vierentwintig uur weg.'

'Ik denk ook dat we het moeten doen', zei Elly.

Mandy dacht even na en knikte toen langzaam. 'Ik zal een bericht maken.'

Ze liet haar volle bord voor wat het was en ging op de bank zitten. In de filmrol van haar telefoon zocht ze naar een geschikte foto van haar zus. Ze moest ver terug, bijna driekwart jaar, en vond een foto die ze van Judith had gemaakt toen ze hadden afgesproken om een boswandeling te maken en daarna samen te lunchen. Judith lachte stralend in de camera, ze was altijd al erg fotogeniek geweest.

'Klaar', zei Mandy na een tijdje en ze gaf haar telefoon aan Robin. Die las het bericht, knikte en liet het ook aan Elly en Willem zien. De tekst was kort en vrij simpel, alleen de feiten en een oproep om het bericht zoveel mogelijk te delen. Mandy had eerst haar eigen telefoonnummer erin gezet, maar dat had ze weer weggehaald. In plaats daarvan vroeg ze mensen die iets hadden gezien om contact op te nemen met de politie.

Elly knikte een paar keer kort. 'Plaats het maar', zei ze en ze veegde langs haar ogen. Mandy drukte op de knop en sloot haar telefoon af.

'Wil iemand nog?' vroeg Willem, maar zonder het antwoord af te wachten, begon hij de bakjes weg te halen. Mandy sloot haar ogen. Dat wachten het enige was wat ze leken te kunnen doen, maakte haar helemaal gek.

HOOFDSTUK 4

HET WAS DAT RECHERCHEUR ARJAN DALSTRA VEEL VAN warmte hield, anders had hij zeker gezucht en gesteund toen hij de deur van het politiebureau opende en de hitte hem als een deken in het gezicht sloeg. Dat was in elk geval wel wat zijn collega deed.

Arjan grinnikte. 'Regent het een keer niet, is het weer niet goed', zei hij opgewekt tegen rechercheur Jonas de Vrij, met zijn eenendertig jaar tien jaar jonger dan Arjan zelf. 'Het is ook altijd wat met die jongere generatie.'

Jonas keek opzij en trok een gezicht. 'We zijn niet allemaal van nature zo koud als jij.'

Nu lachte Arjan voluit. 'Touché', zei hij en stak even zijn hand op naar een aantal collega's die het bureau binnengingen. 'En ik moet toegeven dat het vandaag aan de warme kant is.'

'Op dagen als deze ben ik blij dat ik niet meer als agent op straat werk', zei Jonas knikkend. 'Lang leve de airconditioning.'

Het was nu bijna een jaar geleden dat Jonas de overstap had gemaakt van de geüniformeerde dienst naar de recherche. Tot vreugde van Arjan, want Jonas was niet alleen een prettige collega, maar ook een zeer scherpe rechercheur. Onlangs nog, toen ze samen een serie autobranden hadden onderzocht, was het Jonas geweest die met een theorie op de proppen was gekomen die uiteindelijk de juiste bleek. Arjan zelf werkte al ruim elf jaar bij de recherche en had de jonge jongen – veertien jaar was hij pas – in wie Jonas de dader had gezien, niet meteen als serieuze speler in het onderzoek beschouwd.

Andersom zei Jonas vaak dat hij juist veel van zijn collega leerde en zo waren ze in een jaar tijd een goed geolied duo geworden. Dat was ook te zien in de cijfers van hun afdeling. Hoewel er, zoals in elk korps, genoeg zaken niet werden opgelost of simpelweg geen prioriteit konden krijgen, had het percentage opgeloste zaken de laatste tijd een stijgende lijn laten zien. Het had hun zelfs een gemaild compliment van de korpschef opgeleverd. Die erkenning was natuurlijk prettig, al keek Arjan soms met gemengde gevoelens naar de bejubelde cijfers. Zaken losten zichzelf niet op en dat stijgende percentage stond symbool voor het stijgende aantal uren dat hij in zijn werk had gestopt, al was hij niet zo arrogant te denken dat er een daadwerkelijk verband was. Het enige wat hij zeker wist, was dat hij afgelopen jaar zijn werk regelmatig als welkome vlucht had gebruikt. 'Moet je niet eens naar huis?' hadden collega's vaak gevraagd als zij na zes uur het bureau verlieten en hij nog achter zijn computer zat.

'Ja, zo meteen', was vaak zijn antwoord geweest, expres wat vaag. 'Even dit afmaken.'

Vaak was het negen uur, of nog later, voor hij huiswaarts keerde. En elke keer als hij binnenkwam, wist hij precies waarom hij de avonden thuis expres zo kort hield. Niemand die op hem wachtte, niemand die hem miste als hij er niet was.

Ze had zelfs Muis meegenomen, de kat die ze twee jaar eerder samen als pluizenbolletje hadden uitgezocht. 'Die mis ik het meest', zei Arjan weleens stoer grappend tegen zijn vrienden. Maar de waarheid was dat hij Elisa meer miste dan hij aan zichzelf of wie dan ook wilde toegeven. Natuurlijk was hij boos geweest toen ze van de ene op de andere dag was vertrokken, na een relatie van ruim vier jaar. En nog bozer toen ze binnen drie weken een nieuwe vriend bleek te hebben. Arjan was er nog steeds niet zeker van dat die relatie niet al wat eerder was begonnen, bijvoorbeeld toen hij nog met Elisa samenwoonde. Ze beweerde van niet, al had hij inmiddels vanuit diverse richtingen begrepen dat hij haar woorden niet per se als de waarheid moest aannemen. Eerst was hij daardoor gefrustreerd geweest – waarom kon ze niet het respect hebben om in elk geval eerlijk tegen hem te zijn? – maar al snel had hij gemerkt dat die frustratie hem alleen maar slapeloosheid en verbittering opleverde. En bovendien niets aan de situatie veranderde. Hij had een schilder gebeld, alle meubels aan de kringloop geschonken en was begonnen het huis zo in te richten dat niets hem nog aan Elisa deed denken. Dat was gelukt, maar het had de pijn van de breuk niet doen verdwijnen. Nee, hij wilde haar niet terug, niet na alles wat er was gebeurd. Maar hij wilde wel dat het allemaal nooit was gebeurd.

'Je vaste broodje?' De stem van Kimberly, de eigenaresse van de broodjeszaak waar ze dagelijks hun lunch haalden, bracht hem terug in het nu. Ze lachte naar hem. 'Je was ver weg met je gedachten.'

Arjan glimlachte even. 'Ja, het vaste broodje graag.'

Even later liepen Jonas en hij de deur uit, allebei een papieren zakje in de hand. 'Zullen we even naar het strand lopen?' vroeg Jonas. 'Ik voel wel wat voor een lunch in de brandende zon.'

Arjan grinnikte. 'Jij bent gewoon beledigd over wat ik over jouw generatie zei.'

'Precies, namens alle millennials wil ik graag jouw ongelijk bewijzen.'

Via een steegje bereikten ze de boulevard, waar het zo druk was dat een sliert auto's zich als een trage slang over straat bewoog. Nergens was meer een parkeerplaats te vinden en niet voor het eerst vroeg Arjan zich af wat mensen dachten die midden op een bloedhete zomerdag in de auto stapten om naar een van Nederlands populairste kustplaatsen te gaan. Dat parkeren een uitdaging zou zijn, was toch het minste wat je dan kon verwachten. Niet zelden moesten hele gezinnen huiswaarts keren zonder ook maar één zandkorrel te hebben aangeraakt. Toen hij zelf nog als agent op straat had gewerkt, hadden ze zelfs een keer alle wegen afgesloten om mensen te dwingen thuis te blijven. De file was op dat moment opgelopen tot meer dan twee uur en dat, in combinatie met de brandende zon, had tot gevaarlijke situaties geleid. Hij had nog nooit zoveel flesjes water op één dag uitgedeeld.

'Zullen we hier gaan zitten?' Jonas had een vrij bankje gevonden, van waar ze uitzicht hadden over zee en het drukke strand. Arjan knikte. Hij keek naar de parasols, die zich aaneen leken te rijgen tot een lange, kleurrijke deken over het strand. Eigenlijk hield hij meer van de winter, wanneer het strand verlaten was, de wind met het zand speelde en de lucht vaak een spectaculaire aanblik bood. In de zomer stond Zandvoort voor vakantie, voor plezier. In de winter was het hier rauw. Dan heerste de natuur. Dat vond hij mooi.

De storm van twee dagen geleden had een beetje hetzelfde effect gehad. De natuur zette aan, met prachtig onweer tot gevolg. Arjan was nog op het bureau geweest en had zich naar het strand gehaast om het noodweer in volle glorie te aanschouwen. Toen het hard ging regenen, was hij gaan schuilen in een strandtent.

Terwijl een meeuw bij zijn voeten neerstreek om de kruimels van zijn broodje op te pikken, gleden Arjans gedachten naar de storm en de vermissingszaak die nu op zijn bureau lag. In eerste instantie waren er bij de melding van de vermissing niet al te veel alarmbellen gaan rinkelen. Als een dierbare een aantal uur lang onbereikbaar was, haalden familieleden zich vaak al de zwartste scenario's in hun hoofd. Arjan begreep dat, maar wist aan de andere kant als geen ander dat het overgrote deel van deze vermisten binnen afzienbare tijd weer ongeschonden opdook. De recherche had zo'n zaak dan vaak nog niet officieel in onderzoek genomen en informeerde ook niet naar de aard van de verdwijning, al kwam hem via de meldkamer of de collega's in de surveillancedienst weleens wat ter ore. Hij had geen cijfers om zijn vermoeden hard te maken, maar hij durfde te geloven dat een zeker percentage van al die vermissingen eerder te maken had met huwelijkse ontrouw dan met een daadwerkelijk misdrijf. Daarnaast waren er genoeg mensen die een paar uur verdwenen om rust te vinden en na te denken, of die tijdens een lange wandeling gewoon werden overvallen door de lege batterij van hun telefoon. Een aparte categorie vormden de mensen met psychische problemen of ouderen met een vorm van dementie. Bij hen nam de politie altijd meer voorzichtigheid in acht en doorgaans werd bij een dergelijke vermissing eerder gebruikgemaakt van een Burgernet-sms, zeker als iemand een gevaar voor zichzelf werd geacht. Arjan kende ook de trieste gevallen waarin de vermissing daadwerkelijk een zeer zwart scenario inhield, namelijk het scenario waarin iemand zichzelf van het leven had beroofd. Als rechercheur had hij de meest uiteenlopende plaatsen delict bezocht, en de meest bloedige uitwassen van crimineel geweld gezien. Hij was er niet immuun voor, maar hij liet zich ook niet emotioneel raken door dergelijke beelden. Wie ervoor koos om een levenspad in de criminaliteit te bewandelen, nam altijd een zeker risico. Maar de keren dat hij als familierechercheur ouders had moeten vertellen dat hun kind ervoor had gekozen uit het leven te stappen, stonden stuk voor stuk op zijn netvlies gegrift.

Ergens in zo'n vermissingszaak was dan vaak al een haakje te vinden. Soms heel zichtbaar door een lijvig dossier van een ggz-instelling, soms meer onderhuids, doordat het dierbaren was opgevallen dat de vermiste de laatste tijd warrig of somber was geweest.

'Misschien had ze psychische problemen?' had Jonas gisterochtend geopperd, toen de vermissing van Judith Houtstra bij de recherche terecht was gekomen.

Arjan had aarzelend geknikt en daarna zijn hoofd geschud. Het was mogelijk, natuurlijk. Maar niets in de verklaringen van de familie en Judiths collega's wees daarop. 'Laten we die richting vooralsnog even niet volgen', had hij gezegd, waarna ze zich hadden geconcentreerd op Judiths werk als officier van justitie.

Daar was, en dat verwonderde Arjan, weinig uit gekomen. Zoals iedere officier had Judith eraan bijgedragen dat de nodige criminelen voor kortere of langere tijd achter slot en grendel verdwenen, maar er was geen enkele aanwijzing dat diezelfde criminelen rondliepen met plannen voor vergelding richting de rechtbank of het openbaar ministerie. Doorgaans richtte hun eventuele wraak zich op collega-criminelen – vaak voormalige vrienden – die hun mond open hadden getrokken richting de politie. Een rechter of officier van justitie iets aandoen omdat je het niet eens was met je proces of de straf die je had gekregen, gold zelfs in criminele kringen als not done. Al was het maar omdat de straffen die op dit soort misdrijven stonden, niet mals waren. Bij heel grote rechtszaken en heel zware criminelen was weleens sprake van dreiging en ook van persoonsbeveiliging, maar dat was niet het soort zaken waarmee Judith zich had beziggehouden. Ook al bleven de rechercheurs in die richting zoeken, het was waarschijnlijker dat haar plotselinge verdwijning een andere oorzaak had. Judith had zich recent ingeschreven op een relatie-website, had haar zus verteld. Er was een contact met wie ze zou gaan afspreken. Alleen wist de zus niet welke site het was en Judiths computer was beveiligd met een wachtwoord. Met een beetje geluk zouden de collega's van de digitale recherche snel toegang tot de laptop kunnen verschaffen, Arjan had gezegd dat er spoed bij was.

Arjan liet zijn blik nogmaals over het strand dwalen. Hij had het warm in zijn poloshirt en spijkerbroek. Vandaag zou hij het op het werk niet laat maken, zodat hij daarna nog even naar het strand kon vertrekken. Misschien kon hij, bij voldoende wind, zijn surfplank meenemen.

Met een resoluut gebaar klopte hij de kruimels van zijn broek. 'Zullen we teruggaan?' vroeg hij aan Jonas. Die knikte en stopte de laatste hap van zijn broodje in zijn mond. Arjan stond op en keek voor een laatste keer naar het strand. Nu, in deze drukte, was het gemakkelijk om daar te verdwijnen. Maar eergisteravond, toen het strand door de snel naderende storm plotseling leeg was gestroomd, zou een eenzame wandelaar zijn opgevallen. Hij hoopte nog steeds dat iemand zich zou melden met informatie, zeker nu de vermissing meer en meer in het nieuws kwam. Eén aanwijzing kon al genoeg zijn om het onderzoek in de juiste richting te sturen.

Hij keek naar Jonas en draaide zich toen om voor de wandeling terug naar het bureau. Ergens zat de hele zaak hem niet lekker. Er was te weinig dat vreemd was, dat afweek. Alles leek zo... rimpelloos. Een gevoel, ingegeven door ervaring, knaagde vanbinnen. Er moest iets zijn dat hij nu over het hoofd zag.

Terug op het bureau kwam Annette, die vandaag de receptie bemande, naar hem toe. 'Ah, je bent er weer. Ik heb een telefoontje voor je.'

'Verbind maar door.'

Ze hield een gele post-it omhoog. 'Het kwam binnen toen je weg was. Misschien kan je er iets mee. Het gaat over de vermissing van Judith Houtstra.'

Arjan pakte het briefje aan en keek naar de korte aantekening, die niet meer bevatte dan een naam, telefoonnummer en drie woorden. Auto, aanrijding, bloed. Hij fronste, pakte de hoorn van de vaste telefoon op zijn bureau en toetste het nummer in.

'Ter Zande', klonk een mannenstem, nog voor de telefoon goed en wel was overgegaan.

'U spreekt met Arjan Dalstra, recherche. Ik kreeg van mijn collega het verzoek u even terug te bellen.'

Ook al kon hij hem niet zien, Arjan voelde aan alles dat de man aan de andere kant van de lijn wat nerveus werd. 'Dat klopt', zei hij. 'Ik hoop alleen niet dat ik uw tijd verdoe. Ik heb echt getwijfeld of ik dit wel moest melden.'

'Het is goed dat u heeft gebeld', zei Arjan, zijn vaste manier om iemand gerust te stellen. 'De kleinste aanwijzing kan immers belangrijk zijn.'

'Oké. Ja.' De man schraapte zijn keel. 'Goed.'

Arjan trok een notitieblok naar zich toe en klikte een balpen aan. 'Zeg het maar, meneer Ter Zande. Heeft u iets gezien dat verband houdt met de vermissing?'

'Ja. Nou ja, dat weet ik niet zeker. Ik heb die vrouw niet gezien, als u dat bedoelt.'

'Vertelt u het maar gewoon. U verdoet mijn tijd echt niet.'

De man haalde diep adem. 'Goed, eergisteravond reed ik door het dorp, het was rond tien uur. De storm was net weer wat gaan liggen en ik wilde mijn vrouw ophalen, die met een vriendin in een restaurant zat en anders lopend naar huis moest. Het waaide en regende nog steeds en het zicht was niet al te best, en ineens kwam er een auto uit een zijstraat.'

Arjan knipperde een paar keer. Op zijn notitieblok tekende hij vierkantjes.

'Ik kwam van rechts, maar de auto stopte niet en we raakten elkaar', ging de man verder. 'Het was geen harde klap, maar ik heb toch een deuk in mijn bumper. De bestuurster van de andere auto was erg geschrokken en we handelden de schade af zoals het hoort.'

'Oké', zei Arjan, terwijl hij zich afvroeg waar het verhaal naartoe ging.

'We gebruikten de zaklamp van de telefoon om ook de schade aan de bumper van haar auto te bekijken', ging de man verder. 'Die was niet zo groot, maar er viel me wel iets anders op. Op de bumper zat bloed.'

Arjan ging wat meer rechtop zitten. 'Bloed?'

'Ja, zelf dacht de vrouw dat ze misschien een konijntje had aangereden. Dat kan makkelijk, die beesten springen voortdurend voor je auto.'

'Ja', zei Arjan en hij voelde zijn kleine opleving alweer wegzakken. 'Dat kan zeker een logische verklaring zijn.'

'Ik zou er ook niet meer aan gedacht hebben, als ik niet het Facebookbericht had gezien over de verdwenen vrouw. Haar zus heeft via Facebook een oproep gedaan of iedereen naar die Judith wil uitkijken, ik weet niet of u het heeft gezien.'

Arjan knikte. Het Facebookbericht was in de omgeving veel gedeeld, hij had het ook op zijn persoonlijke timeline voorbij zien komen. Hoewel er veel reacties onder stonden, was er nog geen bruikbare aanwijzing uit het bericht voortgekomen.

'Wat mij opviel, was niet zozeer het bericht zelf', zei de man nu. 'Maar wel degene van wie het afkomstig is.'

'De zus, bedoelt u?'

'Ja. Zij was degene die ik tegenkwam, degene met het bloed op de bumper van haar auto.' De man zweeg even. 'Ik weet niet waarom, maar het viel me op en ik kon het niet loslaten. Het leek me erg toevallig.'

Arjan liet zijn pen boven zijn notitieblok zweven, terwijl hij die woorden op zich liet inwerken. 'Tja', zei hij, om de stilte op te vullen. 'Dat is zeker toevallig.'

De stem van de man had zijn verontschuldigende toon

weer aangenomen. 'Waarschijnlijk is het ook niet meer dan dat: toeval. Dat zei ik ook tegen mezelf, maar mijn vrouw zei: bel nu maar gewoon even. Wie weet. Als ik uw tijd heb verspild, dan spijt me dat.'

'Nee', zei Arjan vlug. 'Nee, zeker niet. Het is goed dat u heeft gebeld. De politie kan niet zonder oplettende burgers. We zullen zeker met uw informatie aan de slag gaan.'

'Heb je iets?' vroeg Jonas, die ook was binnengekomen en nu tegenover Arjan plaatsnam. Hoewel ze net hadden geluncht, trok hij een zakje chips open dat hij uit de automaat op de gang had gehaald. Arjan keek fronsend naar de buik van zijn collega, die ondanks de aanzienlijke hoeveelheden junkfood die Jonas tot zich nam, nooit groter leek te worden.

'Misschien', zei Arjan en met een tik tegen de muis wekte hij zijn computer tot leven om de informatie die hij net had gekregen, volgens de procedure in te voeren in het systeem. 'De beller is een man die op de avond van de verdwijning met zijn auto in botsing is gekomen met de zus van Judith, Mandy. Toen ze de auto inspecteerden, zag hij bloed op de bumper van Mandy's auto.'

Jonas hield even op met kauwen. 'Bloed', herhaalde hij. Toen dacht hij even na, fronste en daarna begon het gekraak van de chips weer.

Arjan tikte een verslag van het gesprek, zette de gegevens van de beller erbij en sloot daarna zijn computer af. 'Kom mee', zei hij tegen Jonas. 'We gaan een kijkje nemen.'

Met een rood potlood dat ze uit Lizes tekendoos had geleend, kraste Mandy de zoveelste naam op de lijst door. Ook Rik Koelman, Judiths directe collega bij het ministerie, kon haar geen enkele bruikbare informatie verschaffen. Mandy zuchtte. Hij was de zoveelste al.

Omdat ze gek werd van het wachten, was ze vanochtend begonnen een lijst te maken van al Judiths contacten. Dat wilde zeggen: al Judiths contacten van wie ze namen wist. Dat betekende haar vriendinnen, enkele collega's en wat buren. Vervolgens had ze die mensen opgezocht via social media – bijna iedereen bleek wel ergens een account te hebben – en privéberichten gestuurd met de vraag of ze kon bellen. Blijkbaar weerhield het mooie zomerweer mensen er niet van om boven op hun telefoon te zitten, want binnen een uur had ze al vele reacties. Een voor een had ze die mensen opgebeld, en van hen had ze ook weer namen en telefoonnummers gekregen. Iedereen die ze sprak was zonder uitzondering verbijsterd over Judiths verdwijning en liep bovendien over van medeleven, maar niemand, echt niemand, kon haar verder helpen met de vele vragen die ze had. Nee, ze hadden de laatste tijd niets vreemds gemerkt aan Judith. Nee, ze had niets opvallends gezegd. Nee, ze wisten niets over een eventuele date en ze wisten ook niet van welke site Judith lid was geworden – Mandy merkte dat dit nog de meeste verwondering opriep bij Judiths kennissenkring. Blijkbaar had haar zus alleen aan haar verteld over haar digitale liefdesavonturen, een gegeven dat Mandy geenszins verbaasde. Ja, Mandy mocht altijd bellen en natuurlijk zouden ze meteen contact opnemen als ze iets hoorden van of over Judith.

Het bellen was al met al een ervaring die weinig voldoening opleverde, en al helemaal geen antwoorden. Eigenlijk had Mandy na elk gesprek alleen maar meer vragen. Welke rol speelden deze mensen in Judiths leven als ze helemaal niets over haar leken te weten? Was haar zus dan zo gesloten? Of was er gewoon niets te weten?

In de keuken vulde Mandy een glas met water, dat ze staand bij het aanrecht opdronk. Daarna dwong ze zichzelf om een banaan te eten. Niet omdat ze daar zin in had – alles stond haar tegen, de geur, de structuur, ze had nooit gedacht misselijk te kunnen worden van de aanblik van een simpele banaan – maar omdat ze wist dat ze alleen kon functioneren als ze af en toe iets in haar maag kreeg. En ze moest functioneren. Blijven staan. Blijven nadenken, al werd de mist in haar hoofd dikker en dikker.

Ze keek naar haar lege glas en opende de koelkast. Er stond een pak sap en een fles cola, Mandy koos voor het eerste. Met het glas in haar hand keerde ze terug naar de tafel. Net toen ze het volgende telefoonnummer op haar lijst wilde bellen, ging de deurbel.

Door het melkglas in de deur zag ze twee personen. Onmiddellijk begon haar hartslag te rijzen. Was dit het dan? Het moment dat zich sinds Judiths verdwijning al talloze malen in haar hoofd had afgespeeld, maar dat ze niet had durven toelaten?

'We hebben geen nieuws', zei de ene rechercheur onmiddellijk, zich kennelijk bewust van haar gedachten. Of misschien was dat wel iets standaards, iets wat ze op de training leerden. Ja, nu ze erover nadacht, dat klonk logisch. Voor haar mocht het dan lijken alsof haar hele leven was opgepakt, door elkaar geschud en daarna was neergezet in een achtbaan zonder rem, de recherche had natuurlijk dagelijks met dit soort zaken te maken. Mandy wist niet waarom, maar op een of andere manier bracht die gedachte haar wat rust. Dit gebeurde vaker. En het kwam vaak ook goed. Dat laatste had die man van de recherche – Arjan, nu herinnerde ze zich zijn naam wel – zelf gezegd.

Mandy deed een stap opzij en het tweetal kwam binnen. Ze nam hen mee naar de woonkamer en wilde Robin, Willem en haar moeder al roepen, maar een van de twee mannen – de jongste, van wie ze de naam niet kende – hield haar tegen. 'Wacht maar even, we willen jou eerst iets vragen, als dat je dat goedvindt.'

'O.' Mandy keek op, verwonderd. 'Ja. Ja, natuurlijk.'

Ze ging tegenover hen zitten. Net een sollicitatie zo, ging het door haar heen. Werkervaring? Referenties? Was het maar waar. Ze keek de rechercheurs om beurten aan en wachtte tot ze iets zouden zeggen. Uiteindelijk sloeg ze haar blik neer en frunnikte aan de randjes van het telefoonlijstje. 'Ik ben al Judiths contacten aan het bellen', zei ze. 'Ik hoop dat er iemand is die meer weet.'

Dalstra, dat was zijn achternaam, nu wist ze het weer. Arjan Dalstra. Hij was degene die nu zat te knikken. 'En?' vroeg hij, maar ze schudde haar hoofd.

'Wij zijn hier omdat we informatie hebben gekregen over een aanrijding die heeft plaatsgevonden.'

Mandy keek met een ruk op. Rondom haar hart werd het koud vanbinnen. Geen nieuws, zei hij toch zo-even?

'Een aanrijding tussen jouw auto en die van een inwoner van het dorp.' Arjan stopte even. Mandy ontspande. 'Dat klopt', zei ze en ze knipperde een paar keer. 'Ik was dat alweer bijna vergeten. Ik moet nog contact opnemen met de verzekeraar, maar door alles...' Ze hief haar twee handen. 'Nou ja, ik had er niet meer aan gedacht.'

'Begrijpelijk', zei de rechercheur. 'Maar waar het om gaat, is dat we graag even naar je auto willen kijken. Staat die hier?'

'Eh... ja.' Mandy knikte een paar keer. 'Ja, hij staat om de hoek van de straat. Maar ik begrijp niet...'

'Geen zorgen', zei de andere rechercheur. 'We willen alleen even iets checken.'

Mandy volgde het tweetal naar buiten. 'Die daar', zei ze, toen ze het hek uit liepen en rechtsaf sloegen. 'Die zilvergrijze.'

De twee mannen liepen om de auto heen en knielden aan de voorkant, waar de beschadiging van de botsing zat. Mandy keek toe vanaf een afstandje. Een van de twee maakte foto's. Ze begreep niet goed waar dit over ging. Was de aanrijding nu ook ineens een zaak van de recherche geworden?

'Hé.' Robin was naast haar opgedoken en legde zijn hand op haar rug. 'Wat is hier aan de hand?'

'Ze willen naar mijn auto kijken', zei Mandy. 'Het heeft iets te maken met die botsing.'

'En met Judith?'

Mandy schudde haar hoofd. 'Ik weet het niet', zei ze toen. 'Mij lijkt van niet.'

Samen keken ze toe hoe de rechercheurs nauwgezet de bumper afspeurden en allebei een telefoontje pleegden. Uiteindelijk kwam Arjan Dalstra naar Mandy en Robin toe. 'Er komen nog wat meer collega's ter plaatse. Leden van de technische recherche.'

Mandy keek onzeker langs hem naar zijn collega en naar de auto. 'De technische recherche?' vroeg ze toen. 'Waarom?'

'Wat aanvullend onderzoek', zei de rechercheur. 'We willen ook graag wat van Judiths spullen meenemen.'

'Jullie hebben haar laptop toch al?'

'Ja.' De man knikte en aarzelde even voor hij verder praatte. 'In deze fase van het onderzoek willen we ook graag iets van haar DNA-materiaal verzamelen. Een haarborstel, bijvoorbeeld.'

'O', zei Mandy, terwijl haar keel zo'n beetje werd dichtgesnoerd.

'Ik loop met jullie mee naar binnen', zei Arjan Dalstra. Mandy keek nog even naar haar auto. De andere rechercheur liep er nu omheen, als een potentiële koper die de waar keurde. Hij knielde bij het rechtervoorwiel.

Elly en Willem zaten inmiddels in de woonkamer. Ze veerden onmiddellijk op, maar zowel Mandy als de rechercheur stak een hand op. 'We zijn hier voor wat routinewerkzaamheden', zei die laatste. 'We hebben geen nieuws over uw dochter.'

Mandy zei niets. Ze liep naar boven en kwam terug met

de haarborstel. De rechercheur haalde een plastic zakje uit zijn achterzak en liet de borstel erin glijden. 'Bedankt', zei hij. En daarna: 'Sterkte.'

'Gaan jullie?'

'We zijn nog even buiten bezig en daarna gaan we, ja.'

'En de technische recherche dan?'

'Die kunnen er elk moment zijn. Ze zijn ook zo weer weg.'

Hij liet zichzelf uit. Mandy liep naar boven, naar Judiths kamer. Van daaruit had ze door de bomen zicht op haar eigen auto. 'Ik snap het niet', zei ze tegen Robin, die haar was gevolgd. 'Wat kan er zo interessant zijn aan mijn auto?'

Haar vriend gaf geen antwoord. Zijn gezicht had iets grimmigs. 'Het lijkt wel alsof ze geen idee hebben in welke richting ze het moeten zoeken. En daarom gaan ze zich maar bezighouden met een druppel bloed op jouw auto.'

Mandy draaide haar hoofd met een ruk, zo hard dat het pijn deed. 'Bloed?' vroeg ze, terwijl het haar op hetzelfde moment begon te dagen. Daar had ze helemaal niet meer aan gedacht, zoals ze ook amper nog aan die botsing had gedacht.

'Hoe weet je dat?' vroeg ze.

Robin keek haar bevreemd aan. 'Dat heb je me zelf verteld die avond. Je had een aanrijding gehad en toen zag je dat er bloed op de bumper zat, omdat je eerder een konijntje had geraakt.'

'O ja.' Mandy sloot even haar ogen. Ze wreef met haar handen over haar wangen. Het was net alsof het slaapgebrek delen van haar hersenen op zwart zette, telkens een ander stukje. 'Ik weet dat niet zeker, trouwens. Van dat konijntje. Maar het leek me de meest logische verklaring.'

'Ik vraag me alleen af hoe dit de recherche is opgevallen', zei Robin. 'Ze zullen toch niet al onze auto's onderzoeken in de hoop dat ze iets vinden?'

'Hij zei dat ze informatie hadden gekregen.'

'Van wie?'

Mandy haalde kort haar schouders op. Buiten arriveerde een busje. Er stapten twee vrouwen en een man uit. Ze droegen geen witte pakken maar een blauwe jas met letters op de rug die Mandy niet kon lezen. De ene vrouw legde een koffertje op de stoep en klapte het open.

'Misschien van die man', zei Mandy toen. 'Hij was degene die het bloed zag.'

Robin gaf geen antwoord. Zwijgend staarden ze een tijdje naar buiten. 'Kom mee', zei hij toen en ze liepen naar beneden. Bij elke stap had Mandy het gevoel dat haar knieën een stukje verder doorbogen.

Hoofdstuk 5

WAT DOE IK HIER? DIE VRAAG BLEEF MAAR DOOR Mandy's hoofd gaan, terwijl ze keek naar de golven die aan land rolden en zich weer terugtrokken in hun eeuwigdurende ritme. Vreemd eigenlijk, bedacht ze, hoe dat ritme nooit verstoord raakte. Zelfs als alles op z'n kop stond, zoals nu, bleven de golven rollen en weer verdwijnen. Het was een gedachte die in gelijke mate geruststellend en gekmakend was. Alles zou anders moeten zijn. Alles zou uit het lood moeten liggen. Alles zou recht moeten doen aan de storm die in haar raasde en inmiddels vooral op een tsunami leek. Ze beet dan op haar lip om de tranen binnen te houden, al wist ze niet waarom ze die niet wilde laten zien. Misschien omdat kwetsbaarheid nu ongepast leek. Ze moest sterk zijn. Zonder kracht kon ze niets.

Ze wilde terug naar de villa. Daar, binnen die muren, leek het allemaal meer behapbaar. Daar kon ze iets doen. Nog meer mensen bellen. Continu de stroom reacties op haar Facebookbericht lezen, de pagina verversen tot haar duim er pijn van deed. Er kwamen er nog steeds binnen, dat was fijn. Voornamelijk steunbetuigingen, maar her en der doken er mensen op die zeiden dat ze Judith kenden. Tot nu toe hadden drie mensen laten weten dat ze haar die avond hadden gezien. Alle drie de tips waren door de politie nagetrokken, maar er was niets uit gekomen. Mandy had zelf ook contact gezocht met die mensen. Ze hadden Judith inderdaad gezien op het strand, voor de storm losbarstte. De locaties die zij noemden, kwamen overeen met de plekken waarop Judiths telefoon contact had gemaakt met het netwerk, bleek nu de politie haar mobiel had nagetrokken. Ongeveer een halfuur later en zo'n tweehonderd meter verderop, was het laatste punt waarop haar telefoon actief was geweest. Informatie waar ze feitelijk weinig mee opschoten, had de recherche meteen duidelijk gemaakt. Dat de telefoon daarna geen contact meer had gemaakt met het netwerk, betekende niet dat Judith zich niet had verplaatst.

'Er kunnen autootjes naar Mars om daar foto's te maken,' had Mandy gefrustreerd geroepen, 'maar niemand kan precies bepalen waar de telefoon van mijn zus zich bevindt?'

'We begrijpen dat het frustrerend is', had een van de rechercheurs gezegd, waarna hij had uitgelegd hoe het kwam dat ze die locatie niet nauwgezet konden bepalen. Een heel verhaal, nogal technisch. De uitleg was grotendeels langs Mandy heen gegaan. Er leken vooral veel dingen te zijn die niet konden. Ze konden niet in Judiths computer. Ze konden niet ontdekken wat die relatie-website was. Ze konden er ook niet achter komen wie die man was met wie ze volgende week zou afspreken. En ze konden ook niet met zekerheid zeggen of er iets speelde op haar werk.

Mandy wel. Ze had inmiddels al Judiths directe collega's gesproken. Er speelde niets. Als Judith lastige zaken onder haar hoede had gehad, als Judith op wat voor manier dan ook dreigementen had gekregen of zich op een andere manier bedreigd had gevoeld, zou dat bekend moeten zijn. Daar waren procedures voor, mechanismen die in werking traden. De politie had inmiddels ook toegang tot haar werkmail en haar bestanden. Bovendien hadden ze haar werktelefoon, die Judith tijdens de vakantie uit voorzorg op haar kantoor had laten liggen. Geen bijzonderheden, had Mandy begrepen. De hele tijd dat. Geen bijzonderheden. We weten niets. We hebben geen idee. Het onderzoek van haar auto gisteren stond eigenlijk symbool voor het hele onderzoek. Er waren zo weinig aanwijzingen, dat ze echt alles gingen onderzoeken. Hoe ongeloofwaardig ook.

Haar telefoon ging. 'Hoi mam', zei ze toen ze zag wie het was. Onbewust stokte haar adem even. Elke telefoon kon hét telefoontje zijn. Het nieuws. Het omslagpunt.

Aan de andere kant van de lijn klonk geluid, maar Mandy kon het niet goed verstaan. 'Wat zeg je?' vroeg ze, terwijl ze met haar hand haar andere oor afdekte. Ze keek even naar haar scherm, maar het bereik was goed. 'Mam?'

'Lieverd', zei haar moeder nu, haar stem kwetsbaar, met een lichte trilling. 'Er is... Ik heb...' 'Wat?' vroeg Mandy, haar hart plotseling hamerend tegen de binnenkant van haar ribbenkast. 'Wat is er?'

Ze hoorde haar moeder diep ademhalen. 'Kom je even hiernaartoe, alsjeblieft?'

Ze werd gek, zo voelde het. Er leek ineens een waas over de omgeving te liggen. Alles ging in slow motion. De hand met daarin haar telefoon, die ze naar beneden bewoog. Robin die de bal naar Lize gooide. Een vogel die op hoge poten in de branding trippelde.

'Robin', zei Mandy, schor en veel te zacht. Ze probeerde het harder. Er kwam voor haar gevoel alleen gekras uit haar mond, maar toch keek haar vriend naar haar. Op een drafje kwam hij op haar af. 'Wat is er?'

'Mijn moeder belde. We moeten naar huis.'

Robin werd bleker, wat een weerspiegeling van haar eigen tint moest zijn. 'Is ze...' Hij maakte die zin niet af. Mandy schudde haar hoofd. 'Dat zei ze niet.'

Ze liepen tegen het duin op, moeizame passen in loeiheet zand. Haar voeten zakten weg. Ze deed haar slippers aan, maar dat hielp niet. Toen ze de straat bereikten, bedacht Mandy dat ze de bal waren vergeten. Voor de deur stond een politieauto.

Ze waren met z'n drieën: rechercheur Dalstra en twee agenten die Mandy niet eerder had gezien. Die laatste twee droegen uniformen. Mandy keek naar de gordel met handboeien, een portofoon en een dienstwapen. Dat moet zwaar zijn, dacht ze, totaal niet relevant.

'Mama...' Toen ze haar moeder zag, had Mandy moeite haar tranen te bedwingen. Elly stond daar, ze leek in het krappe uur dat Mandy weg was geweest, kleiner te zijn geworden. Willem stond naast haar, zijn arm beschermend om haar schouders. 'Is ze...' Mandy maakte haar vraag niet af. 'Hebben ze haar...'

Haar moeder schudde haar hoofd. Ze deed haar mond open, maar sloot hem weer. Rechercheur Dalstra was degene die het woord nam. 'Mandy', zei hij, en daarna keek hij haar aan. Het was een beetje een vreemde blik. Strak en nogal donker. Mandy knipperde een paar keer. Vanuit haar nek begon een straaltje zweet naar beneden te lopen. Uiterst langzaam.

'Wat is er?' vroeg ze onzeker. Ze keek naar haar moeder, daarna naar Robin. 'Wat...'

'Ik wil je verzoeken om met ons mee te gaan naar het bureau.'

Identificatie, dat woord kwam in haar op. Misschien hadden ze Judith gevonden en moest zij officieel bevestigen dat het haar zus was? Ze week achteruit. 'Ik kan niet...'

De twee agenten stapten naar voren. Arjan maakte een beweging met zijn hoofd en ze hielden hun pas weer in. 'Ik denk dat het niet nodig is om dit ingewikkeld te maken', zei hij. 'Waarom ga je niet gewoon met ons mee?'

Nu pas zag Mandy dat een van de twee agenten haar hand op de gordel had gelegd, ter hoogte van de handboeien. Ze keek naar Robin voor steun. Hij schudde zijn hoofd. 'Wacht even', zei hij ferm. 'Wat gebeurt hier? Waarom moet mijn vriendin met jullie mee? Ze is toch niet...'

'Word ik gearresteerd?' Dat woord, dat voelde vreemd op haar tong. Huiveringwekkend. Haar lichaam reageerde en begon te beven.

De rechercheur schudde zijn hoofd met een beweging zonder veel overtuiging. 'Er zijn een paar zaken waarover we graag opheldering willen', zei hij. 'Een paar punten die uit het onderzoek naar voren zijn gekomen. Daar hebben we jouw medewerking bij nodig.'

'Ze gaat helemaal nergens heen', zei Robin. 'Als jullie vragen hebben, dan kan dat gewoon hier.'

'Ik vrees dat dat niet gaat.'

'Oké', zei Mandy. Het woord rolde haar mond uit voor ze het zelf goed en wel doorhad. Het laatste wat ze wilde, was een probleem met de recherche. Ze kende die toon van Robin. Ze kon nu beter meebuigen. 'Ik ga wel mee.'

Het leek alsof de ruimte iets van z'n zuurstof terugkreeg. Mandy pakte haar tas en stopte haar telefoon erin. 'Tot straks', zei ze tegen haar moeder.

Robin liep achter haar aan. 'Ik ga met je mee.'

'We willen Mandy graag alleen spreken.'

'Dan wacht ik wel op de gang.'

Een van de agenten hield het portier voor haar open. Mandy wilde vragen of ze met Robin mee mocht rijden, maar ze deed het niet. 'U moet een andere auto nemen', hoorde ze Dalstra tegen hem zeggen. 'De auto van Mandy is momenteel niet bruikbaar in verband met het onderzoek. Hij zal zo meteen worden opgehaald.'

Het dichtslaan van het portier hield Robins antwoord

buiten de deur. Zijn houding zei alles. Toen de agenten waren ingestapt en de politieauto zich in beweging zette, zag Mandy haar vriend met haastige passen naar binnen benen. Rechercheur Dalstra stapte in een andere auto, een donkerblauwe.

Er zat een scherm tussen haar en de voorstoelen. Ze kon niet verstaan wat de agenten tegen elkaar zeiden, al kwam dat vooral door de ruis in haar oren. Ze rilde in de koude luchtstroom van de airconditioning. Even sloot ze haar ogen. *We willen Mandy graag alleen spreken...*

Het politiebureau was onopvallend en standaard. Het deed Mandy nog het meest denken aan een goedkoop pension. Er waren constructies met blauwe buizen overheen geplaatst. Ze vroeg zich af of die moesten bijdragen aan de stevigheid of aan de schoonheid, vermoedelijk het eerste.

Ze stopten voor een hek, dat langzaam opengleed. De auto trok weer op en uiteindelijk hielden ze stil op een kleine binnenplaats met auto's, busjes en motoren die allemaal voorzien waren van politiestrepen. Een van de agenten, de vrouw, opende het portier voor Mandy. 'Deze kant op', zei ze, en ze ging haar voor naar de enige deur.

Binnen was het koel en rook het naar koffie. Bij een balie leverde Mandy haar telefoon in en leegde haar zakken. *Word ik gearresteerd?*, hoorde ze zichzelf in gedachten weer vragen.

'Kom maar mee.'

Mandy volgde. Hoofd naar beneden, blik op de grond gericht. Ze liet zich installeren in een kamer zonder ramen.

Er stond een tafel met vier stoelen eromheen. Even kreeg ze visioenen van verhoorkamers in Netflix-series. Voorzichtig voelde ze aan de tafel. Niet verankerd in de vloer. Ze kreeg een flesje water en de vraag of ze verder iets nodig had. Aarzelend schudde ze haar hoofd.

Rechercheur Dalstra had een andere collega meegenomen. Een kleine, slanke vrouw met donker haar en vriendelijke ogen. 'Ik ben Manon Thijssen, recherche', zei ze en haar handdruk was stevig.

Mandy nam een slok van haar water. Ze haalde diep en trillend adem. 'Ik wil graag weten wat ik hier doe', zei ze.

Rechercheur Thijssen rommelde wat met een bandrecorder en zei toen dat ze het gesprek zouden opnemen. Ze startte de band en noemde de dag en tijd en de aanwezigen. Daarna knikte ze kort in Mandy's richting. 'We komen zo op de reden van je aanwezigheid hier, maar eerst ben ik verplicht je te wijzen op je recht op juridische bijstand. Als je geen advocaat hebt of als je er geen kunt betalen, kunnen wij een pro-Deo-advocaat voor je bellen.'

Mandy staarde haar aan. 'Ben ik gearresteerd?'

De rechercheur glimlachte. Professioneel geruststellend, dat was de beschrijving voor die lach die in Mandy opkwam. 'We hebben je gevraagd om hiernaartoe te komen omdat uit het onderzoek van je auto een nogal opvallend feit naar voren is gekomen. We hopen dat jij ons kan helpen dit op te helderen.'

Mandy knipperde een paar keer. 'Wat voor feit?'

'Het is belangrijk voor de opname dat je uitspreekt of je een advocaat wilt.'

'Nee.' Mandy schudde haar hoofd. Ze hoefde er niet eens over na te denken. Ze had niets te verbergen. 'Ik heb geen advocaat nodig.'

Manon Thijssen knikte en maakte een korte aantekening op haar notitieblok. Mandy zat te veraf om die te kunnen lezen. Nu nam Arjan Dalstra het woord. 'Ik zal je uitleggen waarom we je hebben gevraagd naar het bureau te komen. Zoals je weet, heeft de technische recherche het bloed op de bumper van jouw auto onderzocht. Uit dat onderzoek is naar voren gekomen dat het bloed van Judith is.'

Mandy had haar blik tot dat moment op haar handen in haar schoot gericht. Nu staarde ze de rechercheur met een ruk aan. Het was alsof alle lucht in één keer uit de kamer werd gezogen. Het flesje water viel om. Mandy deed haar mond open om iets te zeggen. Koud vocht drupte op haar been. 'Wat?' bracht ze uit, al klonk het als niet meer dan een vreemd gepiep.

'Ja.' Arjan Dalstra knikte een paar keer. 'Ik moet zeggen dat wij ook verrast waren.'

'Ik...' Mandy's mond was zo droog dat ze bang was dat haar tong elk moment kon scheuren. Het water liep als een zielig stroompje van de tafel af. Rechercheur Thijssen redderde met een tissue, maar die viel in natte plukjes uiteen. 'Ik begrijp het niet', zei Mandy uiteindelijk. 'Mijn auto...'

'Misschien is er een logische verklaring', zei Arjan Dalstra. Mandy wilde graag in zijn stem horen dat hij zelf ook niet geloofde dat ze er iets mee te maken had. Dat hij haar graag wilde helpen dit op te helderen, zodat ze kon gaan. Maar dat hoorde ze niet.

Langzaam schudde ze haar hoofd, keer op keer. Judiths bloed op de auto, dat betekende dat... Het voelde alsof haar keel werd dichtgesnoerd als ze die gedachte zou afmaken. Was ze gevallen en tegen de bumper terechtgekomen? Hoe onwaarschijnlijk dat ook was, het was nog veel onwaarschijnlijker dat Judith met Mandy's auto daadwerkelijk was aangereden. Hoe had iemand aan haar autosleutels moeten komen? En ze zou toch wel hebben gemerkt dat haar auto weg was?

Toen ze haar zus voor zich zag, kneep haar maag zich samen. Bloed op haar gezicht, bloed op haar hele lichaam. Als ze gewond was door een aanrijding, had iemand haar toch moeten vinden? Zelfs als de dader was doorgereden, waren de omgeving van Zandvoort en het dorp zelf niet zo verlaten en afgelegen dat iemand dagenlang ongemerkt in de berm kon liggen. Integendeel, elke dag stonden de auto's in lange files te wachten op een parkeerplaats voor het strand. Iedere hoofdweg, iedere straat en zelfs iedere zijstraat kon rekenen op verkeer. Ze schudde haar hoofd en slikte de misselijkheid weg. De scenario's in haar hoofd propten zich als twee niet-passende puzzelstukjes in elkaar. Het waren niet eens stukjes van dezelfde puzzel. Er klopte helemaal niets van.

'Mandy?' De stem van rechercheur Dalstra haalde haar uit haar gedachten. Ze deed haar mond open om iets te zeggen, maar uiteindelijk sloot ze hem weer. Bloed. Op haar auto. De recherche die een verklaring wilde. Een verklaring die ze niet had. Angst om wat Judith was overkomen, ging in golven door haar heen.

Het was als lopen door dichte mist. Ze had geen referentiepunt, geen idee welke richting ze moest kiezen. Tegelijk met verbijstering, begon er ook iets anders door haar heen te kruipen. Heel even keek ze naar zichzelf door de ogen van de beide rechercheurs. Hoe zou ze reageren, dat vroegen zij zich nu af. Waarschijnlijk waren ze erop getraind om elke verandering bij haar te zien. Er moesten van die standaarddingen zijn. Leugenaars lachen veel, dat had ze ooit eens gelezen. En vertellen te veel details. Maar ze was geen leugenaar.

Arjan Dalstra keek ogenschijnlijk neutraal, zijn blik op haar gericht. Zijn collega deed er nog een schepje bovenop, op haar gezicht was alleen maar vriendelijkheid te lezen. 'We zijn benieuwd naar jouw verhaal', zei ze een paar keer. Mandy sloot even haar ogen. Ze moest opletten. Het was niet wat het leek. De vriendelijkheid had vele lagen. Met stroop vang je meer vliegen dan met azijn.

Meer dan met reageren op wat ze had gehoord, was ze nu bezig met bedenken wat de juiste reactie zou moeten zijn. Hoe zou iemand reageren die onschuldig was? Ze sloot even haar ogen. Dat zou ze niet moeten bedenken. Ze was immers onschuldig. En toch had ze geen idee wat ze moest zeggen. Zweet prikte op haar voorhoofd en onder de stof van haar jurk. Er zat zand op haar scheenbeen. Als ze haar voet erlangs bewoog, viel het met zacht geruis op de grond. Een stukje strand op het lichtgrijze linoleum van een andere wereld.

Ze rechtte haar rug. Een paar keer knipperen en de mist trok wat op. 'Ik weet het niet', zei ze fermer dan ze zich voelde. 'Ik heb geen verklaring voor het bloed van mijn zus op de bumper van mijn auto. Het enige wat ik weet, is dat het er niet door mijn toedoen op is gekomen.'

'Oké.' Arjan Dalstra maakte een korte aantekening. Hij knikte, glimlachte kort, maar ze zag de waakzaamheid in zijn blik. Alert op de kleinste aanwijzing bij haar. Ze staarde terug. Niet inzakken nu, blijven opletten. Ze had hier niets mee te maken, dat wist ze zeker. Ze mocht de rechercheurs niet het gevoel geven dat er een reden was daaraan te twijfelen.

'Heb je je auto in de uren voor de verdwijning van je zus nog gebruikt?' vroeg Manon Thijssen. 'Of misschien uitgeleend?'

'Nee.'

'Zijn jullie ermee weg geweest? Naar het strand?'

Het strand voor de deur, bedoel je? Waar je op een zomerse dag onmogelijk kan parkeren? Dat wilde Mandy cynisch zeggen, maar ze schudde haar hoofd. 'We zijn die dag lopend naar het strand gegaan. Ik had mijn auto de dag ervoor gebruikt, toen we aankwamen. Daarna hebben we hem om de hoek van de straat neergezet, omdat daar een parkeervak is.'

'Heb je hem al die tijd gezien?'

Mandy moest moeite doen om haar ware reactie te verbergen. Natuurlijk niet. Wie ging er nu een hele middag en avond naar z'n eigen auto zitten kijken? Ze slikte opnieuw iets in wat cynisch was en niet erg zou helpen. 'Nee', zei ze neutraal. 'Vanaf de benedenverdieping van het huis konden we de auto niet zien, alleen vanuit de slaapkamer op de eerste etage.'

Beide rechercheurs knikten. Mandy likte aan haar lippen, wat ze alleen maar droger leek te maken. Ze zocht naar iets om te zeggen. Iets aanvullends, iets verklarends.

'Weet je wat het is, Mandy?' Rechercheur Dalstra haalde diep adem. Het was geen echte zucht, maar er bleek precies uit wat hij wilde zeggen. Hij zat ook maar in zijn maag met dit dilemma. Hij wilde het ook oplossen. Hij wilde alleen maar helpen. Judith vinden.

'We moeten afgaan op de feiten', zei Dalstra, toen Mandy zijn retorische vraag niet beantwoordde. 'Er zijn in dit onderzoek maar weinig feiten. Eigenlijk is er maar één concrete aanwijzing, maar één teken dat met Judith te maken heeft. En dat is het bloed op jouw auto. Je moet geloven dat wij je zus net zo graag willen terugvinden als jij. Maar daarvoor hebben we wel een verklaring nodig voor het bloed.'

'Ik heb er niets mee te maken', zei Mandy. Ze legde haar handen voor zich op tafel. 'Ik weet niet hoe het bloed daar komt, maar wat ik wel weet, is dat mijn zus nog steeds niet gevonden is en dat de tijd verder tikt. Misschien heeft iemand mijn auto gestolen en Judith daarmee aangereden? Ik kan het jullie niet vertellen.'

'Oké. Ja.' Manon Thijssen knikte een paar keer en omcirkelde wat van haar aantekeningen. 'Dat is zeker een mogelijke verklaring. Het probleem is alleen – en dat zal je met me eens zijn – dat we geen idee hebben wie er dan in jouw auto heeft gereden. Zonder sleutel, bedoel ik.'

Mandy had geen antwoord paraat. Ze knikte alleen maar, keek naar haar handen op tafel en daarna weer naar de rechercheurs. 'En nu?' vroeg ze uiteindelijk, haar blik gericht op het notitieboek van Arjan Dalstra. Ze kon zijn aantekeningen niet ontcijferen.

Manon Thijssen nam het woord. Ze keek spijtig naar Mandy. 'Nu zullen wij moeten onderzoeken of we een logische verklaring voor het bloed kunnen vinden. Tot die tijd moeten we alle opties openhouden en een van die opties is formeel dat jij ons niet alles vertelt wat je weet. Het is uiteindelijk wel jouw auto en het is op z'n minst opvallend te noemen – al spreken wij in dit geval over "verdacht" – dat het bloed van jouw verdwenen zus daarop is aangetroffen. Dat maakt jou zo'n belangrijk onderdeel van het onderzoek, dat we je op dit moment niet kunnen laten gaan.'

Mandy's hand, die onderweg was om een haarlok uit haar verhitte gezicht te strijken, bleef in de lucht hangen. 'Hoe bedoel je?' vroeg ze.

'Ik bedoel dat we jou op dit moment op het bureau in voorlopige hechtenis zullen houden tot we aanvullend onderzoek hebben gedaan.'

Er gebeurde van alles in haar. Mandy deed haar mond open. Ze hoorde haar eigen stem iets zeggen, maar wist zelf eigenlijk niet precies wat. Ze moest iets doen, iets verzinnen, de rechercheurs overtuigen dat ze een ongelooflijke fout maakten. Maar haar hoofd was een kolkende massa waar geen enkel bruikbaar argument uit naar boven kwam.

Mandy keek om zich heen. De deur was gesloten. Daarachter was Robin, althans, ze stelde zich voor dat dat zo was. Een intens verlangen naar zijn armen vlamde in haar op, maar doofde ook weer. Verlangen ging haar niet helpen. Daadkracht, dat had ze nodig. Overtuiging. Hulp.

Ze draaide haar hoofd en richtte haar blik weer op de rechercheurs. 'Ik wil toch wel een advocaat spreken.'

HOOFDSTUK 6

'KOFFIE?'

Arjan Dalstra keek op toen zijn collega Manon in de deuropening verscheen. In haar handen hield ze twee witte kartonnen bekertjes. Zonder zijn antwoord af te wachten, zette ze er eentje voor hem neer.

'Lekker', zei hij en hij streek met zijn hand door zijn donkerbruine haar. Het werd lang, hij moest zichzelf binnenkort toch eens tijd gunnen om naar de kapper te gaan.

'En?' zei Manon, toen ze aan haar eigen bureau plaatsnam. 'Wat vond je?'

Arjan haalde diep adem. Hij keek naar zijn spiegelbeeld in het zwarte scherm van zijn computer. 'Ik vind het lastig om er iets over te zeggen.'

Manon knikte instemmend. 'Ze is niet makkelijk in te schatten.'

Arjan dacht even na over die woorden. Tijdens het verhoor van Mandy Houtstra had hij een paar keer hetzelfde gedacht: dat het moeilijk was om hoogte te krijgen van de zus van Judith. Maar in die gedachte school ook een gevaar. Mandy's ongeloof en haar daaropvolgende moeite om op woorden te komen, konden net zo goed inhouden dat ze daadwerkelijk lamgeslagen was door het nieuws dat ze te horen had gekregen. De grootste fouten in recherchewerk werden gemaakt in de interpretatie. Het kón, dus het was zo. En als je eenmaal een theorie in je hoofd had, was het makkelijk om overal het bewijs daarvoor te zien. Daar moest je als rechercheur altijd alert op blijven.

Tegelijkertijd was interpretatie binnen dit werk van het grootste belang. Geen enkele oplossing van een zaak werd zomaar op een presenteerblaadje aangeboden. Het draaide om het vinden van de juiste onderzoeksrichtingen, om graven, om alles wat niet werd gezegd, toch zien. Dat was wat hem ook zo fascineerde aan dit werk, en wat het zelfs na al die jaren nooit saai maakte. De combinatie van feiten en gevoel, van onderzoek en intuïtie bleef altijd boeiend.

'We moeten echt breder gaan kijken', zei Arjan. 'Ik ga bij Koppens proberen om meer mensen op de zaak te krijgen. Het bloed is één spoor, maar er moet meer zijn. Als Mandy ermee te maken heeft, zullen we ook met meer moeten komen. Anders loopt ze binnen de kortste keren het bureau weer uit.'

Arjan staarde zonder iets te lezen naar zijn aantekeningen. Zijn pen liet hij heen en weer gaan tussen zijn vingers. Het vasthouden van Mandy Houtstra was geen doel op zich. Ook als ze weer op vrije voeten kwam, kon ze nog altijd verdachte zijn in de zaak. Het vinden van meer feiten was dat wel. Het bloed was hoogst opmerkelijk, maar geen *smoking gun*.

'We moeten meer terug naar de basis', zei Arjan en terwijl hij praatte, begon hij de stappen op zijn notitieblok te krabbelen. 'Wat is de tijdlijn van de dagen voor Judiths verdwijning? Wie uit haar omgeving wisten er allemaal dat ze in Zandvoort te vinden was? Met wie heeft ze telefoongesprekken gevoerd?' Hij tikte op dat laatste punt op zijn opschrijfblok. 'De gegevens zijn al opgevraagd bij de telecomprovider, ik hoop dat we die vandaag nog binnenkrijgen.'

'De garage', zei Manon en Arjan keek haar vragend aan. 'In Judiths auto lag een factuur van een garagebedrijf, gedateerd op de dag van aankomst in Zandvoort. Daar is ze voor vertrek geweest. Bovendien kunnen zij misschien het gps-systeem van haar auto uitlezen.'

'Maar de auto staat toch voor de deur van de vakantievilla?'

'Dat klopt, maar in nieuwere automodellen, zoals Judith heeft, worden ritten vaak opgeslagen. Ik heb zelf bijvoorbeeld een app die met mijn auto verbonden is en waarin ik tot drie maanden terug al mijn ritten kan zien. Met die app kun je ook de auto op afstand vergrendelen of bijvoorbeeld 's ochtends alvast de stoelverwarming aanzetten.'

Arjan knikte langzaam. 'De ritten tot drie maanden terug, dat kan interessante informatie opleveren.'

'Zeker. Omdat we niet beschikken over Judiths telefoon

waar eventueel een app op staat, moeten we het via de garage proberen. Zij kunnen de techniek en software van auto's uitlezen met hun eigen computer.'

Terwijl Arjan zich vaag afvroeg hoe zijn collega ineens over zoveel technische autokennis bleek te beschikken, knikte hij instemmend. 'Ik ga eerst Koppens bellen.'

Dat was geen gesprek waar hij naar uitkeek. Al jaren waren zowel de mankracht als de budgetten bij de recherche vele malen beperkter dan het aanbod van onopgeloste zaken, en het was aan de hoofdinspecteur om de middelen zo goed mogelijk te verdelen. In het geval van Johan Koppens betekende dat dat hij probeerde om met zo min mogelijk inzet van mensen en geld zoveel mogelijk resultaat te behalen. Het was geen onwil, dat wist Arjan ook wel. Maar het werd vermoeiend om zo vaak te moeten leuren om meer geld en meer mensen.

'Wens me succes', zei hij met een blik naar Manon, die haar koffiekopje in de lucht stak bij wijze van toost. Arjan pakte de telefoon. Nog voor die één keer was overgegaan, nam de hoofdinspecteur al op. 'Dalstra', zei hij, dankzij de nummerherkenning. 'Is die verdwenen officier al terecht?'

De advocaat zag eruit alsof hij rechtstreeks van het strand kwam. Hij droeg weliswaar een lichtblauw overhemd en een kakikleurige broek, maar rond zijn ogen was duidelijk de afdruk van een zonnebril te zien en hij rook vaag naar zonnebrand. Een geur die Mandy een golf van heimwee bezorgde. Heimwee naar iets wat nog maar een paar uur geleden volstrekt vanzelfsprekend was geweest. Naar buiten, naar zee.

Van den Brink, zo had hij zich voorgesteld. Ook een voornaam, maar die was haar ontschoten. Voor hij ging zitten, had hij zijn koffertje opengeklapt en er een dunne dossiermap uit gehaald. 'Het is niet veel', had hij daarbij met een halve grijns gezegd. 'Ze hebben ook niet veel grond om je vast te houden.'

'Wanneer mag ik weg?' had Mandy daarop gevraagd, maar zo eenvoudig lag het natuurlijk allemaal niet.

De advocaat had eerst maar eens de regels uitgelegd. 'Voor voorlopige-hechtenisfeiten mogen ze je negen uur vasthouden, voor niet-voorlopige-hechtenisfeiten zes uur.'

Mandy had hem aangestaard alsof hij plotseling in een andere taal was gaan praten. De advocaat had het uitgelegd. Niet voor elk strafbaar feit was voorlopige hechtenis toegestaan, dat gold alleen maar voor misdaden waarop een gevangenisstraf van meer dan vier jaar stond. Mandy had intussen koud zweet over haar hele lichaam gevoeld. Misdaad, gevangenis... het was meer en meer alsof ze een slechte Netflix-serie had aangezet, die ze niet meer uit kreeg.

'Maar waar word ik dan van verdacht?' had ze gevraagd. 'En hoeveel gevangenisstraf staat daarop?'

'Precies!' De advocaat had met zijn balpen in haar richting geprikt. Hij deed haar denken aan haar wiskundeleraar van vroeger, die ook altijd zo deed als ze een som wist op te lossen. 'Dat is de vraag die ik ook heb gesteld. Want om jou vast te houden, moet er een gegronde verdenking van een strafbaar feit zijn. Ze houden het voorlopig op "betrokkenheid bij onvrijwillige vrijheidsberoving".'

'Wat betekent dat?'

'In mijn ogen betekent het dat de politie op dit moment niet zoveel heeft in de vorm van bewijslast of verdenkingen. Ze zullen in de tijd dat je hier bent proberen om meer te verzamelen en als ze iets hebben, zullen ze bij de officier van justitie om een verlenging van jouw hechtenis vragen.'

'Juditths collega...' Gek hoe dat besef nu pas bij haar opkwam. Haar advocaat schudde zijn hoofd.

'Om elke vorm van belangenverstrengeling te voorkomen, is de zaak bij een ander parket ondergebracht.'

'O.' Mandy knikte een paar keer. 'Ja. Logisch ook.'

'Ze kunnen jouw hechtenis dus verlengen', pikte Van den Brink de draad van zijn verhaal weer op. 'Die verlenging geldt voor de duur van drie dagen en kan daarna één keer worden verlengd met nog eens drie dagen.'

'Zes dagen totaal?' Mandy's stem was schor. 'Maar ik heb helemaal niets gedaan.'

De advocaat had haar over de rand van zijn bril aangekeken. Zijn balpen lag nu op zijn schrijfblok. Ineens had hij iets vaderlijks over zich gekregen. 'Maak je geen zorgen', zei hij. 'Als er geen grond is om je vast te houden, zullen ze die ook niet vinden. Dan ben je hier morgenochtend weer uit.'

Het was geruststellend bedoeld, maar Mandy was alleen maar meer geschrokken. 'Morgenochtend? Maar ze hebben me om vier uur meegenomen. Negen uur later is het één uur 's nachts. Dat is nog...' Ze wilde op haar horloge kijken, maar op haar pols zat alleen de afdruk die witter was dan de huid eromheen. Alles was afgenomen toen ze naar haar cel werd gebracht.

'Nog vier uur, ja', zei de advocaat. 'Helaas tellen de uren tussen middernacht en negen uur 's ochtends niet mee. Dat betekent dat je de nacht hier zal moeten doorbrengen.'

Paniek. Pure paniek had zich van Mandy meester gemaakt. Elke minuut, nee elke seconde, in de cel zat al onder haar huid. Het voelde alsof er continu iets rondkroop in haar lichaam. Ze kon niet meer nadenken, amper ademhalen. 'Ik kan hier niet blijven', had ze piepend door haar dichtgeknepen keel uitgebracht.

Ze moest toch blijven. Natuurlijk. Ze konden geen uitzondering maken. De advocaat kon de al goedgekeurde eerste hechtenis niet ongedaan krijgen. Uiteindelijk wás er bloed aangetroffen op haar auto. Een feit dat de politie natuurlijk met beide handen aangreep en dat, hoe ongeloofwaardig en absurd ook, haar in verband bracht met Judiths verdwijning.

En dus was Mandy naar een kale cel gebracht, verlicht door tl-balken en voorzien van slechts het minimum aan meubels: een bed, een tafel en een bank die aan de muur vast zat geschroefd. De badkamer bestond uit een wandje met daarachter een toilet en een roestvrijstalen wastafel. Er was geen douche. De geur van ontsmettingsmiddel kon die van urine niet verhullen. De airconditioning stond hoog, de deken die ze had gekregen prikte.

Toen de deur achter haar op slot was gedraaid – met

precies zo'n knarsende bonk als je in films altijd hoorde – had Mandy willen schreeuwen, schoppen, slaan. Vanbinnen raasde en stormde het, maar gek genoeg was ze daardoor juist verstijfd. Amper had ze kunnen bewegen. Ze was op het harde matras op het bed gaan liggen en probeerde uit alle macht niet aan haar voorgangers te denken.

De afgelopen uren waren de wildste scenario's door haar hoofd gegaan. Judith die om wat voor reden dan ook niet gevonden wilde worden en daarom haar eigen verdwijning, of ontvoering, in scène had gezet. Op het randje van hallucineren had Mandy voor zich gezien hoe Judith haar hand opensneed en de bumper van Mandy's auto besmeurde met bloed. Of had iemand anders dat gedaan? De echte dader? Maar waarom?

Framing, dat woord leek met neonletters in haar hoofd te knipperen. Nog niet zo lang geleden had ze met Robin een film gekeken waarin de hoofdpersoon er op ingenieuze wijze in werd geluisd door de echte dader van een moord. 'Goede film', hadden ze achteraf gezegd en toen waren ze gaan slapen. Nu leek het alsof die film zich van voor naar achter weer in haar hoofd afspeelde. Het idee dat iemand haar de schuld in de schoenen probeerde te schuiven was volslagen absurd. En tegelijkertijd een van de meer logische verklaringen die ze nu kon bedenken.

Met een zucht draaide Mandy zich weer om op het harde bed. De deken was te warm en te koud tegelijk. Ze zou geen oog dichtdoen. Ergens wilde ze dat ook niet. Alsof ze zich dan aan de situatie zou overgeven. Zich zou neerleggen bij haar verblijf in de cel. Ze moest wel wakker blijven, waakzaam blijven. De ironie van dat woord, dat ook in de slogan van de politie voorkwam, ontging haar niet.

Ze had geen idee hoe laat het was. Het wachten was gekmakend. In haar hoofd onderhandelde ze met zichzelf, met het universum, met krachten waarin ze normaal gesproken niet eens geloofde. Als ik hieruit kom, zal ik nooit meer... Ja, wat eigenlijk? Wat had ze fout gedaan?

Het moest toch inmiddels tegen de ochtend lopen? Hoelang geleden was het licht uitgegaan? Al had ze maar een raam van ondoordringbaar glas gehad, op een hoogte die sowieso niet bereikbaar was. Alleen het licht kunnen zien zou zoveel verschil maken.

Het vreemde was dat je uiteindelijk aan jezelf ging twijfelen. Dat stukje van de film had ze toen ongeloofwaardig gevonden. De hoofdpersoon die langzaamaan geneigd was te gaan geloven dat ze de moord daadwerkelijk had gepleegd. Ze had ook nooit kunnen begrijpen waarom mensen valse bekentenissen aflegden. En geen kleine vergrijpen, maar heel grote misdaden. Moord. Er moest toch iets mis met je zijn als je vrijwillig toegaf dat je iemand om het leven had gebracht, wetend dat dat niet de waarheid was.

Maar met het verstrijken van de uren begon ze het te begrijpen. De combinatie van vier kale muren, veel te veel tijd om na te denken en bizarre feiten die als waarheden werden gepresenteerd, was genoeg om voor een storm in je hoofd te zorgen. Een storm waardoor niets meer op z'n plek stond. Een storm die je herinneringen door elkaar blies, vertroebelde. Een storm die, als hij te lang aanhield, misschien wel voor nieuwe, valse herinneringen zorgde. Als iedereen je maar bleef vertellen dat je ermee te maken had, schikten je hersenen uiteindelijk hun opgeslagen beelden daar misschien wel naar. Een geheugen was geen harde schijf, geen in steen gebeitelde timeline. Een geheugen was zacht, vloeibaar en verschrikkelijk onbetrouwbaar.

Ze wist niet hoeveel tijd er was verstreken toen ze gerommel bij de deur hoorde. Onmiddellijk zat ze rechtop. Alles in haar lijf deed pijn. Het slot ging knarsend open, een geluid dat ze nooit meer uit haar hoofd zou krijgen. Een jonge agente verscheen in de deuropening, een dienblad in haar hand.

'Mevrouw Houtstra', zei de agente. 'Ik heb ontbijt voor u. U kunt u daarna gaan klaarmaken. Het is nu halfacht in de ochtend, vanaf negen uur bent u vrij om te gaan.'

Gek genoeg voelde Mandy eerst geen opluchting, wel grote verwarring. 'Vrij om te gaan?'

'Uw voorlopige hechtenis is niet verlengd. Wel zal u gevraagd worden om beschikbaar te blijven voor het onderzoek, maar daarover vertelt mijn collega u meer bij uw vertrek.'

Het ontbijt smaakte niet, maar toch at Mandy de boterham en het plakje kaas op. Nervositeit maakte zich van haar meester. Ze wilde niets liever dan naar huis gaan, maar het vervulde haar ook met onzekerheid. Hadden Robin, Willem en haar moeder in de tussentijd te horen gekregen wat er was gebeurd? Dat ze verdachte was geworden in het onderzoek? Mandy was ervan overtuigd dat vooral Robin en haar moeder een rotsvast vertrouwen in haar hadden. Ze had gewoonweg nooit reden gehad om daaraan te twijfelen. Maar nu...

Nee. Mandy schudde wild met haar hoofd. Dit was precies wat ze niet moest laten gebeuren. Die twijfel, die nergens op gebaseerd was, moest ze uitbannen. Haar geheugen mocht niet vloeibaar zijn. Ze wist zelf heel goed dat ze niets met Judiths verdwijning te maken had en uitgerekend Robin, Willem en haar moeder zouden dat ook weten. Al was het maar doordat Mandy de hele tijd in hun gezelschap had verkeerd. Vanaf het moment dat Judith alleen de villa verliet tot enkele uren daarna – toen haar afwezigheid al zorgwekkend lang duurde – was Mandy niet alleen geweest. Zelfs als ze haar zus iets had willen aandoen, dan had ze er geen gelegenheid voor gehad. Het irriteerde haar dat dit besef nu pas kwam. Ze had het gisteren in het verhoor al meteen moeten roepen. De vraagstelling om moeten draaien. Als jullie denken dat ik er iets mee te maken heb, vertel dan maar wanneer ik dat had moeten doen.

De boterham lag als een steen op haar maag. Ze staarde naar de rest van het ontbijt. Een beschuit, een eenpersoonsverpakking aardbeienjam, melk in een kartonnetje. Het dienblad schoof ze van zich af. Ze ging weer op het bed zitten, haar rug tegen de harde, kale muur. Haar gedachten draaiden maar door. Dat de hechtenis niet was verlengd, betekende niet dat de politie haar daadwerkelijk zou laten gaan, dat wist ze zeker. Fysiek, ja, ze konden haar immers niet langer opsluiten. Maar had de agente net al niet gezegd dat ze beschikbaar moest blijven voor het onderzoek? Natuurlijk zouden ze proberen een link te vinden tussen haar en het bloed. Het was hun belangrijkste aanknopingspunt. Mandy was niet bang voor zichzelf. De link die ze zo graag wilden, zouden ze niet vinden. Maar het was Judith voor wie ze vreesde. Alle tijd die ging zitten in het vinden van een niet-bestaande verklaring die Mandy aan het bloed op de bumper zou linken, ging niet naar het onderzoek dat daadwerkelijk gedaan moest worden. Ze sloot even haar ogen. Precies dit moest ze duidelijk maken aan de rechercheurs, maar ze wist dat die haar geloofwaardigheid momenteel niet al te groot achtten. Ze moest iets anders verzinnen. Desnoods zelf op onderzoek uitgaan. De tijd van afwachten was voorbij.

Toen het slot weer werd geopend, sprong Mandy overeind. Dezelfde jonge agente nam haar mee. Bij de balie waar ze gisteren haar spullen had ingeleverd, kreeg ze nu alles terug. Haar sieraden in een zakje, haar telefoon los. Ze pakte hem op. De batterij was leeg. Vanuit haar ooghoek keek ze naar Arjan Dalstra, die naderde. Hadden ze haar telefoon in de tussentijd onderzocht? Het was moeilijk te geloven dat dat niet zou zijn gebeurd.

'Bedankt voor je medewerking, Mandy', zei Dalstra. 'Ik wil je vragen om beschikbaar te blijven voor het onderzoek. Als je van plan bent jullie vakantiehuis te verlaten om naar huis te gaan, zou je ons dat dan kunnen laten weten? Dat geldt eigenlijk voor elk moment dat je Zandvoort verlaat.'

Verzet had zich als een muur klemgezet in Mandy's

lichaam. Desondanks knikte ze, al was het houterig. 'Natuurlijk.'

Ze verliet het bureau via de voordeur. De buitenlucht die haar longen in stroomde, voelde als nieuwe zuurstof. Even bleef ze staan, toen begon ze met snelle passen te lopen. Ondanks het vroege uur was het zonlicht al fel. Groepjes strandgangers zochten hun weg door de straat, bijtijds op pad gegaan om een plek te bemachtigen. Mandy knipperde tegen het licht en pakte haar zonnebril uit het plastic zakje met haar bezittingen. Op de stoep bleef ze toch weer staan. Automatisch pakte ze haar telefoon, maar het scherm bleef zwart. Ze had Robin moeten bellen.

'Mandy!' Vanaf de overkant van de straat hoorde ze een bekende stem. 'O God, Mandy!'

Zonder acht te slaan op een naderende fietser, rende Robin de straat over. Het volgende moment werd ze gesmoord in zijn armen. 'O gelukkig, je bent er weer. Ik was zo... Ik dacht echt...'

Mandy drukte zich tegen hem aan. De warmte van zijn lichaam, zijn bekende geur, de kracht van zijn armen – ze wist niet precies wat het was dat haar aan het huilen maakte, maar het volgende moment stroomden de tranen over haar wangen. Misschien was het gewoon het besef dat ze vrij was. Geen donkere cel, geen knarsend slot. Geen rechercheurs die haar aankeken alsof ze iets te verbergen had.

'Hoe wist je dat ik naar huis mocht?' vroeg ze, haar gezicht nog altijd tegen Robins borst.

'Ik had het nummer van je advocaat gekregen. Ik heb die man helemaal platgebeld. O God...' Robin liet haar even los, maar sloeg toen onmiddellijk zijn armen weer om haar heen. 'Dat ze je zomaar hebben opgesloten, dat maakt me echt woedend. De advocaat zei dat ze helemaal geen bewijs hebben en dan toch...' Hij liet haar weer los en balde zijn vuisten. 'Hier is het laatste woord nog niet over gezegd.'

'Ik wil naar de villa', zei Mandy. 'Ik snak naar koffie en een douche.'

'Ja.' Robin knikte. 'Ja, natuurlijk. Kom mee.'

Hij trok haar zo ongeveer mee naar de auto. Die van Willem en haar moeder, zag ze. 'Die van jou staat op het bureau en gisteren hebben ze ook Judiths auto opgehaald voor het onderzoek', verklaarde Robin, toen hij was ingestapt. Hij draaide zich naar haar toe en legde zijn hand op haar wang. 'Je ziet er moe uit.'

'Ik heb geen oog dichtgedaan. Het was echt verschrikkelijk.'

'Wat zeiden ze? Waarom hebben ze je vastgehouden?'

'Ik wil echt heel graag naar huis.'

Robin startte de auto. Hij bleef maar vragen stellen. Mandy voelde zich duizelig. Toen ze bij de villa kwamen, zwaaide de deur open. Mandy omhelsde haar moeder, opnieuw begon ze te huilen. 'Ze denken dat ik er iets mee te maken heb', zei ze.

'Sst maar', zei haar moeder, net als vroeger. 'Kom, ik heb koffiegezet.'

Het was alsof alle energie – of was het adrenaline? – in

één keer wegvloeide nu ze vrij was. Mandy zat aan tafel, haar handen om een mok geklemd. Ze beefde over haar hele lichaam. Ze wilde naar bed, maar er waren vragen, zoveel vragen.

'De advocaat zei dat ze bijna niets hadden', zei Robin. 'Belachelijk dat ze je hebben vastgehouden.'

'Bloed', zei Mandy. 'Ze hebben Judiths bloed gevonden. Op de bumper van mijn auto.'

Die informatie was inmiddels zo vaak door haar hoofd gegaan, dat het leek alsof die daar een pad had ingesleten. Een pad dat was geschuurd door elke keer dezelfde gedachten, dezelfde redeneringen, dezelfde conclusie dat er iets helemaal niet klopte. Terwijl ze de woorden uitsprak, had ze zich niet gerealiseerd dat de politie de informatie niet met haar familie had gedeeld.

Drie verbijsterde gezichten om haar heen, drie paar ogen die haar met de grootst mogelijke schok aanstaarden. Haar moeder had haar hand voor haar mond geslagen en staarde Mandy met grote ogen aan. Ze bracht een geluid uit, dat niet meer was dan een zacht gepiep. Mandy beet op haar lip. Ze had dit anders moeten brengen.

'Het zegt nog niets', zei ze, maar haar geruststelling was ongeloofwaardig. Het zei wel iets.

Haar moeder sloot haar ogen en probeerde met diep ademhalen rustig te blijven. 'Ik begrijp niet...', zei ze, maar die zin maakte ze niet af. Die erna ook niet. 'Ik weet niet...'

'Het is echt een vreemd verhaal', zei Mandy. 'Judith is naar het strand gegaan en mijn auto is niet van z'n plek geweest. Althans, ik weet zeker dat de sleutel hier de hele tijd is geweest en uit zichzelf kan hij niet rijden.'

Robin ademde diep in en uit, met een zacht gefluit. 'We zien iets over het hoofd.'

Mandy keek naar haar moeder. Elly leek in een paar minuten een stuk ouder en dunner te zijn geworden. Nu stak ze haar hand uit en pakte die van Mandy. 'Ik vind het zo erg voor je', zei ze en in haar ogen blonken tranen. 'Dat ze denken dat jij... En dat je een nacht in de cel hebt moeten zitten.' Ze knipperde en de tranen gleden over haar wangen naar beneden. 'Wat een verschrikkelijke nachtmerrie.'

'We moeten goed nadenken', zei Robin geestdriftig. 'Jouw auto heeft hier de hele tijd gestaan. Dus wat zijn de mogelijkheden dat er bloed...'

'Dat was wat de politie van mij wilde weten', zei Mandy. 'En toen ik er geen verklaring voor kon geven, moest ik blijven.' Ze huiverde bij de herinnering aan de cel. Toen ze weer begon te praten, beefde haar stem. 'Het was echt vreselijk.'

Haar moeder kneep in haar hand. Robin trok haar tegen zich aan. 'Er moet iets met jouw auto zijn gebeurd', zei hij. 'Iemand moet dat bloed erop hebben gesmeerd. Iemand die iets met de verdwijning te maken heeft. Ze willen jou verdacht maken.'

Zijn woorden reflecteerden haar eigen gedachten, maar zo uitgesproken vond Mandy ze vreemd en ongeloofwaardig klinken. 'Maar wie dan', zei ze, zonder een antwoord te verwachten. 'Ik heb daar de hele nacht over nagedacht. Het is gewoon helemaal niet logisch.'

'Maar verder hebben ze niets', zei Robin. 'Ik begrijp nu waarom ze ons alle drie hebben gevraagd waar jij de hele avond was. En toen ze het antwoord hadden vroegen ze het nogmaals, en nogmaals. Telkens op een andere manier.'

'Wat heb je gezegd?'

'Dat ik de hele tijd in jouw buurt ben geweest, tot we ons opsplitsten om Judith te gaan zoeken. Maar dat was al een paar uur na haar verdwijning.'

Mandy knikte een paar keer.

Willem keek eerst Mandy en daarna Robin aan. 'Was er verder ook schade?'

'Ja, van de aanrijding die ik heb gehad. Zo zijn ze er ook achter gekomen. De man met wie ik in botsing was gekomen, heeft de politie gebeld omdat hij het bloed op mijn auto had gezien.' Mandy haalde diep adem. 'Ik dacht echt dat het van een konijn was.'

'Eigenlijk is het iets goeds', zei Robin, nadat hij een tijdje had nagedacht. In zijn stem klonk nieuwe energie door. 'Dit is de eerste aanwijzing die we hebben. De politie weet nu wel dat jij er niets mee te maken hebt, dus kunnen ze verder kijken. Misschien zijn er wel camerabeelden waarop te zien is dat er iemand bij jouw auto staat. Misschien vinden ze wel een vingerafdruk bij het bloed. Het is echt goed dat er iets onderzocht kan worden. Dat helpt.' Zijn geestdrift klonk hijgend. Het was alsof hij tijdens het praten niet alleen de anderen, maar ook zichzelf nog moest overtuigen. Mandy knikte, maar haar hersenen leken het vermogen tot het zien van nieuwe mogelijkheden te hebben verloren. Niemand zei iets. Mandy keek naar haar moeder, die haar blik op haar beurt op Robin had gericht. Willem was degene die na een tijdje de stilte doorbrak.

Hij staarde Mandy aan. 'Vreemd is het wel', zei hij en hield haar blik vast tot Mandy uiteindelijk haar ogen afwendde.

Hoofdstuk 7

'Hier is het.' Arjan Dalstra gaf richting aan en zag in zijn spiegel dat de bergingsauto achter hem hetzelfde deed. Voor de deur van de werkplaats waren een paar vrije parkeerplaatsen. Hij zette de politieauto stil in het middelste vak. Voor de bergingsauto was alleen plek recht voor de roldeur.

Arjan stapte uit, Manon volgde zijn voorbeeld. De garagehouder kwam met snelle passen aangelopen. Manon had al gebeld, de man stak zijn hand uit. 'Wat kan ik voor u doen?' vroeg hij, een en al behulpzaamheid.

'Laten we even naar binnen lopen', zei Arjan. Vanaf de straat zag hij nieuwsgierige blikken van voorbijgangers. De collega's van de bergingsauto begonnen de Mazda van Judith van de wagen te halen.

In de werkplaats rook het naar olie en rubber. Monteurs in blauwe overalls liepen om en onder auto's. 'Wellicht heeft u gehoord over de vermissing van een vrouw in Zandvoort', zei Arjan. De garagehouder – hij had zich voorgesteld als Menno Kuin – knikte. 'Vreselijk', knikte hij meelevend.

Met zijn duim wees Arjan naar de zilvergrijze SUV die net van de bergingsauto was gehaald. 'Dat is haar auto, en die zal u niet onbekend voorkomen. Uit de gegevens blijkt dat Judith Houtstra hier vlak voor haar vertrek naar Zandvoort nog is geweest.'

Menno Kuin knikte. Met zijn hand wreef hij over zijn kin, waarbij hij een zwarte veeg achterliet. 'Dat klopt.' Hij schudde wat ongelovig met zijn hoofd. 'We hadden het er nog over, dat ze een weekje vakantie had. Ze keek er erg naar uit.'

Arjan haalde zijn notitieblok tevoorschijn. 'Wat voor indruk maakte ze op u?'

Vijf minuten later sloeg hij zijn blokje zonder aantekeningen weer dicht. De garagehouder kende Judith al lang, maar niet erg goed. Twee keer per jaar kwam ze langs voor de wissel van de banden, soms gecombineerd met onderhoud. Ze was vriendelijk en maakte altijd een praatje met hem, soms met de monteurs. Menno Kuin had een tijdje nagedacht over de vraag of hem de laatste keer iets aan Judith was opgevallen, maar uiteindelijk had hij zijn hoofd geschud. 'Sorry. Ik wil jullie graag helpen.'

Arjan knikte hem toe. 'Je helpt ons enorm als we via de boordcomputer kunnen achterhalen waar de auto de laatste tijd allemaal is geweest.'

'We gaan er meteen mee aan de slag. Koffie?' Zonder het antwoord af te wachten riep de garagehouder naar een van de monteurs. 'Tim!'

Een man van halverwege de twintig kwam aangesneld. Er zat een beetje smeer in zijn blonde haar. Hij keek vragend, en een tikje geschrokken. 'Ja?'

'Geef jij de politie even koffie en help me daarna met het uitlezen van de boordcomputer. Dit is de auto van mevrouw Houtstra.' Dat laatste zei hij met veel nadruk, maar de naam leek bij zijn werknemer geen bel te doen rinkelen. 'Oké', zei die en snelde weg om de opdracht uit te voeren.

'Bedankt', zei Arjan, toen hij een bekertje zwarte koffie in handen gedrukt kreeg. De geur die eraf kwam was zo mogelijk nog beroerder dan bij de koffie op het bureau. Hij nam een slok. Voor de smaak gold hetzelfde. Hij wisselde een blik met Manon. Allebei dronken ze het bekertje leeg.

Bij de bergingsauto stond de chauffeur te wachten. 'Hebben jullie mij nog nodig?' vroeg die.

Arjan knikte. 'Omdat de auto van mevrouw Houtstra onderdeel uitmaakt van het onderzoek, moet hij straks naar het depot.'

Arjan liep weer naar binnen. Hij hield niet van wachten, maar terug naar het bureau kon hij ook niet, omdat hij verantwoordelijk was voor de auto van Judith. Hij nam plaats op een stoel in de wachtruimte. Het was een garage van het oudere soort. Geen moderne wachttafel met wifi en stopcontacten, maar een rijtje klapstoelen langs de muur en tijdschriften van enkele jaargangen geleden. Hij pakte zijn telefoon en controleerde zijn e-mail. Er was een bericht van Koppens met de bevestiging dat het team zou worden uitgebreid met acht rechercheurs. Die boodschap ontlokte Arjan een goedkeurend knikje. Meer armslag, dat hadden ze nodig.

Cold case. Een mail met dat onderwerp trok zijn aandacht. Hij was gestuurd door Koos Ruysdaal, een naam die zo'n beetje elke rechercheur binnen het korps kende. Koos was twee jaar geleden na een lange loopbaan binnen de politie met pensioen gegaan en zo nu en dan had Arjan nog contact met hem. Hij mocht de man graag en was hem nog altijd dankbaar voor alles wat hij van hem had geleerd. Arjan opende de mail en vond een kort bericht en een link naar een krantenarchief.

Ik moet aan deze zaak denken, had Koos geschreven. *Nooit opgelost, tot mijn spijt.*

Arjan opende de link en kwam terecht bij een oud nieuwsbericht, ingescand vanaf krantenpapier. Hij zoomde in en moest moeite doen om de letters te lezen.

Verdwijning in de Zandvoortse duinen blijft een raadsel, was de kop. Het artikel was dertien jaar oud en ging over ene Janne Govers, een destijds veertigjarige vrouw uit Haarlem die op een avond in Zandvoort was verdwenen. De vrouw, kunstenares van beroep, woonde alleen en haar verdwijning werd pas na enkele dagen door haar omgeving opgemerkt. Ondanks uitgebreid recherchewerk waren er geen aanknopingspunten gevonden, ook omdat Janne Govers weliswaar een groot netwerk van vrienden en collega's had, maar haar privéleven erg voor zichzelf hield. Het vermoeden van de politie was altijd gebleven dat een figuur uit dat privéleven te maken had met de verdwijning, maar daarvoor was nooit hard bewijs gevonden. Arjan kende de zaak wel, al had hij destijds zelf nog voornamelijk als agent op straat gewerkt. Hij herinnerde zich hoe de verdwijning een paar dagen groot nieuws was geweest in Zandvoort, al raakte het vuur daarvan ook weer vrij snel uitgedoofd. Bij gebrek aan nieuws waren de kranten overgestapt op andere onderwerpen en social media speelden nog niet zo'n grote rol als nu.

Arjan las het artikel twee keer, stuurde een kort antwoord naar Koos om hem te bedanken en sloot toen zijn telefoon af. Menno Kuin kwam naar hem toe. 'We hebben de boordcomputer uitgelezen. Ik ga nu de gegevens printen.'

'Bedankt', zei Arjan en hij knikte de garagehouder toe. 'Dan nemen we de auto weer mee.'

Hij liep verder. De zilvergrijze Mazda stond nog op z'n plek. De werknemer die ermee bezig was geweest, overhandigde de sleutels aan Arjan. Tim, herinnerde hij zich. Dat was zijn naam.

'Bedankt.' Arjan keek hem aan. 'Heb jij de laatste keer ook het onderhoud aan deze auto gedaan?'

De jongen leek wat te schrikken. Hij keek even naar zijn baas, maar die stond buiten gehoorafstand. 'Ja', zei hij toen. En daarna, onzeker: 'Ja, meneer.'

'Zeg maar Arjan.'

De jongen zei niets. 'Heb je de mevrouw van wie de auto is ook nog gesproken?' vroeg Arjan. 'Ken je haar?'

'Ja.' Tim keek hem schichtig aan. 'Ik zei dat ze haar auto weer kon meenemen.'

‘Oké.’ Arjan glimlachte kort en knikte. ‘Fijn. Dank je wel, Tim.’

Arjan draaide zich om en liep naar buiten met het onprettige gevoel dat ze niets anders deden dan hengels uitgooien met een totaal gebrek aan aas. Er moest meer zijn. Iets wat ze nu over het hoofd zagen. ‘Kom mee’, zei hij tegen Manon, terwijl hij de sleutels van Judiths auto aan de chauffeur van de takelwagen overhandigde. ‘We gaan.’

Het donkere gordijn hield wel het zonlicht, maar niet de warmte tegen. Mandy werd wakker met het laken als een wrong om haar benen gewikkeld en een hoofd dat aanvoelde alsof ze koorts had. Ze keek op de digitale klok van de wekkerradio naast het bed. 16.01 uur. Ze had iets meer dan vijf uur geslapen. Het zachte bed was een weldaad en ze voelde zich veel helderder.

Langzaam kwam ze overeind. De airconditioning was uitgegaan, wat de warmte in de kamer verklaarde. Ze vond de afstandsbediening naast Robins kant van het bed en schakelde het apparaat in. De koele luchtstroom die meteen op gang kwam, deed haar rillen. Het voelde niet onprettig.

Ze nam een douche en trok een simpele zwarte jurk en slippers aan. Haar natte haar bond ze samen in een knot. Ze keek naar zichzelf in de spiegel. Onder de bruine gloed van de zon was haar huid vaal en bleek, maar toch voelde ze zich stukken beter dan vanochtend. Ze luisterde bovenaan de trap. Beneden was het stil.

Terwijl ze de leuning al vasthield om naar beneden te

lopen, bedacht ze zich. De deur van Judiths kamer stond open en Mandy ging naar binnen. Ze opende de kast en liet Judiths kleding door haar handen gaan. Ze wist niet waarnaar ze op zoek was. Nabijheid, waarschijnlijk. Iets anders zou ze ook niet vinden, aangezien de belangrijkste spullen al door de politie waren meegenomen. Mandy wist niet of de politie aanwijzingen had gevonden in de spullen in Judiths handtas of door haar laptop te doorzoeken.

Ze ging aan het bureautje zitten en keek naar buiten. De auto van Willem stond op de oprit, het hek was gesloten. Ze wist niet of hij thuis was, net zomin of ze wist waar haar moeder was. Ze dacht aan die ochtend, het gesprek aan tafel. De blik van Willem. Ze had niets gezegd, maar kippenvel was over haar rug gegaan.

Mandy liet haar hand over het bureau gaan. Ze opende het enige laatje, het klemde een beetje. Er lag een potlood in. Eerder had ze hier ook gezeten, toen nog met Judiths spullen voor haar neus. Nu vervloekte ze zichzelf dat ze daar niet beter naar had gekeken, voor de politie ze meenam. Ze had alles moeten doorzoeken, zelf onderzoek moeten doen, aanwijzingen vinden. Wat betekende 'Doc komt', de aantekening in Judiths agenda? Ze had nog steeds geen idee.

Even sloot ze haar ogen en schudde haar hoofd. Boos worden op zichzelf had geen zin. Hoe had ze kunnen vermoeden dat ze uiteindelijk niet naast, maar tegenover de politie zou staan? Want al hadden ze dat niet met zoveel woorden gezegd, haar gevoel was heel duidelijk. Ze had het gelezen in de ogen van de rechercheurs, ze had het zelfs gezien in de blik van de advocaat. Haar naam had een kruisje, een rode vlag. Dat de politie niet genoeg bewijs had om haar langer vast te houden, deed daar niets aan af.

Ze sloot het laatje weer en legde het potlood op het bureautje. En toen ineens schoot het beeld door haar hoofd. Ze wist niet of het de beweging van haar hand was die haar een déjà vu bezorgde of de aanblik van het bureau of misschien de kamer waarin ze zat, maar voor haar geestesoog zag ze het briefje dat uit de agenda was gevallen. Ze had het in haar zak gestopt en er verder geen aandacht aan besteed. Maar ineens leek het belangrijk.

Waar had ze het gelaten? Ze had hier aan het bureau gezeten en in de agenda gekeken. De agenda, die nu natuurlijk bij de politie was. Daarna was ze naar Lizes kamer gelopen en...

Ineens wist ze het weer. In de zak van het jurkje dat ze had gedragen. Met vlugge passen liep ze naar haar slaapkamer en even later hield ze het papiertje in haar hand. Het was een beetje verfrommeld en ze streek het glad met haar vinger. Er stond een 06-nummer op. En opnieuw dat woordje: *Doc.*

Dinsdag, dat was de dag waarop 'Doc komt' in Judiths agenda had gestaan. Vandaag. Dit briefje, dit telefoonnummer, moest daar wel mee te maken hebben. Ze keek weer naar het nummer en in een opwelling toetste ze het in. Haar hart miste een slag toen de telefoon overging. Vijf keer, tien keer. Toen een automatische stem die zei dat haar oproep niet kon worden beantwoord. Geen voicemail.

Ze zou de recherche moeten bellen. Zij hadden inmiddels ongetwijfeld de aantekening in Judiths agenda gezien, maar zonder dit briefje met het telefoonnummer konden ze er niets mee. Het was aan haar om de rechercheurs in te lichten. Zij konden het nummer misschien wel traceren of koppelen aan een naam. Zo konden ze er misschien wel achter komen wat de aantekening te betekenen had.

Mandy bleef met de telefoon in haar hand zitten. Haar vinger zweefde boven het directe nummer van Arjan Dalstra, dat hij haar had gegeven toen ze nog enkel 'de zus van' was geweest. Familie. Net zo goed slachtoffer.

En dan? Wat zou er gebeuren als ze belde? Mandy had geen idee wie er schuilging achter het 06-nummer. Wat als het iets was dat Judith juist niet onder de ogen van de politie wilde brengen? Door haar werk had ze korte lijnen met alle diensten in de opsporing. Als ze met iets bezig was waar de politie bij betrokken moest worden, had Judith allang aan de bel getrokken. Het feit dat de politie van niets wist, zei iets.

En als ze eerlijk was, was er nog iets anders. Tot gisteren zou ze geen seconde hebben getwijfeld. Zou ze, ook al wilde Judith dat misschien niet, waarschijnlijk toch de politie hebben ingelicht en het verder aan hen hebben overgelaten. Ze had geen enkele reden gehad om dat niet te doen en, belangrijker, ze had het volste vertrouwen gehad in het onderzoek.

Dat gold nu niet meer. Het onderzoek was in een richting bewogen die gewoonweg niet klopte. Ze wist niet of dat de enige richting was, ze wist niet eens hoe serieus ze het moest nemen. Nu ze gevoelsmatig aan de andere kant van het onderzoek was komen te staan, had ze het vermoeden dat de politie haar niet meer alles zou vertellen. Haar moeder misschien, maar haar niet.

Ze moest het er met Robin over hebben. Hij was altijd rationeel, als hij vond dat ze ondanks alles de politie moest inlichten, zou ze dat doen. Als hij het met haar eens was dat het beter was van niet, zou ze ook luisteren. Misschien konden ze dan samen uitzoeken wat het telefoonnummer te betekenen had.

Ze stond op en wilde al naar beneden lopen, toen haar telefoon een melodietje begon te spelen. Geschrokken keek ze naar het scherm. Anoniem.

Met een stem die trilde van de spanning nam ze op. 'Hallo?'

Aan de andere kant van de lijn klonk geruis, als van een ademhaling. Toen een mannenstem. 'Judith?'

In minder dan een seconde nam Mandy een beslissing. 'Ja', zei ze.

'Wat is er? Waarom bel je?'

Mandy aarzelde. Zou hij het nieuws hebben gevolgd? 'Het gaat om vandaag. Doc.'

'Ja, wat is daarmee? Ik heb het. Ik hou me aan de afspraak.'

De afspraak? Mandy voelde koud zweet op haar rug prikken. 'Ik ook.'

‘Wat is er dan? Je zou mijn bericht afwachten. Ik eerst, dan jij. Met het geld.’

‘Ja’, zei Mandy. ‘Dat regel ik.’ Al haar spieren waren verstijfd. Ze durfde amper adem te halen. Ze moest weten hoeveel geld, maar ze mocht geen argwaan wekken. ‘In welke coupures wil je het hebben?’

‘Twintig keer vijftig.’

‘Oké.’ Mandy schrok van het bedrag. ‘En jij stuurt mij een bericht.’

‘Om acht uur. Zorg dat je klaarstaat.’

‘Ja. Natuurlijk.’

‘En zorg dat je alleen komt. Niemand mag hier iets van weten.’

Mandy dacht vluchtig aan Robin. ‘Ja’, zei ze, maar kennelijk klonk ze aarzelend.

‘Ik meen het, Judith’, zei de man met iets hards in zijn stem. ‘Ik zet mijn baan op het spel hiervoor, dat weet jij ook. Niemand, echt niemand, mag hiervan weten. Anders hangen we allebei.’

‘Ja’, zei Mandy, stellig deze keer. ‘Ik begrijp het.’

Ze hing op, terwijl het haar duizelde. Duizend euro? Wat was dit voor informatie?

Een geluid bij de trap deed haar opschrikken uit haar gedachten. Voetstappen die naar boven kwamen. Snel stopte ze het briefje in haar zak. Om zichzelf een houding te geven, pakte ze haar telefoon weer op. Toen Robin de kamer binnenliep, had ze net WhatsApp geopend.

‘Hé’, zei hij en keek haar onderzoekend aan. ‘Hoe voel je je?’

'Goed', zei Mandy. Ze glimlachte, overtuigend naar ze hoopte. 'Het slapen heeft me goedgedaan. Ik voel me veel helderder.'

Robin ging naast haar zitten en sloeg zijn arm om haar heen. 'Het komt wel goed', zei hij met zijn hoofd tegen haar haar. 'Ik weet zeker dat ze zullen inzien dat ze een fout hebben gemaakt. Dat jij er niets mee te maken heeft.'

Mandy gaf geen antwoord. In plaats daarvan keek ze naar een bericht dat binnenkwam op haar telefoon. Een vriendin van Judith stuurde een screenshot. *Klopt dit?*

Mandy zoomde in op de foto. Het volgende moment was het alsof er een koude stroom door haar heen trok. Een lokale nieuwssite had een bericht geplaatst met als kop: *Familielid verdacht in zaak vermiste vrouw in Zandvoort.*

'Wat is er?' vroeg Robin. Zijn stem leek van ver te komen. Mandy kon het bericht niet lezen, omdat de letters voor haar ogen dansten. Ze stak hem haar telefoon toe. Robin vloekte zacht toen hij begon te lezen.

Had de politie dit naar buiten gebracht? Het voelde alsof iemand haar pootje haakte, terwijl ze net weer overeind was gekrabbeld. Waarom zouden ze dat doen? Tot nu toe waren ze naar de media juist heel terughoudend geweest met het delen van informatie. Was dit een manier om haar uit de tent te lokken? Mensen te bewegen om tips te delen?

'Dit kan echt niet', zei Robin met een stem die trilde van ingehouden woede. 'Het klopt niet eens wat er staat, jij bent helemaal geen officiële verdachte.'

'Zou de politie...' vroeg Mandy, maar ze maakte haar

zin niet af. Robin snoof gefrustreerd. 'Ik ga bellen', zei hij en hij liep naar beneden. Mandy volgde hem.

'Waar is mijn moeder?' vroeg ze en Robin gebaarde naar buiten, terwijl hij driftig op het scherm van zijn telefoon begon te tikken.

Mandy liep naar buiten. Lize zat aan de tuintafel te tekenen, Willem en Elly waren achter in de tuin. Met hun rug naar Mandy toe, zaten ze op de stoeltjes onder de pergola. Mandy bleef staan toen ze de stem van haar moeder hoorde. Deze toon kende ze niet: boos, en opgefokt.

'Helemaal niet', zei Elly tegen haar man, die aan zijn houding te zien zich ook behoorlijk opwond. 'Ik pieker er niet over.'

'Ik heb toch zeker gelijk', zei Willem, ook in zijn stem klonk boosheid door. 'Je moet de waarheid onder ogen zien.'

Elly snoof en schudde haar hoofd. 'Het gaat hier wel om mijn kínd.'

Mandy verstijfde. Ze wilde zich al omdraaien en weglopen, maar net op dat moment keek haar moeder achterom. Elly schrok zichtbaar, maar herstelde zich snel. 'Hé, lieverd. Heb je een beetje geslapen?'

Mandy staarde haar aan. 'Ja.'

'Gelukkig.' Elly kwam overeind. Het viel Mandy op dat haar bewegingen nerveus waren.

'Waar hadden jullie het over?'

'O.' Haar moeder schudde wat met haar hoofd. 'Judith.'

'Is er nieuws?'

'Nee. Helaas niet.' Voor Mandy uit liep Elly naar het

huis. Mandy aarzelde even. Willem zat nog met zijn rug naar haar toe. *Het gaat hier wel om mijn kind.*

Met het gevoel dat haar moeder het helemaal niet over Judith had gehad, liep Mandy achter haar aan naar binnen. 'Er is een nieuwsbericht geplaatst', zei ze en ze liet haar moeder haar telefoon zien.

'Hè', zei Elly en ze schudde al lezend haar hoofd. 'Was dat nou nodig? Ik zie niet in hoe dit het onderzoek helpt.'

'Dat doet het ook niet.' Robin hield zijn telefoon in de lucht. 'Ik heb die rechercheur gesproken, ze zijn er zelf ook niet blij mee dat dit nu op straat ligt. Het is gevoelige informatie uit het onderzoek en de politie heeft het niet naar buiten gebracht. Volgens de redacteur van die website heeft hij het van een bron gekregen, maar hij wil niet zeggen welke.'

'Heb je iemand van die site gesproken?' vroeg Mandy verbaasd.

'Ja, er stond een telefoonnummer bij. Ik heb gevraagd of ze het bericht offline willen halen, omdat het niet klopt. Je bent geen verdachte in de zaak, zolang er geen officiële verdenking tegen jou is geuit. Op dit moment ben je alleen maar verhoord en hebben ze je weer laten gaan wegens gebrek aan bewijs. Dat heb ik die redacteur ook duidelijk gemaakt, maar hij wil het bericht niet verwijderen.'

Ondanks alle uren slaap voelde Mandy nu toch weer de vermoeidheid opkomen. 'Laat maar', zei ze. 'Het is de energie niet waard.'

Willem was nu ook binnengekomen. 'Zouden ze het bij

de politie zelf hebben gelekt?' vroeg hij, maar daar had niemand antwoord op.

Mandy keek naar haar stiefvader, die op zijn beurt zijn blik naar buiten had gericht. Strandgangers trokken voorbij op straat, bruinverbrand, een bolderkar vol spullen. Weer een zomerdag zat erop, het was tijd om huiswaarts te keren. Morgen lonkten weer de zon en de zee en het oneindige plezier.

Maar niet voor haar, bedacht Mandy. En ook niet voor Judith. En als het op deze manier doorging, zou er voorlopig helemaal niets veranderen. Vertrouwen in de politie had ze niet meer. En als je ervan uitging dat het bloed op haar auto daar inderdaad op was gesmeerd door iemand die haar om een of andere reden verdacht wilde maken, had ze sowieso weinig reden om wie dan ook te vertrouwen. Robin, ja, en haar moeder. Willem. Een smal cirkeltje. Ze keek opnieuw naar haar stiefvader. Daarna naar haar moeder en haar vriend. Hoe smal was dat cirkeltje eigenlijk?

Ze dacht weer aan de afspraak. *Niemand mag het weten,* hoorde ze opnieuw de stem van de man in haar hoofd. *Ik zet mijn baan op het spel.* Ze wist niet wie hij was en ook niet wat zijn baan was, maar dat de informatie die hij had gevoelig was, was inmiddels wel zeker. Het liefst zou ze Robin alles vertellen. Het voelde niet goed om met zoiets bezig te zijn en niets tegen haar vriend te zeggen. Bovendien voelde ze er heel weinig voor om vanavond in haar eentje ergens naartoe te gaan – ze wist niet eens waar – om daar iets op te halen dat blijkbaar duizend euro moest kosten en waarvan ze geen idee had wat dat dan was. Dat zou normaal gesproken al een roekeloze onderneming zijn, maar in het licht van Judiths verdwijning was het ronduit gevaarlijk. Was Judith zaterdagavond naar zo'n zelfde soort afspraak gegaan? Wist de man aan de andere kant van de telefoon heel goed dat Mandy niet Judith was, omdat hij haar zus allang had... Ze sloot haar ogen en schudde krachtig met haar hoofd. Ze wilde het woord niet eens denken. Maar tegelijkertijd kon ze er niet omheen. Als ze inging op de afspraak, bracht ze zichzelf mogelijk in gevaar. Hoe groot dat gevaar was, werd dan wel bewezen door Judiths afwezigheid.

Misschien toch de recherche inlichten... Die optie had ze tot nu toe niet echt toegelaten in haar hoofd. Het vertrouwen was weg. Als het rechercheonderzoek bij haarzelf uitkwam, was er iets heel erg mis. Daarbij was ze bang dat de rechercheurs het verhaal ongeloofwaardig vonden, dat ze zouden denken dat het juist bijdroeg aan de verdachtmaking die ze toch al hadden geuit aan Mandy's adres. Zijzelf kon dan wel zeker weten dat het briefje uit Judiths agenda was gevallen, de recherche zou net zo goed kunnen denken dat het altijd al van Mandy was geweest. Dat zij degene was die de afspraken had gemaakt en het mysterieuze doc, wat het ook was, in ontvangst wilde nemen. Wat als het iets was dat wel degelijk met Judiths verdwijning te maken had? Dat zou Mandy alleen maar dieper in de problemen brengen.

Maar Robin... Hem kon ze vertrouwen, dat wist ze zeker. En ze was er ook volledig van overtuigd dat hij haar vertrouwde. Hij twijfelde niet, zoals de politie, en zoals Willem. Hij zou met haar meegaan en haar beschermen als dat nodig was.

De verleiding om hem alles te vertellen was groot, zo groot dat het bijna fysiek pijn deed. Ze zou veiliger zijn met hem erbij en bovendien was het een enorme opluchting om zo'n zware last te kunnen delen. Het enige wat haar tegenhield was een klein, maar duidelijk stemmetje in haar achterhoofd. Een stemmetje dat zei dat ze zich aan de afspraak moest houden. Dat ze de kans om iets te weten te komen, makkelijk kon verpesten als ze nu de voorwaarden schond. Dat ze dan misschien nooit zou weten waar Judith mee bezig was, en – als het met elkaar samenhing – ook een kans om Judith misschien te vinden, verspeelde.

Ze staarde naar buiten, naar de zon die het duinzand zo fel verlichtte dat het wel wit leek, naar de strandgangers, de meeuwen, het gras dat wuifde in de wind. Ergens voelde ze wat ze moest doen, maar haar ratio zat haar in de weg. Het was een hachelijke onderneming en ze moest verstandig zijn. Niemand had er iets aan als haar ook nog wat overkwam. Maar hoe hard de argumenten ook door haar hoofd gingen, haar gevoel was sterker. Dit zou de enige kans kunnen zijn en die mocht ze niet verpesten. Dat was ze verplicht aan Judith, aan zichzelf, aan haar moeder. Ze zou zo voorzichtig mogelijk zijn, ze zou haar telefoon in haar hand houden en 112 bellen als ze ook maar enigszins dacht dat het nodig was, ze wist dat haar telefoon altijd vindbaar was via die van Robin, en ze zou bovenal goed opletten. Het was een risico, een enorm risico, maar ze had feitelijk geen andere keuze dan het te nemen. In gedachten hakte ze de knoop door. Daarna haalde ze diep adem en voelde zich, ondanks haar bonkende hard, plotseling vreemd rustig.

HOOFDSTUK 8

DE KETTING RATELDE EEN BEETJE. HET GELUID KLONK hard door de stille straat toen Mandy met stevige trappen wegfietste. Het zadel was iets te hoog, maar ze had niet de moeite genomen het te verstellen. In haar rug voelde ze Robins blik branden, hij was haar helemaal naar buiten gevolgd.

'Hoezo dan?' had hij gevraagd, vier keer, vijf keer. Het was ook een zwak verhaal. Dat ze alleen wilde zijn, nadenken, bij zee. In een strandtent, dat had ze er snel aan toegevoegd, anders zou hij haar nooit laten gaan. Een eenzame strandwandeling was onder de omstandigheden beslist geen goed idee.

'Maar ik kan toch meegaan?'

Het deed pijn om hem af te wijzen. Pijn die ze weerspiegeld zag in zijn ogen. Onbegrip. Verwijdering. Ze kromp ineen bij de herinnering. Hij verdiende dit niet, maar ze kon het hem niet vertellen. Nog niet.

'Er is veel gebeurd', had ze gezegd. 'Ik wil gewoon even alleen zijn, met de zee om me heen. Ik heb ruimte nodig. Ik blijf niet lang weg.'

Waarom ze niet gewoon in de tuin alleen kon zijn, had ze niet uitgelegd. Aan de flikkering in Robins ogen dacht ze liever niet. Te moeilijk. Ze had heel goed begrepen wat daarin te lezen was. Toch die twijfel.

Ze schudde haar hoofd. Niet hij ook nog. Robin had ze nodig. Hij moest haar vertrouwen. Ook als ze niet alles kon vertellen.

Het bericht was om twee minuten voor acht gekomen. *Het ligt er.* Er was een locatie meegestuurd, die zichzelf opende in Google Maps toen ze hem aanklikte. Een fietspad in de duinen, aan het einde van de boulevard. Zo'n vijftig meter het pad op. Ergens had Mandy enige opluchting gevoeld. Ze kon er op de fiets naartoe en in geval van nood was de afstand tot de boulevard makkelijk te overbruggen. Ze had een goede conditie. Nu betaalde dat hardlopen van de laatste tijd zich uit.

Vanmiddag had ze Lize meegenomen om een ijsje te halen. Onopvallend was ze naar de pinautomaat gelopen. Lize werd gelukkig in beslag genomen door het pastelkleurige eenhoornijs.

Mandy trapte stevig door. Aan het einde van de straat werd het drukker. Ze passeerde volle terrassen op de stoep, vanaf de strandtenten klonk muziek. De geur van eten hing zwaar in de lucht. Zelf had ze amper een hap door haar keel kunnen krijgen. Ze keek voor zich en week uit voor een auto die zonder te kijken van een parkeerplaats wegreed. De route was niet moeilijk. De hele boulevard affietsen en dan het fietspad nemen, de duinen in.

De boulevard ademde de lome gezelligheid van een zomeravond. Het geluid van bestek, stemmen en muziek, hier en daar klonk gelach. De zorgeloosheid van vakantie. Nog maar een paar dagen geleden had ze dat als vanzelfsprekend beschouwd. Nu wist ze niet meer hoe het voelde.

Ze schudde haar hoofd. Het had geen zin om te denken aan wat niet was, ze moest zich nu richten op wat haar te doen stond. De politie, dat woord ging de hele tijd door haar heen. Ook al had ze haar beslissing genomen, ze twijfelde ergens nog steeds. Had ze niet beter de recherche kunnen inlichten? Het idee dat zij door deze afspraak om een of andere reden nog verdachter werd, sloeg welbeschouwd toch nergens op? Het was Judiths afspraak, en Judiths agenda.

En Judiths bloed, zei een stemmetje in haar hoofd. En dat kon ze ook niet verklaren. Wat als de politie haar niet zou geloven? Haar zou verwijten dat ze expres informatie had achtergehouden? Of sterker nog, dat niet Judith maar Mandy de afspraak had gemaakt en het briefje expres in Judiths agenda had gestopt? Tot voor kort, tot voor haar verblijf in de cel, zou ze nooit op die manier aan de politie hebben getwijfeld. Nu durfde ze niemand meer echt te vertrouwen. Dat besef maakte dat ze zich wankel voelde, al probeerde ze het gevoel uit alle macht te negeren. Ze moest juist sterk overkomen. Zelfverzekerd.

Terwijl ze het einde van de boulevard zag naderen, huiverde ze. Ze had een vest aangetrokken en een jurk met lange mouwen, maar toch rilde ze voortdurend. Dat kon niet door de kou komen, het was sowieso een opmerkelijk zwoele avond. Zelfs de wind die van zee kwam, leek alleen maar warme lucht aan te voeren.

In de bocht aan het einde van de boulevard stond ze stil. Hier was het begin van het fietspad, duidelijk aangegeven met rood-witte hekjes. Mandy stapte af. Er stond een appartementencomplex. Een man die naar buiten kwam, sloeg geen acht op haar. Mandy keek naar het fietspad, dat de duinen in voerde. Waarom in vredesnaam hier? De mogelijkheid dat de afspraak met Judiths werk te maken had – een optie die Mandy tot nu toe nog als geloofwaardig had beschouwd – was bij nader inzien best onlogisch. Judith had hart voor haar werk, maakte veel uren en was bereid ver te gaan, maar als ze schimmige afspraken met onbekende figuren wilde maken, was de vakantie daarvoor geen logisch moment. Bovendien leek het Mandy veel makkelijker om zo'n afspraak in Amsterdam te maken dan op een verlaten fietspad in de duinen van Zandvoort.

Het passeren van de hekjes voelde als het beklimmen van een berg. In haar maag zat een steen en haar benen leken honderden kilo's per stuk te wegen. Ze stapte weer op en keek voor zich. Vijftig meter. Ze was nooit erg goed geweest in het schatten van afstanden. Ze fietste een eindje het pad op, de schemering begon in te zetten. Bij een bankje stapte ze af. Was dit vijftig meter?

Het hameren van haar eigen hart vulde haar oren. In de duinen was het stil, vanaf het strand dreef het geluid van ruisende golven haar kant op. Het bracht haar niet tot rust, maar leek haar tot het uiterste gespannen zenuwen alleen maar verder op te rekken.

Ze pakte haar telefoon en zette de zaklamp aan, al was het nog niet donker. Ze stond nu naast een bankje met een prullenbak. Wat deed ze hier? Het plan was ondoordacht en ongelooflijk dom. In een opwelling had ze een knoop doorgehakt waar ze helemaal niet over had nagedacht. Natuurlijk wilde ze Judith vinden, ze wilde niets liever dan dat. Maar op dit moment leek het haar waarschijnlijker dat ze zichzelf in de problemen zou brengen dan dat deze actie haar dichter bij haar zus zou brengen. Ze keek om zich heen. Er was niemand. Ze kon weg.

Alles in haar schreeuwde daarom. Vluchten. Op de fiets springen en zo hard mogelijk trappen. Het was niet ver naar de straat, daar zou ze veilig zijn. Er liep zelfs een groepje mensen. Als ze zou gillen, zou ze zo de aandacht trekken. Ze wilde zo graag weg dat haar brein haar al plaatjes voorschotelde van hoe ze zichzelf in veiligheid zou brengen. Onder haar bonkende hartslag en de paniek die op volle kracht door haar lijf raasde, kon ze de opluchting al haast voelen.

Toch verroerde ze zich niet. Hoe hard haar angst ook probeerde haar in beweging te krijgen, er was iets anders dat sterker was. Iets dat haar niet van haar plaats kreeg tot ze wist wat de vage afspraak te maken had met de verdwijning van haar zus. Het beeld van Judith liet zich niet van haar netvlies wegduwen. Judith in allerlei omstandigheden. Van haar zorgeloze zus op het strand tot plaatjes die haar hersenen zelf hadden gecreëerd. Judith vechtend tegen hoge golven in de zee, Judith die door onbekende handen werd vastgepakt en meegesleurd, Judith vastgebonden in een donkere ruimte, Judith onder het bloed ergens in de duinen. Judith bewusteloos zonder insuline.

Mandy balde onbewust haar vuisten. Ze moest hier wel blijven.

Maar wat nu? Hoe moest ze weten waar het – wat dat ook was – lag? Even bekroop haar het verontrustende gevoel dat dit eerder was besproken door Judith en de man en dat het in het donker een onmogelijke zoektocht zou worden. Toen maakte haar telefoon een geluidje en haalde ze hem vlug uit haar zak.

Onder de bank.

Een gevoel van totale beklemming overviel haar. Was hij hier ergens? Keek hij toe? Dat idee was om een of andere reden nog veel meer beangstigend dan wanneer ze hier tegenover iemand had gestaan. Mandy boog voorover en scheen met haar zaklamp onder de bank. Een bruine A4-envelop lag op het zand. Haar hart miste een slag, alsof ze eerder niet had kunnen geloven dat er echt iets zou zijn en er nu van schrok dat het echt was. Snel pakte ze de envelop. Even aarzelde ze, toen besloot ze haar eigen envelop met het geld maar gewoon op dezelfde plek te leggen. Ze wachtte een paar seconden, tien, twintig, maar er kwam geen bericht. Ze liep naar haar fiets. Haar spieren leken allemaal verzuurd te zijn. Als ze bewoog, schoten pijnscheuten door haar hele lijf, alsof ze koorts had. Ze trilde zo hard dat ze zelfs moeite had om te blijven staan. Bibberig stapte ze op haar fiets. Met het gevoel dat de ogen van de man nog altijd in haar rug brandden, fietste ze zo snel mogelijk het pad af.

Er stond een vreemde auto pontificaal voor het hek geparkeerd. Mandy fronste en even schoot de gedachte door haar heen dat er misschien nieuws over Judith was, al leek de kleine, zilvergrijze wagen geen politieauto te zijn. Toen ze de voordeur opende, hoorde ze luide stemmen. Ze bleef even staan. Een bekende stem, een vrouw...

Vlug verstopte ze de map boven in haar kledingkast. Daarna liep ze naar beneden, naar de huiskamer. In de deuropening bleef ze staan. Willem en haar moeder zaten aan tafel, Lize zat op de bank en keek met grote ogen toe. Robin stond midden in de kamer, tegenover een vrouw.

'Eva?' zei Mandy verbaasd.

Als door een wesp gestoken draaide de vrouw zich om. Ze kneep haar ogen samen en hoewel hun verstandhouding nooit goed was geweest, had Mandy niet eerder zoveel kou en minachting gezien in de ogen van Robins ex.

'Lize,' zei Eva zonder Mandy's blik los te laten, 'we gaan.'

Het meisje stond op en liep achter haar moeder aan. Mandy keek naar Robin, die op zijn beurt met zijn blik iets duidelijk probeerde te maken dat Mandy niet begreep. Ze zei niets. Dit was tussen Robin en zijn ex, en al kostte het haar al haar zelfbeheersing, ze mocht hier niet tussen komen. Al begreep ze er niets van dat haar vriend zijn dochter zomaar liet gaan. Lize zou pas zondag weer naar haar moeder gaan.

'Ik pak je koffertje wel even', zei Elly. Ze leek blij te zijn met een excuus om de kamer te verlaten.

Robin gaf zijn dochter een knuffel en beloofde haar snel weer te komen halen. Daarna sloeg Lize haar armen om Mandy heen. Mandy drukte een kus op haar voorhoofd. 'Tot snel, liefje', zei ze, nog steeds niet bekomen van Eva's aanwezigheid en Lizes kennelijke vertrek. Elly kwam naar beneden met de Frozen-koffer. Lizes knuffel had ze los in haar hand. Eva griste hem zowat eruit. Het meisje had nog net de kans om haar oma een kus te geven, daarna duwde Eva haar voor zich uit naar buiten. Robin deed een stap naar voren, maar Eva trok de deur met een klap in het slot.

'Wat is dit?' vroeg Mandy. Robin liep naar de kamer en liet zich met een zucht op een stoel vallen. Met twee handen wreef hij over zijn gezicht. Daarna liet hij zijn adem hoorbaar ontsnappen. Hij keek Mandy aan. 'Ze had gelezen over jouw arrestatie en toen stond ze hier ineens voor de deur. Ze claimt dat Lize hier niet veilig is.'

'Wat?' Na alles wat er al was gebeurd, voelde dit voor Mandy als een steek recht in haar buik. Ze werd zo overmand door woede en onmacht, dat ze niet meer uit haar woorden kwam. 'Ik heb niet... Ik zou nooit...'

'Sst.' Robin stond op en sloeg zijn armen om haar heen. 'Dat weet ik. Maar Eva... Je weet hoe ze is. Ze zal nooit een reden voorbij laten gaan om ons zwart te maken.'

'Mij, bedoel je. Ze zal nooit een reden voorbij laten gaan om mij zwart te maken.' Robin ging er niet op in. Mandy probeerde te kalmeren, wat slechts ten dele lukte. 'Maar het is jouw week met Lize, waarom laat je haar gaan?'

Robin haalde diep adem. 'Ik wil geen scène waar Lize bij is, ik wil niet dat ze haar ouders letterlijk om haar ziet vechten. Bovendien is dit voor haar niet de vakantie waarop ze had gehoopt. Waarop wij allemaal hadden gehoopt', verbeterde hij zichzelf snel. 'Ze ziet en hoort hier dingen die niet voor een achtjarige bestemd zijn en daar kunnen we niets tegen doen. Misschien is het, onder alle omstandigheden, niet slecht voor haar om nu bij Eva te zijn.'

Mandy voelde een golf van verzet door zich heen gaan. Het laatste wat ze wilde, was ook maar iets zeggen – of zelfs denken – in Eva's voordeel. Maar tegelijkertijd wist ze dat Robin gelijk had. Ze haalde diep adem. Voor de buitenwereld was ze ook gewoon verdachte in de zaak. Hoe onrechtvaardig dat ook was.

Elly maakte thee, Mandy zat een tijdje zwijgend op de bank. Toen vroeg Robin of ze was opgeknapt van haar tijd alleen en ze hield haar antwoord zo summier mogelijk, omdat liegen haar niet goed afging. Ze keek Robin niet één keer aan terwijl ze praatte. 'Zullen we naar bed?' vroeg ze uiteindelijk, zonder de hoop dat ze de slaap kon vatten.

In bed moest ze wachten tot Robin sliep. Zo normaal mogelijk doen. Samen naar boven, uitkleden, tandenpoetsen. Lampje uit, gaan liggen. Ze kroop tegen Robin aan, zoals ze altijd deed. Hij gaapte. Zelf had ze geen greintje slaap. Haar lijf voelde moe, de spierpijn was nog niet verdwenen. Een reactie op de intense spanning van eerder die avond, vermoedde ze. Vroeger had ze na een examen ook altijd overal pijn gehad.

Het duurde niet lang voor Robins ademhaling veranderde. Dieper, gelijkmatiger. Mandy durfde hem nog niet los te laten. Ze wachtte nog eens vijf minuten. Robin sliep nu steeds dieper. Langzaam draaide Mandy zich om. Robin reageerde met wat slaperig gebrom, maar zei niets. Ook hij rolde op zijn andere zij. Binnen een paar seconden hoorde ze al aan zijn ademhaling dat hij zijn slaap weer had opgepikt. Ze bleef nog even liggen. In haar hoofd telde ze één minuut af, en toen nog een. Daarna sloeg ze zo geruisloos mogelijk haar benen over de rand.

Ze had de map in haar kledingkast verstopt, onder een stapeltje T-shirts. Zorgvuldig opende ze de deur, die kraakte als je er te hard aan trok. Met de map in haar hand liep ze naar Judiths kamer. Even bleef ze staan luisteren, maar ook van beneden kwamen geen geluiden. Toen duwde ze zo zacht mogelijk de deur in het slot. Zittend aan het bureautje opende ze de map en keek met stijgende verbazing naar de inhoud ervan.

'Laten we maar gaan.' Nog één keer keek Arjan Dalstra rond in het ruime, lichte appartement van Judith Houtstra, op de tweede etage van een oud herenhuis. 'Chique buurt', had Jonas gezegd toen ze aankwamen. Arjan had geknikt. Amsterdam-Zuid, het kon slechter.

Dat was nu bijna twee uur geleden en in de tussentijd hadden ze het appartement nauwkeurig uitgeplozen. In gedachten ging Arjan alles nog eens langs. 'Volgens mij hebben we het hier wel gezien', zei hij, knikkend bij zijn eigen woorden. Manon en Jonas liepen voor hem uit de deur uit. Jonas droeg een doos met daarin een aantal mappen en opschrijfboeken die ze hadden meegenomen. Dankzij de toestemming van de rechter-commissaris hadden ze mogen rondkijken in Judiths huis en konden ze meenemen wat ze van belang achtten voor het onderzoek. Veel was dat niet. Judith hield duidelijk niet van overbodige spullen. Haar huis was ingericht met een klein aantal stijlvolle meubels, wat kunst aan de muur en slechts één kast, die voornamelijk gevuld was met boeken. De enige foto was er eentje van Judith en haar vader. In de aparte werkkamer stond een ladeblok, dat keurig was opgeruimd. Haar administratie was verdeeld over twee mappen, die nu in de doos in Jonas' handen zaten, net als een opschrijfboek dat op haar bureau lag en een notitieblok uit de huiskamer. Arjan had geprobeerd op basis van de staat van het huis een inschatting te maken of Judith van plan was geweest na een week weer thuis te komen. Vrijwillige verdwijning was een scenario dat niet waarschijnlijk was, maar nog steeds niet helemaal afgeschreven kon worden. Het was hem opgevallen dat in de koelkast spullen stonden die tot volgende week houdbaar waren en op een briefje op Judiths werkkamer stond een dag en tijd gekrabbeld. Volgende week woensdag, in de avond. Er stond een naam bij: David. Arjan had het briefje in de doos gelegd.

Met een klikje viel de deur achter hen dicht. Arjan draaide hem op slot met Judiths eigen sleutel, die aan haar autosleutels zat. Ze namen de trap naar beneden, twee verdiepingen. Arjan stapte voor in de auto, net als Manon. Jonas ging op de achterbank zitten. 'Zegt de naam David jullie iets?' vroeg Arjan, maar zijn collega's schudden hun hoofd.

Op het bureau kwam Annette naar hem toe. 'Koppens verwacht jullie.'

Arjan knikte. Manon en Jonas volgden hem naar de kamer van de hoofdinspecteur. Die zat achter zijn bureau, waar zoals gewoonlijk diverse halflege koffiebekertjes stonden. Koppens zat te typen op zijn computer en ramde zo hard op de toetsen dat Arjan vreesde voor de toekomst van het toetsenbord. Het was zijn stijl, geen uiting van emotie. Niemand versleet dan ook meer toetsenborden dan de hoofdinspecteur. Een tijdlang hadden ze ze uitgestald in een trofeeënkast, maar bij een interne verhuizing was die gesneuveld.

Koppens fronste. Zijn grote voorhoofd plooide zich in vele rimpels. Hij haalde zijn hand door zijn haar, dat aan de voorkant dunner werd, maar aan de achterkant juist dikker leek te worden. Onlangs had hij lenzen genomen, Arjan miste op een of andere manier de hoornen bril van zijn chef.

Koppens wilde resultaten zien. Natuurlijk. Arjan knikte bij elke vraag die de hoofdinspecteur op hem afvuurde. Antwoorden had hij niet, en dat frustreerde hem net zo erg als zijn chef. Misschien nog wel meer. Hij keek op de klok. Iets na één uur in de middag. Ruim vierentwintig uur waren verstreken sinds ze Mandy Houtstra hadden laten gaan. De informatie uit de auto had niets opgeleverd. Judith reed vrijwel alleen maar heen en weer tussen haar huis en haar werk, drie keer per week met een omweg langs de supermarkt. Soms naar een restaurant, een paar keer naar haar moeder. Niet één locatie was onverklaarbaar. Arjan had gehoopt op meer info over de mysterieuze date, maar als ze al met hem had afgesproken, dan was ze niet met de auto gegaan. Hij wilde dat hij hetzelfde soort informatie kon krijgen voor de auto van Mandy, maar dat was een veel ouder model zonder boordcomputer die de ritten bijhield.

'Wat weten we wel?' vroeg Koppens nu. Het was makkelijk je door zijn zakelijke, soms harde, stem uit het veld te laten slaan. En Arjan kon niet ontkennen dat dat in het verleden weleens was gebeurd. Maar inmiddels waardeerde hij Koppens om zijn aanpak. Zijn directe vragen, zijn focus op het onderzoek – het was prettig om een leidinggevende te hebben die boven op het onderzoek zat.

Jonas nam het van Arjan over. 'We hebben de tijdlijn van Judiths verdwijning nu in beeld, plus de tijdlijn van de dagen ervoor. Dankzij het garagebedrijf van haar auto hebben we informatie over waar ze allemaal is geweest.'

'En?' vroeg Koppens.

Arjan keek naar Jonas. Hij was degene die samen met een collega in de ritten was gedoken om eventuele onrechtmatigheden vast te stellen. Jonas keek de hoofdinspecteur nu aan. 'Op het eerste gezicht hebben we geen aanwijzingen dat Judith de laatste tijd opvallende plaatsen heeft bezocht, maar we moeten er nog verder in duiken.

Hierbij zullen we ook de familie betrekken.'

'De zus?' vroeg Koppens.

'Wellicht, maar in eerste instantie richten we ons op de moeder.'

De situatie met Mandy had het er niet eenvoudiger op gemaakt, dat had Arjan ook al gemerkt. Ze kende haar zus goed en kon daardoor waardevolle informatie verschaffen, maar tegelijkertijd was het nu een risico om haar te dicht bij het onderzoek te betrekken.

'Hoe zit het met die zus?' vroeg Koppens.

'Tja.' Arjan trok met zijn mond. Hij gunde zichzelf een moment de tijd om zijn gedachten te ordenen. Zijn woorden zorgvuldig te kiezen. 'Het bloed op haar auto blijft een groot vraagteken, dat zijzelf ook niet kan ophelderen. Ze is daarom een belangrijke speler in het onderzoek, maar buiten het bloed hebben we geen enkele aanwijzing kunnen vinden die haar aan de verdwijning van haar zus linkt. We beschouwen haar op dit moment niet als verdachte, maar blijven alert.'

'We moeten andere mogelijkheden niet uitsluiten', zei Koppens. 'Er kan iets met die auto zijn gebeurd. Het kan zo zijn dat iemand probeert haar erin te luizen. Al is dat doorgaans niet het meest waarschijnlijke scenario.'

Het was in de diverse verhoorkamers wel een heel veelbesproken scenario, wist Arjan. Talloze verdachten hadden al geprobeerd de recherche ervan te overtuigen dat hun eigen blazoen kraakhelder was, maar dat anderen alles op alles hadden gezet om hun de schuld in de schoenen te schuiven. Dit zogenaamde 'framen' gebeurde heus weleens, Arjan kende genoeg zaken waarin criminele vijanden elkaar als dader naar voren schoven. Soms knullig en zonder enige vorm van bewijs, soms zo slinks uitgevoerd dat de recherche daadwerkelijk aan het twijfelen werd gebracht. Maar in het overgrote deel van de gevallen werd er helemaal niet geframed en was de beschuldiging van een verdachte aan het adres van een ander geen uitvlucht maar een doodlopende straat.

Toch durfde hij het in het geval van Mandy Houtstra niet uit te sluiten. Het probleem was dat er geen ondersteunend bewijs was voor haar betrokkenheid bij Judiths verdwijning, maar ook niet voor het tegendeel daarvan.

'Als iemand haar al probeert te framen, dan weet ze zelf ook niet wie dat is', zei Arjan als antwoord op de woorden van de hoofdinspecteur. 'En al helemaal niet waarom. Ik ben geneigd haar te geloven als ze zegt dat de band tussen haar en Judith goed was en dat er de laatste tijd niets opvallends is gebeurd. Niet tussen hen en niet in Judiths eigen leven. Dat bevestigt ook de moeder. Mensen verdwijnen niet zomaar.'

'Maar wel vrijwillig.'

Koppens nam een slok van zijn koffie. Gezien de duur van de briefingsvergadering tot nu toe, moest die inmiddels wel koud zijn, dacht Arjan.

'Maar wel vrijwillig', herhaalde hij de woorden van zijn chef. 'Al zou dat in dit geval wel atypisch gedrag zijn. Judith staat er op haar werk om bekend dat ze nooit een afspraak mist, of zelfs maar te laat komt. Ze is betrouwbaar en punctueel, en dan zou ze zomaar weglopen van huis?

Dat is meer iets wat je bij een puber verwacht.'

'Nog wat gevonden in het huis?'

'We hebben een aantal items meegenomen. Dat moeten we verder uitzoeken.'

Koppens knikte een paar keer. 'En hoever is IT met die laptop?'

'Die is onderzocht, maar de datingsite heeft ze waarschijnlijk alleen via haar telefoon bezocht.'

'En de toegang tot het account?'

'Bij de site willen ze wel meewerken, maar ze zijn huiverig voor de privacy.'

Koppens liet een korte grom horen. 'Privacy', herhaalde hij op een toon die duidelijk maakte wat hij van dat argument vond. 'Is daarvoor al een gerechtelijk bevel uitgegeven?'

'Sinds vanochtend. We voeren de druk op de site op.' Arjan keek even naar Jonas, die instemmend knikte. De jongere collega was belast met het boven tafel halen van Judiths berichtenverkeer op de site. Omdat het om een chatbox binnen de website ging, was toegang alleen mogelijk door middel van Judiths inloggegevens.

'Blijf erbovenop zitten', zei Koppens tegen hem. 'Laat het me weten als ik iets kan doen.'

Arjan keerde terug naar zijn werkplek. Een voor een haalde hij de spullen uit Judiths huis uit de doos. Hij staarde naar het briefje met de naam, dag en tijd. Het kon van alles zijn, een werkafspraak, een verkoop via Marktplaats. Toch liet de naam hem niet los. Hij sloeg Judiths notitieblokken open en scande aantekeningen. Er moest iets zijn, ergens, misschien niet direct zichtbaar en zeker niet opvallend. Niemand verdween zomaar van de aardbodem.

Arjan wist niet precies hoeveel tijd er was verstreken toen Jonas aan zijn bureau verscheen. Zijn collega keek hem opgetogen aan. 'We hebben toegang tot de datingsite. Ik heb een naam en een telefoonnummer van de mysterieuze date.'

Arjan knikte goedkeurend. Een beetje goed nieuws kon hij wel gebruiken. 'Neem maar contact op', zei hij. 'Eens zien wat hij te zeggen heeft.'

Hoofdstuk 9

ZE HAD NATUURLIJK GEEN OOG MEER DICHTGEDAAN. DE hele nacht had ze op Judiths kamer gezeten. Toen ze Robin had gehoord, was Mandy snel naar de badkamer geslopen waar ze voor de vorm de wc had doorgetrokken. Daarna was ze naast haar vriend gekropen. 'Wat ben je warm', had hij gemompeld. Mandy had geen antwoord gegeven. Ze had er niet eens aan gedacht om de airconditioning op Judiths kamer aan te doen. Nu voelde ze zich klam en koortsig.

Robin was weer ingedommeld. Het was ook pas zes uur in de ochtend. Mandy's hoofd duizelde van wat ze had gelezen, tientallen keren. Ze kon er maar niet wijs uit worden wat ze met de informatie moest. Of eigenlijk: wat Judith ermee had gewild.

Cornelis Groen. Dat was de naam waar het om ging.

Mandy kende niemand met die naam en heel lang googelen had niets opgeleverd. Er was geen man met die naam betrokken bij criminele activiteiten, althans, geen activiteiten die in de nieuwsmedia waren gedeeld. Het lag dan ook niet voor de hand dat de man verband hield met Judiths werk. Ergens in de diepe uren van de nacht was de mogelijkheid door Mandy's hoofd gegaan dat dit Judiths date was. Was haar zus grondig te werk gegaan en had ze eerst een onderzoek naar hem gedaan voor ze met hem afsprak? Die gedachte had ze een tijdje laten rondgaan in haar hoofd, om hem daarna af te serveren. Stress en slaapgebrek deden vreemde dingen met haar. Het idee was natuurlijk ronduit belachelijk. De man was volgens de gegevens bovendien vierentwintig jaar ouder dan Judith.

Maar wie was dan de man van wie alle gegevens in de map zaten? Cornelis Groen, geboren op 19 mei 1957 in Nijmegen. Geen adres, geen namen van ouders of overige familie. De achternaam was te veelvoorkomend om een aanknopingspunt te kunnen vormen.

Wat het meest opvallend was, waren de velletjes met daarop dagen en tijdstippen, de meeste tussen de tien en veertig jaar geleden. Een voor een had Mandy die momenten opgezocht op internet, maar het waren geen noemenswaardige dagen. Er hadden geen grootse gebeurtenissen in de geschiedenis plaatsgevonden, het waren geen geboortedata van vooraanstaande personen. De combinatie van de data en de naam Cornelis Groen had al helemaal niets opgeleverd. En toch was de informatie kennelijk zo belangrijk dat Judith er duizend euro voor wilde betalen. En dat iemand een computer of netwerk had gehackt om dit te verzamelen. Welke computer of welk netwerk, daar was Mandy ook niet achter gekomen.

De informatie leek volkomen waardeloos. Maar Mandy kende haar zus. Judith deed dingen niet zomaar. En trouwens, niemand zou zomaar een vaag figuur inhuren, zomaar op een afgelegen plek in de duinen afspreken en zomaar een map met informatie ontvangen.

Met een zucht draaide ze zich op haar andere zij. Robin was weer diep in slaap. Mandy sloeg het laken terug en liet zich uit bed glijden. Met haar telefoon in haar hand glipte ze de slaapkamer uit.

Ze sloot de deur van Judiths kamer achter zich. Het was 6.23 uur en toch zocht ze op haar telefoon het nummer van de man van wie ze de informatie had gekregen. Zonder nog langer te aarzelen belde ze.

De telefoon ging lang over. Elk moment verwachtte Mandy de voicemail, maar die kwam niet. Uiteindelijk klonk er een klikje en werd de verbinding verbroken. Mandy keek verwonderd naar het scherm. Vrijwel direct kwam er een bericht binnen.

Wie ben je?

Mandy staarde naar het zinnetje. Hoewel contact precies was wat ze wilde, schrok ze er toch van. Haar duim zweefde boven het toetsenbord. Wat moest ze terugsturen? De waarheid? Of toch volhouden dat ze haar zus was?

Dat laatste niet, besloot ze. Als ze hulp wilde bij haar zoektocht, moest ze nu open kaart spelen.

Ze hield het bericht kort en zakelijk. *De zus van Judith.*

Het antwoord kwam meteen. *Wat wil je?*

Mandy besloot zich nog even op de vlakte te houden. *Informatie*, stuurde ze.

Informatie is duur.

Geschrokken sloot Mandy haar telefoon af toen ze een geluid op de gang hoorde. Ze legde het toestel in een la en sloot die zacht. Daarna liep ze naar de deur en luisterde, maar het was stil.

Snel pakte ze de telefoon weer. *Dat maakt niet uit*, stuurde ze terug.

Kennelijk had degene aan de andere kant van de lijn zitten wachten. *Wat wil je?*

Degene in de duinen, aan wie je de map hebt gegeven, dat was Judith niet. Dat was ik. Mijn zus is al een paar dagen vermist en ik wil weten wat de informatie in de map te betekenen heeft. Wie is die man?

Opnieuw was de reactie snel en kort. *Is dit een grap?*

Mandy fronste. Alsof het grappig was om te zeggen dat iemand vermist was. *Ik wil het echt weten. De politie heeft geen idee en ik denk dat haar verdwijning misschien te maken heeft met de informatie die jij mij hebt gegeven.*

Ik heb er niets mee te maken. Zij heeft dit gevraagd, ik heb het gezocht.

Maar waarom heeft Judith dit gevraagd? En wie is deze man?

Ze drukte op verzenden en verwachtte weer meteen een antwoord. Maar deze keer bleef het langer stil. Ongeduldig tikte Mandy tegen haar scherm. Straks dacht hij nog dat ze van de politie was en probeerde hem te pakken voor zijn illegale praktijken.

Uiteindelijk kwam het antwoord toch. *Ik weet niets. Alleen haar opdracht.*

Vertel me haar opdracht dan.

Mandy hield haar adem in toen ze het bericht stuurde. Opnieuw duurde het even voor het antwoord kwam. En toen het bericht binnenkwam, voelde Mandy een golf van kou door zich heen gaan. Ging het dan echt alleen maar om geld?

500 euro.

Ze haalde diep adem. Met tegenzin tikte ze het antwoord. *Akkoord.*

Nu kwam de reactie wel snel. *Ik regel de info. Jij haalt het op als ik het heb neergelegd. Dan leg je het geld neer. Geen contact. Geen politie. Geen grappen, want ik weet waar je bent, Mandy.*

De koudegolf veranderde in ijs. Ze had haar naam niet genoemd.

Terwijl haar hart wild bonkte, nam haar ratio het langzaam over. De man kende Judith en als je een beetje kon zoeken op internet, kon je waarschijnlijk de connectie tussen haar en haar zus makkelijk vinden. Ook al was Judith online niet erg zichtbaar en al helemaal niet actief, het was vast niet zo moeilijk om met een paar muisklikken de naam van iemands familie te ontdekken.

Mandy haalde nog een paar keer diep adem en tikte toen een bericht terug. *Laat maar weten waar ik moet zijn.*

Ze legde haar telefoon in het laatje van Judiths bureau

en liep naar haar slaapkamer. Robin was inmiddels wakker en zat rechtop in de kussens. 'Hé', zei hij zacht. 'Was je er al uit?'

'Ik kon niet meer slapen.'

'Zat je op Judiths kamer?'

Mandy knikte. 'Ik ga douchen', zei ze ontwijkend en verdween naar de badkamer.

De dag sleepte zich traag en stroperig voorbij. Er kwam een journalist van een regionale krant, die met haar moeder praatte. Mandy ging niet bij het gesprek zitten, maar luisterde vanaf de bank mee. Het ging over hun angst, en haar moeder benadrukte een paar keer dat Judith diabetespatiënt was en haar medicatie nodig had. De pomp moest inmiddels wel leeg zijn, een idee dat Mandy nog extra angst aanjoeg.

Het duurde tot drie uur tot er weer een bericht kwam. Mandy had tot dan toe elke twee minuten op haar telefoon gekeken en vloog zowat overeind toen ze het sms'je zag. Robin zat tegenover haar en pleegde een werktelefoontje. Hij zag het aan haar gezicht, merkte ze. Hij keek verwonderd. Snel stond ze op.

In de keuken bekeek ze het bericht goed. Het was een locatie, meer niet. Driehonderd meter van hun huis, in de duinen. Onopvallend liep Mandy naar buiten. De vijfhonderd euro die ze vanochtend had opgenomen, zat strak opgevouwen in haar zak. Op het laatste moment griste ze een boterhamzakje mee uit de keukenla.

Ze nam de fiets. Dankzij Google Maps reed ze in één

keer goed. De locatie was een bankje langs een duinpad. Een echtpaar met een hond liep voorbij, het beest snuffelde uitgebreid rond het bankje. Mandy glimlachte krampachtig. De groet van het tweetal beantwoordde ze met iets wat nog het meest op een zucht leek, omdat haar stem dienst weigerde. Toen de man en de vrouw waren doorgelopen, keek ze om zich heen. Op dat moment voelde ze haar telefoon trillen.

Achter de bank, onder het gras.

Mandy's hart beukte tegen de binnenkant van haar ribben. Automatisch keek ze om, maar er was niemand te zien. Het idee dat ze van een afstand werd gadegeslagen was zo beangstigend, dat haar maag zich pijnlijk samentrok. Met het gevoel dat ze elk moment kon gaan overgeven, hurkte ze achter het bankje.

Met haar hand ging ze over het helmgras. Het leek stevig op z'n plek te zitten en Mandy zag geen losse stukjes. Ze voelde verder en woelde met haar vingers door het zand. Daarna schoof ze een stukje op. Ze keek om, maar het pad was nu verlaten. Opnieuw legde ze haar hand op het gras. En toen voelde ze het.

De envelop was klein en zat ingegraven in een smalle gleuf. Met haar duim en wijsvinger trok Mandy hem eruit. Ze haalde het boterhamzakje met geld uit haar zak en stopte het in de nu lege ruimte. Daarna stond ze snel op. Met een bonkend hart en vlugge passen liep ze naar haar fiets. Toen wind over haar huid streek, huiverde ze zo hard dat het pijn deed.

De journalist was vertrokken, maar nu was er een fotograaf. Mandy keek vluchtig naar hoe haar moeder met een foto van Judith in haar hand op de foto werd gezet. Haar moeder hield niet van aandacht en voelde zich duidelijk ongemakkelijk, maar ze deed dapper wat er werd gevraagd. Als er een foto bij staat, wordt het artikel beter gelezen, had de journalist gezegd.

Ze liep naar boven. Robin was er niet, ze vermoedde dat hij met Willem naar de supermarkt was.

Zorgvuldig sloot ze de deur van Judiths kamer, al verwachtte ze dat haar moeder nog wel even bezig was in de huiskamer. Toen ging ze aan het bureau zitten en haalde de kleine, dunne envelop tevoorschijn. Hij was dichtgeplakt, met een trillende hand maakte ze hem open. Er gleed een foto uit. Mandy pakte hem op. Het eerste moment had ze moeite hem te plaatsen, al kende ze de man op de foto heel goed. Ze draaide hem om. Op de achterkant stond zijn naam, in Judiths handschrift.

Willem van Nieuwbeek.

Mandy keek weer naar de voorkant. Haar stiefvader staarde terug, een lach om zijn mond, half knipperend tegen de zon. Mandy kende de foto niet. Ze draaide hem opnieuw om. Onder zijn naam had Judith ook zijn geboortedatum geschreven.

Ze pakte de map en spreidde de papieren met data en tijden weer uit. De foto legde ze ernaast, alsof het samenbrengen van alle informatie als vanzelf tot het oplossen van de puzzel zou leiden. Een tijdlang staarde ze naar alles waarin Judith blijkbaar samenhang zag. Toen maakte ze een stapeltje van de papieren, legde de foto erop en stopte alles in de map. Daarna pakte ze haar telefoon en stuurde een bericht.

Heeft Judith je deze foto gegeven?

Ze wachtte een minuut, toen nog een en toen, met uiterste krachtsinspanning, nog eens een kwartier. Al die tijd keek ze naar buiten, naar zorgeloze vakantiegangers, een busje van een pakketdienst, een donkerblauwe auto die tot twee keer toe door de straat reed. Misschien zoekend naar een schaarse parkeerplaats.

Ze zou geen antwoord krijgen, maar moest het toch proberen. *Help me alsjeblieft,* stuurde ze nog, maar ook dat bericht bleef onbeantwoord.

Mandy's gedachten schoten alle kanten op, als vuurpijlen die sisten, gilden, gierden en ontploften. Er waren zoveel scenario's mogelijk en geen van alle waren ze logisch. Er was zoveel wat ze nu kon doen, en tegelijkertijd zo weinig. Was het logisch om Willem zelf om opheldering te vragen, of juist helemaal niet? Ze schudde onbewust haar hoofd. Wat zou hij dan zeggen? Wat de waarheid ook was, als Willem op een of andere manier iets met de verdwijning van Judith te maken had, dan zou hij dat natuurlijk niet zomaar vertellen. Hield Judiths zoektocht verband met haar verdwijning, en was het mogelijk dat Willem een rol speelde?

Ze zou hem kunnen vragen wie Cornelis Groen was, maar ook dat plan schoot ze vrijwel meteen weer af. Als Judith er veel geld en een vage afspraak in het donker voor overhad om deze informatie te vergaren, dan was het niet iets wat Willem zomaar even op tafel zou gooien. Dan was er meer aan de hand en zou er ook meer voor nodig zijn om de ware betekenis te achterhalen.

Misschien moest ze haar moeder in vertrouwen nemen. Als Cornelis Groen iemand was uit de kring van Willem, zou Elly zijn naam misschien wel kennen. Mandy realiseerde zich dat ze eigenlijk maar weinig over Willem wist. Hoe vaak had ze in al die jaren een gesprek met hem gevoerd over zijn leven, waar hij vandaan kwam, wat hij had gedaan? Ze kende de hoofdlijnen, had nooit nagedacht over de details. Waarom zou ze ook?

Het idee om haar moeder te vragen was verleidelijk, maar iets hield Mandy tegen. Ze wilde geen onrust veroorzaken, vooral omdat ze nog geen idee had in welk licht ze de informatie moest zien. Eerst moest ze zich op haar eigen zoektocht concentreren.

Het probleem was alleen dat ze geen idee had welke zoektocht dat was. Het was niet eens een speld in een hooiberg. Ze had geen hooiberg en ook geen idee hoe de speld eruitzag. Het enige wat ze wist, was dat ze dit niet langer alleen kon. Dat moest ze onder ogen zien. Het had geen zin om zelf te blijven tasten in het duister, om haar trots boven alles te laten gaan en de politie geen informatie te geven die misschien belangrijk kon zijn. Het was tijd om te doen wat verstandig was.

Zonder nog langer te aarzelen, pakte ze haar telefoon.

Hoofdstuk 10

David was lang, dat was eigenlijk het enige wat aan hem opviel. En zijn tanden, die kaarsrecht en zo helderwit waren dat Arjan twijfelde aan de echtheid ervan. Hij was volkomen ontspannen en babbelde met de rechercheurs alsof hij dagelijks werd verzocht naar politiebureaus te komen, en te vertellen over verdwenen vrouwen met wie hij via internet contact had gehad.

'Ze leek me aardig, die Judith', zei hij. 'Ik moest om haar lachen.'

'Maar nog niet afgesproken?'

'Nee, ze wilde wachten tot na haar vakantie. We hadden een afspraak staan voor woensdag.'

Arjan liet niet merken dat hij dat al wist. 'Waar?'

'Een café in het centrum. Ik kan even opzoeken...' Hij tastte naar zijn telefoon in zijn broekzak. Arjan stak zijn hand op. 'Nee, laat maar.'

Hij kende de naam van het café al. Hij kende de inhoud van hun hele gesprek. Ze had inderdaad humor, Judith. David trouwens ook.

'Wist je hoe ze eruitzag?' vroeg Jonas.

'Van haar profielfoto. En ik heb haar natuurlijk gegoogeld, maar ze is online niet erg goed vindbaar. Zal wel met haar werk te maken hebben.'

'Wist je ook waar ze naartoe ging?'

'Op vakantie, bedoel je? Dat zei ze niet. Ja, naar zee.' Hij keek om zich heen. 'Ik las op een nieuwssite over haar verdwijning. Vreselijk.'

Arjan knikte. Jonas ook. Er viel een stilte.

'Ik begrijp niet helemaal wat jullie van mij willen', zei David nu. Nieuwsgierig was hij, hooguit wat voorzichtig. Maar welwillend. 'Ik bedoel, ik heb haar nooit ontmoet. Zelfs nooit aan de telefoon gesproken. Ik vermoed dat jullie veel meer over haar weten dan ik.'

'We proberen een beeld te krijgen van haar leven', antwoordde Arjan, zo'n beetje het meest vage antwoord dat hij in petto had. 'Vooral van wat haar de laatste tijd bezighield.'

'Hebben jullie al een idee?' vroeg David. 'Is ze ontvoerd? Ik bedoel, met haar werk...'

Arjan trok met zijn mond. 'Als we dat wisten, waren we een stuk verder.'

Het hele gesprek duurde nog geen drie kwartier. 'Waar was je zaterdagavond?' vroeg Arjan, professioneel casual. David leek de vraag niet vervelend te vinden, noch vreemd.

'Uit eten met twee vrienden. We vierden de nieuwe baan van Rogier. Hier.' Nu haalde hij zijn telefoon wel tevoorschijn. 'Als je wil, kan je het checken. Het restaurant is van een andere vriend van me. Hij kan je ook vertellen dat ik er was.'

Jonas schreef de nummers over. Daarna verliet hij de ruimte. Arjan vroeg naar Davids werk, voornamelijk om de tijd te vullen. IT'er, gespecialiseerd in verandertrajecten. 'En ik dacht dat ik door mijn werk niet bij iedereen erg geliefd was', grinnikte Arjan. David grijnsde.

Jonas kwam weer binnen. Hij knikte kort. Arjan leunde achterover. 'Bedankt voor je hulp', zei hij tegen David. 'Als je iets te binnen schiet, horen we dat heel graag.'

'Geen probleem.' De man stond op, het viel Arjan opnieuw op hoe lang hij was. Hij schudde hun beiden de hand. 'Fijne dag nog.'

Hij leek niet aangedaan, dat was het enige wat Arjan echt was opgevallen. Jonas, die terugkeerde nadat hij de man uitgeleide had gedaan, haalde zijn schouders op. 'Zou ik ook niet zijn als ik hem was. Hij kende haar niet.'

'Wel via de chat. Maar haar verdwijning leek hem niet te raken. Of zelfs maar bezig te houden.'

Jonas trok met zijn mond. 'Jij hebt nooit gedatet via een site, merk ik?'

'Hoezo?'

'Als je je persoonlijk betrokken moet voelen bij iedereen die je kortstondig via de chat spreekt, heb je er een dagtaak aan.'

Arjan keek zijn collega geamuseerd aan. 'Niet iedereen

ligt zo goed in de markt als jij.'

'Jij zou anders ook de hit van de site zijn', pareerde Jonas. 'Dat mysterieuze van een rechercheur, dat trekt mensen toch aan.'

'Wel jammer dat ik zelden thuis ben.'

Jonas grinnikte. Arjan keek toe hoe zijn collega de spreekkamer verliet en pakte daarna zijn spullen. Hij was niet van plan te vertellen dat hij steeds vaker overwoog om zich op een datingsite in te schrijven.

'En?' vroeg Manon toen Arjan terugkeerde bij zijn bureau. Arjan schudde zijn hoofd en deed zijn mond open om iets te zeggen, maar werd onderbroken door het geluid van zijn eigen telefoon.

'Momentje.' Hoewel hij aan het nummer had gezien wie het was, nam Arjan op met zijn achternaam. 'Dalstra.'

'Met Mandy Houtstra.' De stem van de vrouw klonk ferm, maar toch hoorde hij een lichte trilling. 'Ik denk dat we moeten praten.'

'Ze willen dat ik weer naar het bureau kom.' Mandy keek naar Robin, maar toen hij haar blik beantwoordde, richtte ze haar ogen op een punt achter hem.

Robin was meteen alert. 'O?'

'Ja. Dalstra belde.' Ze likte aan haar lippen. Onder tafel bewoog haar knie onophoudelijk. 'Ik ga zo maar even langs dan.'

'Ik ga mee.'

Mandy knikte. In haar hoofd zocht ze naar de juiste woorden. Ze sloot even haar ogen. Ze moest haar toon ook nog geloofwaardig krijgen. 'Hoewel...' Ze wilde kalm klinken, een tikje nonchalant misschien, al lieten de omstandigheden geen nonchalance toe. 'Het zal wel een gesprek onder vier ogen zijn.'

'Waar gaat het dan over? Ze kunnen je toch niet opnieuw...'

'Nee joh.' Mandy schudde haar hoofd. 'Nee, dat lijkt me niet. Dan hadden ze me wel weer hier opgehaald.'

Uiteindelijk knikte Robin, al was het duidelijk met tegenzin. 'Bel me als er iets is.'

Ze nam de fiets maar weer, haar auto was nog altijd niet terug. Toen ze het hek uit fietste, was ze zo in gedachten verzonken dat ze bijna tegen een voetganger op fietste. 'Sorry', zei ze, terwijl ze zichzelf op het nippertje overeind hield. De man zei niets terug, maar staarde haar aan. 'Sorry', zei Mandy opnieuw. Ze fietste weg zonder om te kijken.

Arjan Dalstra wachtte op haar in een aangenaam koele spreekkamer, die in niets leek op de verhoorkamer van de vorige keer. Mandy legde de map op tafel. 'Judith was hiermee bezig.'

Arjan bladerde door de papieren. Hij keek even naar de foto van Willem. 'Wat is dit?'

'Ik wilde dat ik dat wist.'

'Hoe kom je hieraan?'

Mandy vertelde het hem. Bij het gedeelte van het blaadje dat uit de agenda was gevallen, fronste hij even. Mandy haalde het uit haar tas en schoof het naar de rechercheur toe. 'Ik was het echt vergeten', zei ze.

Hij knikte en tikte met zijn vinger op de foto. 'Heb je je stiefvader al gevraagd of hij weet waar Judith mee bezig was?'

Mandy schudde haar hoofd. 'Ik wil niet dat hij dit weet. Ik wil eerst weten wat het te betekenen heeft. De data die hier worden genoemd, zeggen mij niets. Ze zijn allemaal tien, vijftien jaar geleden, of nog langer. Ik heb ze gegoogeld, maar dat levert niets op.'

'En die naam?'

'Cornelis Groen.'

'Zegt dat jou wat?'

Mandy schudde haar hoofd en wreef over haar gezicht. 'Het is allemaal zo vaag. Die man van wie ik de informatie heb gekregen, kan me ook niet helpen. Hij weet niet waarom Judith dit wilde weten. En hij reageert niet meer.'

'We zullen het nummer natrekken, misschien kunnen we hem op die manier vinden.'

Mandy knikte en keek de rechercheur aan. 'Ik hoop dat je gelooft dat ik hier niets mee te maken heb. Ik heb alleen iets gevolgd waar Judith al aan was begonnen.'

Hij keek terug, nadenkend. Uiteindelijk knikte hij langzaam. 'Ik begrijp het.'

Mandy liet de papieren achter, de foto ook. Toen ze naar buiten liep, de warmte in, voelde ze zich op een vreemde manier lichter.

Op de gezichten van Manon en Jonas zag Arjan zijn eigen gevoel weerspiegeld. 'Vaag', zei Manon, maar tegelijkertijd was er interesse in haar blik te zien. 'En hoe zei je dat Mandy eraan kwam?'

'Van een man met wie Judith kennelijk had afgesproken en die haar van informatie kon voorzien.' Arjan schoof een briefje naar Manon toe. 'Dit is het nummer. Wil je Yvo vragen om daarachteraan te gaan?'

Manon stond op. Arjan tikte met zijn pen tegen de papieren op tafel en richtte zich tot Jonas. 'We moeten van elk van deze data uitzoeken wat er is gebeurd, niet alleen hier in de omgeving, maar in het hele land. Als het nodig is, vragen we meer informatie op bij andere korpsen. Link elk van de data aan de persoon van Cornelis Groen, maar ook aan Willem van Nieuwbeek. Wie weet vinden we een overlap, iets waaruit blijkt dat ze elkaar kennen of kenden.'

'Als jij bovenaan begint, begin ik onderaan.'

Manon sloot zich weer bij hen aan. 'Ik wil graag dat jij helemaal in die Cornelis Groen duikt', zei Arjan tegen haar. 'Alles wat je over hem kan vinden. Woonplaatsen, belangrijke data, eventuele betrokkenheid bij misdrijven, maar ook familie, huwelijk, banen. Gewoon alles.'

Manon knikte. 'Zitten de papieren al in het systeem?'

'Annette heeft ze net geüpload.'

Manon ging terug naar haar eigen bureau. Jonas was al verdiept in zijn computer. Arjan stuurde een korte update naar Koppens en voerde daarna de bovenste datum in in het systeem. Het was een januaridag in 1972 en Arjan scrolde door de resultaten. In principe moesten alle misdrijven die op die dag waren gepleegd, in het systeem staan. Van de afgelopen jaren was dat sowieso het geval, omdat die gegevens waren ingevoerd in het huidige systeem. Uit vroegere jaren waren de zaken handmatig ingevoerd en dat betekende dat er nog weleens eentje ontbrak. Het was ondoenlijk om elke fietsendiefstal of poging tot inbraak in het systeem te zetten, dus was er van hogerhand besloten om alleen grotere zaken in te voeren. Op 13 januari 1972 was er zo te zien niet erg veel gebeurd. Arjan checkte zijn informatie. Cornelis Groen was die dag nog maar veertien jaar oud. Dat was ook wel aan de jonge kant om betrokken te zijn bij een serieus misdrijf.

Hij tikte opnieuw met zijn pen tegen de papieren. Het was ook maar een slag in de lucht, de aanname dat de data te maken hadden met criminaliteit. En dan ook nog criminaliteit waarbij Cornelis Groen betrokken was. Misschien had hij te veel zijn politiepet op en dacht hij te smal, een gevaar waarvoor Arjan altijd waakzaam wilde zijn. Misschien was de datum wel een geboortedatum, een verhuisdatum, een trouwdatum of een overlijdensdatum. De datum van een gebeurtenis die in de breedste zin van het woord belangrijk was geweest voor Cornelis Groen. Hij dacht diep na. Het was geen reële optie om alle geboortes, data en huwelijken op die dag na te lopen op zoek naar een verband. Bovendien wist hij niet waarnaar hij zocht.

Manon kwam aangelopen. 'Yvo heeft het uitgezocht. De telefoon is prepaid', zei ze, wat weinig verrassend was. 'Hij is inmiddels uitgeschakeld.'

'Hou het in de gaten', zei Arjan, maar hij had niet veel hoop dat de telefoon weer aan zou gaan. De man wilde duidelijk niet gevonden worden.

'Hier, moet je kijken.' Jonas draaide zijn scherm, zodat Arjan mee kon kijken. 'Een van de data die wordt genoemd, is van deze zaak.'

Arjan kneep zijn ogen samen. Hij zag een zaaknummer en een korte omschrijving: *vermissing vrouw in Zandvoort.* Hij keek naar de datum en naar het label. *Niet opgelost.* Arjan staarde even naar het scherm. Automatisch dacht hij aan het mailbericht van Koos.

Hij zocht de zaak op op zijn eigen computer. 'Als je alleen de omschrijving leest, zou je denken dat het over onze huidige zaak gaat', zei hij, meer tegen zichzelf dan tegen Jonas.

Desondanks humde zijn collega instemmend. 'Ik hoop alleen dat we de huidige zaak wel kunnen oplossen. De familie van deze vrouw zit al dertien jaar in onzekerheid.'

Arjan bladerde door de documenten, verhoren en andere gegevens in het dossier. Hij stuurde een bericht naar het hoofdbureau in Haarlem met het verzoek het originele dossier uit het archief te halen, zodat hij het daar kon oppikken. Toen opende hij de mail die hij van Koos had gekregen en las het krantenbericht nog eens.

'We moeten hier verder in duiken', zei hij tegen Jonas.

'Zal ik Yvo en Karina vragen?'

Arjan schudde zijn hoofd. Dit wilde hij niet aan de jongere rechercheurs overlaten. 'We doen het zelf', zei hij en Jonas knikte. Op dat moment viel Arjans oog op een datum in het dossier rondom de verdwenen vrouw. Zijn ogen schoten heen en weer tussen het scherm en het papier met data. Toen floot hij zacht tussen zijn tanden. 13 januari 1972.

De geboortedatum van Janne Govers, de vrouw die al dertien jaar onvindbaar was en voor het laatst was gezien in de duinen van Zandvoort.

'Wat is er?' vroeg Jonas, maar Arjan antwoordde niet. Hij opende Google en klikte elke link aan van artikelen die naar de zaak verwezen. Veel daarvan waren geschreven door dezelfde persoon, Renze Klok, die als journalist bij de regionale krant werkte. Hij had zich zo in de zaak vastgebeten dat hij er zelfs een boek over had geschreven. Net toen Arjan een telefoonnummer wilde opzoeken, viel zijn oog op een bericht uit de krant waarin het overlijden van Klok werd meegedeeld. Hij was pas zesenvijftig.

De donkere duinen, zo heette het boekje. Arjan pakte zijn telefoon, het was tijd om twee dingen te regelen.

Eerst belde hij naar Koos. 'Heb je tijd voor koffie?'

'Altijd. Morgen?'

Arjan sprak af, hing op en zocht een ander nummer op. Even later had hij de boekhandel in Haarlem aan de lijn. De man aan de telefoon leek het wel een leuke zoekopdracht te vinden. 'We hebben het niet op voorraad', wist hij na enige minuten monter te melden. 'Maar als u wilt, kan ik het bestellen. Dan is het morgen binnen.'

'Graag', antwoordde Arjan en hij liet zijn gegevens achter. Daarna concentreerde hij zich weer op de data. Ze verwezen allemaal naar zaken waarbij Cornelis Groen inderdaad betrokken was geweest. Het grootste misdrijf was een roof in een motorzaak, halverwege de jaren negentig. Die datum stond ook op het lijstje. De daders waren met een groep en hadden vele tienduizenden euro's buitgemaakt. Er was geschoten, het vermoeden bestond dat een of meerdere daders zwaargewond waren geraakt, maar niemand had zich nadien gemeld in het ziekenhuis. Arjan bekeek de foto's die in het dossier stonden. Het waren scans van originelen die op hun beurt al niet zo best waren geweest, maar de glasscherven en het vele bloed waren duidelijk te zien. Arjan bladerde door het dossier en bekeek de lijst met verdachten. Drie mannen waren gepakt en hadden gevangenisstraf uitgezeten voor de roof, Cornelis was niet een van hen. De veroordeelden hadden nooit de namen van hun handlangers prijs willen geven. Bij de recherche hadden destijds de nodige namen de ronde gedaan, zag Arjan. Op dat lijstje kwam de naam van Cornelis voor. Er stond verder niets bij, de rechercheurs hadden slechts hun vermoedens gedeeld in het dossier. Arjans blik bleef hangen aan een naam op de lijst. Hij ademde scherp in.

Willem van Nieuwbeek.

In zijn hoofd begonnen radertjes te draaien. Als de vermoedens van destijds juist waren geweest, kenden Willem en Cornelis elkaar dus. Hadden ze samengewerkt in de criminaliteit. De roofoverval was professioneel en zeer gewelddadig uitgevoerd. Dit waren geen kruimeldieven geweest. Hoorde Willem daar echt bij?

Arjan printte het oude dossier uit en zocht daarna de naam van Willem op in het systeem. Er kwamen een paar hits tevoorschijn in zijn scherm. In de late jaren tachtig en eerste helft van de jaren negentig was Willem met enige regelmaat betrokken geweest bij criminaliteit, maar echt ernstige zaken stonden er niet bij. Bovendien was hij slechts één keer veroordeeld. Belediging van een ambtenaar in functie. Het had hem een taakstraf opgeleverd.

Verder werd hij alleen genoemd in verhoren en in vermoedens van de rechercheurs die als memo's aan diverse dossiers waren toegevoegd. Hij leek de Houdini van de criminaliteit te zijn: vaak aanwezig, nooit grijpbaar. Was dat slimheid of had Willem het onfortuinlijke talent op het verkeerde moment in de buurt van de verkeerde mensen te zijn?

Arjan stond op en liep naar de koffieautomaat, meer om na te denken dan dat hij nu echt zin had in koffie. Dit loopje, van zijn bureau naar de koffieautomaat in de pantry, had hij zo vaak gemaakt dat zijn voetstappen een spoor in de vloerbedekking uitgesleten moesten hebben. Automatisch drukte hij op de knop voor zwarte koffie, extra sterk. *Sterkte*, stond er bij de knop waar je dat kon instellen. Arjan moest daar vaak om grinniken. Dank je, zei hij soms voor de grap, als niemand hem kon horen.

Hij nam zijn koffie en het geprinte dossier mee naar het balkon, waar de rokers normaal gesproken hun toevlucht zochten. Nu was er niemand. De lauwe wind voerde zeelucht aan, en het gekrijs van meeuwen. Het uitzicht op de parkeerplaats was weinig inspirerend. Arjans blik bleef hangen aan een rijtje politiemotoren, de neus richting het hek, klaar om te gaan. Waakzaam en dienstbaar, dat was hun slogan. Twee vrouwen verdwenen, dertien jaar ertussen. Beiden onvindbaar. Waren ze bij de politie wel waakzaam genoeg? En dienstbaar? Ze hadden te maken met een gebrek aan aanknopingspunten en wat ze hadden, leek als sterrenstof door de ruimte te zweven. Losse puntjes, onbruikbaar als ze niet aan een ander gelinkt konden worden.

Hij las het dossier van de roofoverval opnieuw, alleen om tot de conclusie te komen dat hij de eerste keer niets over het hoofd had gezien. Hij zou straks Willem van Nieuwbeek vragen om langs te komen op het bureau en hij zou dan heel nonchalant wat vragen stellen over die oude zaak en een aantal andere zaken. Willem zou willen weten wat de link was met het onderzoek naar de verdwijning van Judith, en Arjan zou naar waarheid antwoorden dat hij daar niets over kon zeggen. Hij had namelijk zelf ook geen idee, maar dat gedeelte van het antwoord zou hij weglaten. Natuurlijk verwachtte hij niets van het gesprek, hij wilde alleen maar zien hoe Willem zou reageren. De volgende op zijn lijstje was Mandy. Aan haar zou hij een aantal zaken voorleggen en hij wilde het over Janne Govers hebben. Het was een slag in de lucht, maar wie weet kon hij op een of andere manier een link tussen de twee vrouwen ontdekken.

Met een boogje gooide hij zijn lege koffiebekertje in de prullenbak. Daarna stond hij op. Het was tijd voor een paar gesprekken.

Hoofdstuk 11

HET LEEK ALSOF DE TELEFOON DE HELE DAG GING. Vrienden van Judith die belden of er al nieuws was. Media aan de lijn met dezelfde vraag. Mandy drukte steeds meer telefoontjes weg. En toch schoot haar hart omhoog elke keer dat haar ringtoon klonk. Het kon ook de politie zijn.

'Als er echt nieuws is, bellen ze niet', had haar moeder gezegd. Dat klopte, maar Mandy was er zeker van dat Arjan Dalstra zich elk moment kon melden. Wat als hij het had ontdekt? De aanleiding voor Judiths zoektocht en de betrokkenheid van Willem? In gedachten probeerde ze zich al voor te bereiden, maar ze had geen idee waarop.

De ringtoon van haar stiefvader klonk door de kamer. Hij keek even op het scherm, fronste en nam op met zijn voor- en achternaam. Het volgende moment keek hij scherp naar zijn vrouw. Haar moeder reageerde onmiddellijk. 'De politie', fluisterde Willem haast zonder geluid te maken.

Mandy had het gevoel alsof haar maag in een vrije val belandde. Als de politie naar Willem belde, kon dat maar één ding betekenen. Ze probeerde uit alle macht haar gezicht neutraal te houden en wist dat het alleen al omdat ze het te hard probeerde, niet lukte. Gelukkig zag niemand het. Haar moeder en Robin hadden hun blik op Willem gericht, haar stiefvader zelf keek uit het raam terwijl hij belde.

Hij zei niet veel. Ja, waarom, prima, oké – er kwamen alleen enkele woorden uit zijn mond. Daarna knikte hij een paar keer en hing op.

'Wat was er?' vroeg Elly, haar stem trillend van spanning.

Willem trok met zijn mondhoeken. 'Ze vroegen of ik even langs kan komen.'

'Waarom?'

'Geen idee. Een paar vragen.' Hij klopte op zijn zakken en vond zijn autosleutels. 'Ik bel je straks wel', zei hij tegen Elly, maar die schudde ferm haar hoofd. 'Ik ga mee.'

Mandy zei niets. Slikken kostte moeite, het was alsof er een betonnen bal in haar keel zat. Misschien was het logisch als ze een vraag stelde of haar verwondering uitsprak, maar ze kreeg geen geluid uit haar mond. Pas toen de deur achter haar moeder en stiefvader was dichtgevallen, liet ze haar adem ontsnappen.

'Ga je het me nog vertellen?' Robin hield zijn blik strak op haar gericht.

'Wat?' vroeg ze, maar ze wist dat ze hem niet langer voor de gek kon houden. Vannacht had ze weer woelend doorgebracht. Het voelde niet goed om haar mond te houden. Niet voor haar moeder – maar dat kon niet anders – en zeker niet voor Robin. En waarom ook? Contact met de man van wie ze de informatie had gehad, had ze toch niet meer. Er was geen reden om zijn bestaan of dat van de informatie te verzwijgen. Behalve dat ze het moeilijk vond om Robin te vertellen wat ze hem allemaal juist niet had verteld.

'Er is iets', zei Robin. Zijn stem was kalm, maar er zat een spanning in die Mandy niet eerder had gehoord. Hij was op zijn hoede. En hij was zeker niet van plan zich met smoezen te laten afschepen. 'Eerst ben je twee keer zomaar weg, nu zie ik aan alles dat het telefoontje van de politie je helemaal gek maakt.'

Mandy sloeg haar blik neer. 'Je hebt gelijk', zei ze. 'Er is iets wat ik je moet vertellen.'

Willem was op zijn hoede, zag Arjan. Hijzelf stelde zich juist extra ontspannen op. Niets aan de hand, een paar kleine vragen. Het aanbod van koffie had Willem afgeslagen. Arjan had expres een spreekkamer geboekt, geen verhoorruimte.

'Waarom kan mijn vrouw hier niet bij zijn?' vroeg Willem. Zijn stem had een randje norsheid, net niet genoeg om echt opvallend te zijn. 'Het gaat toch om haar dochter.'

'Soms is het prettig om ongestoord te kunnen praten', zei Arjan.

‘Mijn vrouw heeft het recht om alles te weten.’

Arjan gaf geen antwoord. In plaats daarvan glimlachte hij in zichzelf. Ironisch, die opmerking, tenzij Willem zijn vrouw daadwerkelijk alles had verteld, maar dat betwijfelde hij.

‘Er zijn binnen het onderzoek wat zaken op ons pad gekomen die we eigenlijk niet zo goed kunnen duiden. Uw naam is daarbij gevallen en dat is de reden dat wij u hebben uitgenodigd.’

Hij sprak in meervoud, maar voerde dit gesprek alleen. Dat had hem en Koppens beter geleken. Geen verhoorsetting, geen overtal-situatie. Alles om de nonchalance te benadrukken. Niet om Willem van Nieuwbeek te sparen, maar om zijn reserves te beperken.

Arjan pakte zijn papieren op en tikte met de onderkant ervan op de tafel, om de blaadjes op een rechte stapel te krijgen. ‘Met het vorderen van ons onderzoek hebben we aanleiding gezien om te denken dat een paar oude zaken te maken zouden kunnen hebben met de verdwijning van Judith. Zaken uit de jaren tachtig en negentig, dus inmiddels verjaard. Opvallend genoeg kwam uw naam daarbij naar voren.’

Willem stelde geen vragen. Hij sloeg zijn armen over elkaar. Op cursussen over non-verbale communicatie leerde je dan dat dat een gesloten houding was. Maar Arjan was er ook van overtuigd dat er mensen waren die gewoon vonden dat ze zo lekker zaten. De stoelen waren ook niet bepaald comfortabel te noemen.

‘U bent veroordeeld tot een taakstraf wegens het beledigen van een politieagent, inclusief mishandeling', zei Arjan. De man staarde terug, onbewogen. Zijn armen leken iets strakker in elkaar te zitten dan net. 'Klopt dat?'

'Ja.'

'Uw naam wordt in andere dossiers regelmatig genoemd, maar uw betrokkenheid bij die zaken is niet aangetoond. Of laat ik het zo zeggen: er heeft geen vervolging plaatsgevonden.'

'Omdat ik daar niets mee te maken had.'

Arjan knikte een paar keer. 'Wie is Cornelis Groen?'

De vraag was onverwacht en overviel Willem, precies zoals Arjans bedoeling was geweest. Hij zag de schok. Het uit balans vallen. Het herstel. Allemaal binnen enkele seconden. 'Die naam heb ik lang niet gehoord.'

'Ken je hem?'

'Van vroeger.'

'Wanneer?'

Willem haalde zijn armen van elkaar. 'Twintig jaar geleden? Misschien langer. We waren nooit erg close.'

'Collega's', zei Arjan, wat Willem een halve glimlach ontlokte.

'Volgens mij weet u precies de connectie tussen mij en de heer Groen. Als u mijn verleden kent, weet u ook over Laponder. Ik ben ervan overtuigd dat mijn naam ook in dat dossier staat genoemd, net als die van de heer Groen.'

Arjan knikte een paar keer. Het verraste hem dat Willem zelf over die zaak begon. Even dacht hij na, toen besloot hij niet verder op die zaak in te gaan. 'We willen hem graag spreken. Waar kunnen we hem vinden?'

‘Geen idee.’ Willem keek hem geringschattend aan. ‘Hebben jullie me hierheen laten komen om over Cornelis Groen te praten? Wat heeft hij met de verdwijning van mijn stiefdochter te maken?’

Arjan liet zijn pen tussen zijn vingers heen en weer gaan. ‘Dat is precies wat wij ook graag willen weten.’

‘Is hij gezien hier in de buurt? Hoe komen jullie aan zijn naam?’

‘Als we meer weten, bent u de eerste die het hoort.’ Arjan stond op. ‘Bedankt voor uw komst.’

Willem ging ook staan. Hij schudde de hand die Arjan uitstak, al was het gebaar afstandelijk. Heel even hield Arjan zijn blik vast. ‘Nog één ding’, zei hij, alsof het hem ineens te binnen schoot. ‘Zegt de naam Janne Govers u iets?’

Willem bleef hem strak aankijken. ‘Janne Govers? Nee.’ Hij schudde een paar keer met zijn hoofd. ‘Nee, zegt me niets.’

Arjan keek hem na toen hij wegliep. Willem sloot de deur achter zich met een zachte klik. Toen Arjan zijn papieren bij elkaar pakte en terugliep naar zijn bureau, wist hij zeker dat hij herkenning had gezien in Willems blik.

Robin had het opvallend goed opgenomen. Hij had het zelfs wel begrepen, had hij gezegd, al had Mandy hem moeten beloven dat ze vanaf nu eerlijk tegen hem zou zijn. Deze keer had Mandy dan ook niets meer verzwegen. Het briefje uit Judiths agenda, de vreemde afspraken in de duinen, de nog vreemdere documenten met informatie en de foto van Willem – alles had ze op tafel gegooid. Samen hadden ze zitten puzzelen, maar ook Robin had geen nieuw inzicht dat alles oploste.

'En de recherche?' had hij gevraagd.

'Ze zijn ermee bezig. Ik denk dat Willems bezoek aan de politie hiermee te maken heeft.'

Net op dat moment had Arjan Dalstra gebeld, of Mandy kon langskomen. Ze had gezegd dat ze Robin mee zou nemen. Vanaf nu wilde ze hem echt nergens meer buiten houden.

Ze vertrokken voor Willem en Elly thuis waren. Mandy wilde haar stiefvader niet tegenkomen voor ze wist wat de recherche te zeggen had. Het was al zo moeilijk om normaal tegen hem te doen. Ze stuurde haar moeder een berichtje om te laten weten dat Robin en zij even weg waren, zodat ze zich bij thuiskomst niet ongerust zou maken. Haar moeder stuurde terug dat zij net het politiebureau verlieten.

Ze namen de fiets, omdat Mandy's auto nog altijd niet terug was. Daar moest ze ook naar vragen, bedacht Mandy. Morgen zou hun vakantie er officieel op zitten en dan zouden ze terug naar huis gaan. Ze had nog niet met haar moeder besproken wat ze gingen doen. Het idee om weg te gaan uit Zandvoort kwam haar nogal absurd voor. Maar blijven... Mandy verlangde naar haar eigen huis. Naar niet meer de hele tijd op elkaars lip zitten. En ze moesten zo reeel zijn om te beseffen dat Judith hoogstwaarschijnlijk niet zomaar bij de vakantievilla zou aanbellen.

Ze schoof de gedachte van zich af. Daar was ze goed

in geworden, gedachten wegduwen. Uitstellen. Een uur vooruitdenken was al heel wat, een dagdeel of langer lukte niet. Er kon ook elk moment iets veranderen. Mandy voelde juist die spanning steeds meer in haar hele lichaam. Ze had overal spierpijn, die erger werd als ze probeerde te ontspannen.

Ze zetten hun fietsen op slot voor het politiebureau. De receptionist herkende hen en nam hen mee naar een spreekkamer. Vrijwel meteen verscheen Arjan Dalstra. 'Wat zei Willem?' vroeg Mandy. 'Kent hij die Cornelis Groen?'

Arjan knikte. 'Maar hij heeft hem voor het laatst gezien in de jaren negentig. Cornelis heeft daarna zijn carrière in de misdaad nog een tijdje vervolgd, maar hij is nooit ergens voor gepakt.'

'Hoe weten jullie dan dat hij nog meer misdrijven heeft gepleegd?'

'Zijn vingerafdrukken zijn nog weleens gevonden bij inbraken en overvallen en een enkele informant uit het criminele circuit heeft zijn naam nog genoemd, maar Cornelis bleek onvindbaar. Overigens is de laatste jaren niets meer van hem vernomen. Misschien is hij gestopt, of overleden. Al is dat laatste niet aannemelijk, want dan zou het in de gemeentelijke basisadministratie geregistreerd moeten staan.'

'Waar is hij nu dan?'

'Dat weten we niet. Zijn laatst bekende adres stamt uit de jaren negentig, maar hier staat hij al heel lang niet meer geregistreerd. We hebben van hem geen bekende woon- of verblijfplaats.'

'Is hij dan dakloos?'

'Dat zou kunnen, maar het is ook goed mogelijk dat hij bij iemand anders woont zonder daar ingeschreven te staan of dat hij naar het buitenland is vertrokken.'

Mandy liet die informatie even op zich inwerken. 'Wat moest Judith dan met hem?' vroeg ze, meer aan zichzelf dan aan de rechercheur.

'Dat willen wij ook graag weten.'

'En Willem?' vroeg Robin.

'Die komt ook in onze systemen voor', zei Arjan Dalstra. Er lag voorzichtigheid in zijn stem, merkte Mandy. 'Dat betekent dat hij bekend is bij de politie.'

Mandy knikte. Dat was op zich geen nieuws. 'Hij heeft verteld dat hij weleens een taakstraf heeft gehad. Voor iets kleins, belediging van een agent, geloof ik.'

De rechercheur keek haar aan. 'Dat klopt.' Hij pakte een map en haalde er wat papieren uit. 'Laponder, zegt dat jou iets?'

Mandy schudde nadenkend haar hoofd. 'Nee, wat is dat?'

'Een motorzaak in Alkmaar.'

Mandy dacht na. 'Die ken ik niet. Niemand in onze familie heeft iets met motoren. Willem ook niet, volgens mij.'

'Wat is er met die motorzaak?' vroeg Robin.

'Halverwege de jaren negentig heeft daar een grote roofoverval plaatsgevonden. Er zijn vele motoren gestolen plus een groot geldbedrag. Drie mannen zijn veroordeeld, maar het vermoeden dat er veel meer daders waren is altijd blijven bestaan. Zowel Willem als Cornelis stond op de lijst van vermoedelijke daders.'

Mandy slikte moeizaam. Ze kende het kleine vergrijp dat haar stiefvader had begaan, maar dit was wel iets heel anders. Vluchtig dacht ze aan Judith. Haar zus had altijd veel sterker dan zijzelf het gevoel gehad dat er iets met Willem was. Wat dan, had Mandy vaak gevraagd, maar daar had Judith niet echt antwoord op kunnen geven. Ze sloot even haar ogen. 'Is mijn moeder hiervan ook op de hoogte?'

'Dat weet ik niet', zei Arjan. 'Ze was niet bij het gesprek met je stiefvader, omdat ik hem graag onder vier ogen wilde spreken.'

Mandy keek even naar Robin. Onder tafel legde hij zijn hand op haar knie. Ze had moeite om te verwerken wat ze zojuist had gehoord. Vermoedelijke daders... wat betekende dat? Waren dat concrete vermoedens, of was die lijst eindeloos lang?

'Dat verschilt per zaak', zei Arjan, toen ze die vragen hardop stelde. 'De ene keer weten we bijna zeker dat iemand betrokken is geweest, maar kunnen we hem of haar niet linken aan de plaats delict of aan de voorbereidingen. De andere keer gaat het meer om vermoedens. Bij deze zaak weet ik het niet, omdat ik niet persoonlijk betrokken ben geweest.'

Het was ook al lang geleden, dacht Mandy, ze zou er misschien wel nooit achter komen. De gedachte kwam bij haar op dat ze Willem naar de zaak zou kunnen vragen, maar alles in haar verzette zich daartegen. Ze kon het niet goed uitleggen, maar haar gevoel was heel duidelijk.

'Maar dit betekent dus wel dat Willem en Cornelis elkaar zouden kunnen kennen.'

Arjan noemde nog wat plaatsen en namen uit zaken waarbij Cornelis Groen betrokken was geweest. Mandy wilde dat ze kon helpen, dat ze een nieuw aanknopingspunt kon geven. Maar niets van wat hij noemde, kwam haar bekend voor. Uiteindelijk schoof Arjan Dalstra de papieren terug in de map, op één blaadje na.

'Ken jij ene Janne Govers?' vroeg hij toen.

'Janne Govers...' Mandy sprak de naam zacht voor zichzelf uit, alsof ze daarmee haar hersenen kon activeren. Ergens ver weg leek het namelijk wel alsof er een belletje afging. Ze knipperde een paar keer. 'Het klinkt wel bekend, maar ik weet niet precies waarom. Is dat een vriendin van Judith? Ik heb er zoveel aan de telefoon gehad.'

Arjan schoof een papier over de tafel naar haar toe. Het was een kopie van een krantenartikel, zag Mandy. De kop joeg haar hartslag omhoog. *Verdwijning in Zandvoort blijft een raadsel.* Ze keek naar de datum die er in een slordig handschrift bij geschreven stond. Het artikel was dertien jaar oud, de krant van 30 juni.

'Ik weet het weer', zei ze, terwijl de herinneringen terugkwamen. 'Dat is die vrouw die destijds is verdwenen in Zandvoort. Het gebeurde in dezelfde zomer als de bruiloft van mijn moeder en Willem.'

Robin boog zich over het artikel. 'In dezelfde maand, zo te zien.'

'Ja, al kwam haar omgeving er destijds volgens mij pas na een paar dagen achter dat ze weg was. Ik herinner me nog dat ik alweer thuis was, toen ik erover hoorde.'

Robin keek Arjan aan. 'Heeft dit met Judith te maken?'

De rechercheur trok zijn mondhoeken naar beneden. 'We zien op het eerste gezicht geen connectie tussen de twee zaken, maar de overeenkomsten zijn natuurlijk wel opvallend. Al weten we maar weinig van de omstandigheden waaronder Janne Govers verdween.'

'Hier staat dat ze alleen woonde en daarom pas na een paar dagen door haar vrienden werd gemist', zei Mandy, die het artikel vluchtig doorlas. 'De politie heeft ook nog even gedacht dat ze vrijwillig was verdwenen.' Ze keek naar de foto bij het artikel. Een vrouw van rond de veertig keek in de camera met een blik die vooral vragen opriep. Ze straalde geen verdriet uit, maar ook zeker geen vreugde. Ze leek eerder schichtig in de lens te kijken.

Er kwam een gedachte bij Mandy op. 'Heeft Cornelis iets met haar verdwijning te maken? Of...' Ze slikte moeizaam. 'Of Willem?'

Arjan ging verzitten. Hij nam een slok uit zijn bekertje, al leek het erop dat dat leeg was. 'We weten het niet precies', zei hij toen. 'Cornelis is dus al jaren buiten beeld en hij is door de recherche op geen enkele manier aan deze zaak gelinkt. Ook Willem is in geen enkele onderzoeksrichting in beeld gekomen bij deze zaak. Hij was, als ik jou goed begrijp, ten tijde van de verdwijning in Zandvoort, maar dat geldt ook voor duizenden andere mensen.'

Mandy dacht even na. 'Dus de enige link die jullie zien

tussen Judith en deze Janne, is het feit dat ze in hetzelfde dorp zijn verdwenen.'

'Er is nog iets', zei Arjan. 'In de envelop die jij hebt gekregen van die onbekende man, zitten papieren met daarop een aantal data. Belangrijke data voor Cornelis Groen, vermoeden we, aangezien een groot aantal ervan verwijst naar zaken waarbij hij betrokken was of waarvoor hij is veroordeeld. De overval op Laponder staat er bijvoorbeeld ook op. De enige datum op die lijst die we niet kunnen verklaren, is 13 januari 1972.'

Mandy rekende in gedachten snel terug. Dat was bijna vijftig jaar geleden. Willem was op dat moment nog geen twintig jaar oud. 'Is er toen ook een misdaad gepleegd waar een van de twee bij betrokken was?' vroeg ze.

'Nee, voor zover we nu weten niet. Mijn collega is nog bezig het archief verder door te spitten, maar in ons digitale systeem – waarin de grotere zaken staan opgeslagen – hebben we niets gevonden.' Hij tikte met zijn pen op het krantenbericht. 'Opvallend genoeg is het wel de geboortedatum van Janne Govers.'

Mandy staarde hem aan. Daarna maakte ze haar blik los en trok het krantenbericht naar zich toe. Het was alsof ze stukjes van een verschillende puzzel in elkaar probeerde te proppen. Haar gedachten wilden die puzzel zo graag kloppend krijgen, dat ze als bliksemschichten door haar hoofd schoten. Met haar vingers masseerde ze haar slapen, maar ze kreeg er geen grip op.

'Ik begrijp het niet', zei Robin, die het kennelijk niet veel anders verging. 'De data op het lijstje dat Mandy van die man heeft gekregen, hebben allemaal te maken met Cornelis Groen, toch?'

Arjan Dalstra knikte.

'En daar zit ook een zaak bij waarbij de naam van Willem is genoemd. Maar we kunnen ervan uitgaan dat die zaak is genoemd vanwege de eventuele betrokkenheid van Cornelis, omdat dat voor alle andere zaken ook geldt. Of staan er ook zaken op de lijst waarbij Willem wel en Cornelis niet betrokken is geweest?'

De rechercheur schudde zijn hoofd. 'Nee, het lijkt erop dat Judith – op haar verzoek of om een andere reden – is voorzien van een lijst die te maken heeft met Cornelis Groen.'

'Is het dan aannemelijk dat ook de geboortedatum van Janne Govers met hem te maken heeft? Kende Cornelis haar? Was hij rond haar verdwijning in Zandvoort?'

'Dat is inderdaad wat wij proberen uit te zoeken, maar zoals ik al zei: sinds de jaren negentig is al niet meer bekend waar Cornelis woont of wat hij doet. Het is goed mogelijk dat hij hier is geweest rond de verdwijning van Janne Govers.'

'Maar dan moet hij toch een hotel hebben gehad, of een vakantiehuis, of misschien woonde hij hier wel', zei Mandy. 'Daar moeten toch sporen van zijn.'

De rechercheur keek haar aan. Er klonk iets spijtigs door in zijn stem. 'Daar gaan we natuurlijk naar op zoek, maar hotels bewaren hun gastenlijsten doorgaans geen dertien jaar.'

Mandy knikte en zuchtte. 'Als we maar wisten waarom

Judith hem zo interessant vond. Interessant genoeg om al deze moeite voor te doen.'

'Kan het met haar werk te maken hebben?' vroeg Robin, maar Mandy schudde haar hoofd. Die optie had ze lang opengehouden, maar inmiddels was ze ervan overtuigd dat deze zoektocht een privéproject van haar zus was geweest.

'Stel dat ze iets had ontdekt over die Cornelis, of zelfs over Willem, dan weet zij als geen ander dat wat ze ook vindt, niet bruikbaar is in de rechtszaal. Alleen bewijsmateriaal dat via de juiste procedures is verkregen, is rechtsgeldig. Een anonieme afspraak in de duinen hoort daar niet bij.'

Robin knikte een paar keer en deed er het zwijgen toe. Ook Arjan Dalstra zei niets. Het enige geluid in de kamer kwam van de airconditioning, die zacht zoemde. Uiteindelijk was het Mandy die de stilte doorbrak. 'Er moet toch een manier zijn om uit te vinden waar Judith mee bezig was? De afspraak met die man komt niet uit de lucht vallen, die heeft ze eerder gemaakt. Hoe komt ze aan hem? Wat was haar precieze vraag?'

De rechercheur knikte. 'Onze IT-afdeling is nog bezig met haar laptop. Die is goed beveiligd, maar ze hebben een externe expert gevraagd om ernaar te kijken. Hopelijk lukt het om op die manier bij haar bestanden en haar e-mail te komen.'

Mandy knikte een paar keer. Arjan stopte het krantenbericht terug bij de andere papieren. Ze namen afscheid. De zon voelde ongewoon warm toen ze naar buiten liepen.

Robin sloeg zijn arm om Mandy's schouders en trok haar tegen zich aan. Ze merkte dat ze beefde.

'Ik begrijp er helemaal niets van', zei ze met haar gezicht tegen Robins borst. 'Waar was ze nou mee bezig?'

'De politie komt er vast wel achter', zei Robin, al miste Mandy het rotsvaste vertrouwen in zijn stem. Vertrouwen dat ze zelf niet wilde kwijtraken.

'Ik ben zo bang dat ze dood is', zei Mandy nu, een gedachte die continu in haar hoofd zat maar die ze niet veel uitsprak, omdat hij dan te echt werd. 'Als ze was ontvoerd, hadden we toch allang iets moeten horen? Een ontvoerder wil losgeld. En nu dit weer...' Ze maakte zich los uit Robins omhelzing. 'Wat als Judith iets heeft ontdekt dat ze beter niet had kunnen weten?'

Robin deed zijn mond open om antwoord te geven, maar sloot hem uiteindelijk weer. Hij keek over Mandy heen naar het politiebureau. 'We mogen de hoop niet verliezen.'

Mandy schudde haar hoofd, terwijl ze haar fiets van het slot haalde. Nee, ze mochten de hoop niet verliezen. Maar het was moeilijker dan ooit om hem vast te houden.

Hoofdstuk 12

HET WAS DRUK IN HET CENTRUM. VOOR DE IJSSALON stond een lange rij en een plek vinden op een terras zou een uitdaging worden. Toch had Koos geappt dat hij de koffietent met het beste terras van Haarlem kende. Arjan keek op zijn horloge. Hij had nog een kwartier tot de afspraak met zijn oud-collega. Snel liep hij naar de boekhandel.

Voor het pand bleef hij even staan. Hij bewaarde warme herinneringen aan de winkel, waar zijn moeder hem aan het begin van elke vakantie een boek had laten uitzoeken. Binnen rook het naar boekwinkel. Hij snoof de geur op, ook dat deed hem denken aan vroeger, op een vreemde manier werd hij er rustig van. Hij zou hier vaker moeten komen, zichzelf vaker de tijd moeten geven om te lezen. Spontaan liep hij naar de tafel met Nederlandse literatuur en snuffelde even rond. Toen koos hij voor een boek waarover hij onlangs in de krant had gelezen.

'Ik kom ook een bestelling afhalen', zei hij bij de kassa. De man van de winkel zocht even in de kast en kwam toen terug met een dun boekje. 'Dit is hem', zei hij, terwijl hij door zijn grijze haar streek. 'Grappig, dit boekje hebben we vroeger vaak verkocht, maar de laatste jaren is er nauwelijks vraag naar. En nu twee keer in één week.'

Arjan keek op. 'Werkelijk?'

'Ja, het is zo'n zaak die uiteindelijk nooit uit het hoofd van mensen verdwijnt. Niemand heeft het ooit kunnen afsluiten.'

'Ja', zei Arjan, nadenkend knikkend. 'Dat zal het zijn.'

Hij betaalde en liep de winkel uit. Het was vijf minuten lopen naar het terras van de koffietent, Koos zat al te wachten met een krant en een grote cappuccino voor zich op tafel. Hij stond op toen hij Arjan zag en schudde hem hartelijk de hand. 'Hoe is het, jongen?'

Arjan glimlachte en knikte. Hij herinnerde zich weer hoe Koos altijd als de vader van de recherche werd beschouwd. Waar de cultuur binnen de politie ook nog weleens hard kon zijn, had Koos zich juist altijd als een mentor over de jongere rechercheurs ontfermd.

'Nadat je gebeld had, ben ik weer even in die oude zaak gedoken', zei Koos, nadat ze kort hadden bijgepraat. 'Zoals je weet, hield ik altijd mijn eigen aantekeningen bij. Een dagboek, zou je kunnen zeggen, maar dat klinkt als iets voor meisjes van veertien.' Hij grinnikte. 'Er stonden ook geen ellenlange omschrijvingen in van verliefdheden, maar ik vond het altijd prettig om bij te houden waar ik aan werkte en wat ik dacht. De dingen die niet in de dossiers kwamen, zeg maar.'

Arjan herinnerde zich nog precies hoe Koos inderdaad vaak met een notitieboek in de weer was. 'Voor mijn bestseller', zei hij dan grappend, al had hij zich na zijn pensionering nog niet aan het schrijven van dat boek gewaagd.

Arjan maakte zijn tas open en haalde er twee mappen uit. In de ene zat wat informatie die met het huidige onderzoek te maken had. Veel ervan was vertrouwelijk en mocht zelfs niet met een oud-rechercheur worden gedeeld. Maar een aantal punten wilde hij toch met Koos bespreken. In de andere, dikkere map zat het dossier van de verdwijning van Janne Govers, dat hij net bij het hoofdbureau had opgehaald. Het waren kopieën, het origineel mocht het archief niet verlaten.

'Vertel', zei Koos nu. 'Waar kan ik je mee helpen?'

Arjan praatte hem kort bij over de zaak-Judith Houtstra en de zoektocht waar zij kennelijk mee bezig was geweest.

'Cornelis Groen...' zei Koos nadenkend. 'Die naam komt me wel bekend voor.' Hij pakte het oude dossier en bladerde er even in. 'Ik herinner me niet dat hij in beeld is geweest in de zaak- Janne Govers, maar het zou kunnen dat ik dat gewoon ben vergeten.'

Arjan schudde zijn hoofd. 'Ik moet dit dossier nog doornemen, maar in het deel dat gedigitaliseerd is, ben ik de naam ook niet tegengekomen.'

'Hij staat niet in mijn aantekeningen', zei Koos stellig. 'Die heb ik gisteravond nog zitten lezen. Wel was er sprake van dat Janne een vriend zou hebben, maar niemand in haar omgeving wist daar het fijne van.'

Daar keek Arjan van op. 'Ik heb begrepen dat ze alleenstaand was.'

'Ja, dat was ze officieel ook. Maar er was een vriendin – of misschien was het een buurvrouw – die het vermoeden had dat Janne iemand was tegengekomen. Ze had hen samen gezien. Maar Janne had er niets over gezegd. Ze was sowieso nogal op zichzelf.'

'Weet je nog wie dat heeft gezegd?' vroeg Arjan, maar Koos schudde zijn hoofd. 'Misschien dat het ergens in het dossier terecht is gekomen. Ik weet nog dat we anderen ernaar hebben gevraagd, maar vrijwel iedereen zei dat ze vrijgezel was.'

Er dook een ober op aan hun tafeltje en Arjan bestelde een dubbele espresso. Daarna keek hij Koos weer aan. 'Zegt de naam Willem van Nieuwbeek jou iets?'

Koos keek nadenkend. Na een paar seconden schudde hij langzaam met zijn hoofd. 'Niet direct, nee.'

'En de zaak Laponder? Een grote roof uit een motorzaak, in 1994.'

'Nu je het zegt, herinner ik me wel zoiets. Het was destijds groot nieuws, maar ik ben nooit bij die zaak betrokken geweest. Andere regio.' Hij lepelde het melkschuim uit zijn kopje. 'Wat heeft die zaak ermee te maken?'

Arjan leunde achterover en vouwde zijn handen achter zijn hoofd. 'Ik zal je eerlijk zeggen: ik wilde dat ik het wist. Het is net alsof we maar in hetzelfde kringetje rondgaan. Willem en Cornelis staan allebei op de lijst met mogelijke verdachten in die zaak, maar geen van beiden is veroordeeld. Of zelfs maar verhoord. Nadat drie anderen zijn gepakt en vervolgd, is de zaak als opgelost beschouwd.'

'Maar jij zoekt naar een connectie tussen die twee mannen.'

'Ja, precies. En die zaak is het enige wat ik heb. Willem van Nieuwbeek heb ik natuurlijk gesproken, maar hij ontkent betrokkenheid, wat op grond van de feiten net zo goed waar kan zijn. Hij zegt dat hij Cornelis sinds de jaren negentig niet meer heeft gezien.'

Zijn koffie werd gebracht en hij deelde meer informatie met Koos, alsof hij strooide met puzzelstukjes. Hij zag de opleving in de ogen van zijn oud-collega. Dat klassieke recherchewerk deed zijn hart sneller slaan. Arjan zelf voelde momenteel vooral frustratie. 'Ik heb dit gekocht', zei hij, en hij haalde het boekje tevoorschijn.

'Ach ja', zei Koos met iets van nostalgie in zijn stem. 'Renze Klok. Wat heb ik die man vaak vervloekt. Maar ondertussen zat hij wel altijd dicht bij het vuur, soms dichter dan wij. Een goede journalist.' Hij bladerde door het boekje. Zijn oog bleef blijkbaar hangen aan een bepaalde passage en even zat hij te lezen. 'Kijk', zei hij toen. 'Hier staat het ook. De buurvrouw van Janne heeft haar in de dagen voor haar verdwijning zo nu en dan met een onbekende man gezien. De politie heeft dit spoor opgevolgd, maar er is niets uit gekomen.'

Arjan boog zich voorover en las de passage. Janne had in die tijd een vrolijke indruk gemaakt, had de buurvrouw – ze heette Ingrid – aan de politie verteld. Misschien had dat wel met die man te maken. Ingrid had Janne er nog naar gevraagd, maar die had ontkennend geantwoord. Ingrid had niet per se geloofd dat dat waar was, maar omdat ze wist hoe erg Janne op haar privacy gesteld was, had ze het onderwerp verder laten rusten.

Omdat Ingrid zo weinig informatie kon geven en verder niemand haar verhaal bevestigde, had ook de journalist dit spoor uiteindelijk gelaten voor wat het was.

Arjan haalde diep adem. 'De enige link tussen Judiths onderzoek – of wat het ook is – en de verdwijning van Janne Govers is de geboortedatum van Janne op het lijstje met data dat van die onbekende is gekomen.'

'En de gelijkenis tussen de zaken', zei Koos.

'Ja, maar die is ook weer niet zo groot dat je van een mogelijke copycat kan spreken.'

Zijn telefoon begon een melodietje te spelen. Hij keek op het scherm. Manon. 'Momentje', zei hij tegen Koos.

'Ik denk dat ik goed nieuws voor je heb', zei zijn collega, en Arjan hoorde duidelijk de opwinding in haar stem. 'De beveiliging van de laptop is gekraakt. We hebben toegang tot al Judiths bestanden.'

Arjan kon zijn oren niet geloven. 'Dat is geweldig nieuws', zei hij. 'Echt alle bestanden?'

'Alles. En ik denk dat je beter hiernaartoe kan komen. Er is iets wat je zeker wil zien.'

Mandy voelde zich beklemd toen ze binnenkwamen. Haar moeder zat aan tafel, Willem was tegenover haar aan het bellen. 'Hoi', zei Mandy en meteen kwam haar moeder overeind. 'Hoe was het bij de politie?' vroeg Mandy.

Haar moeder knikte een paar keer. 'Ja. Ja, goed. Ze wilden wat dingen opgehelderd krijgen.'

Mandy vroeg niet verder. Te laat bedacht ze dat ze natuurlijk echt iets bij de supermarkt hadden moeten halen, maar haar moeder leek het gebrek aan spullen niet op te merken. Sowieso leek ze zich het grootste deel van de tijd niet bewust te zijn van haar omgeving. Meestal staarde ze uit het raam, verzonken in haar eigen gedachten. Of misschien ging het nog verder dan dat. 'Apathisch' was een woord dat al regelmatig in Mandy was opgekomen.

'Wij gaan even naar buiten', zei Mandy nu en nog voor Willem zijn telefoontje had afgerond, hadden zij en Robin het huis al verlaten. 'Ik moet daar echt weg', zei Mandy, toen ze de strandopgang op liepen. 'Het lukt me niet om nog normaal tegen Willem te doen. Ik ben veel te bang dat ik iets verkeerds zeg.'

Robin knikte een paar keer. 'Ik zou ook liever naar huis gaan, maar je hoeft volgens mij niet zo bang te zijn. We weten toch helemaal niets? Hoe kun je dan iets verkeerds zeggen?'

Daar had hij wel gelijk in, maar toch zat het Mandy niet lekker. 'Judith heeft hem nooit echt vertrouwd', zei ze toen. 'Ze had meteen al haar reserves en heeft die ook veel langer dan ik gehouden. Van de week op het strand hadden we het er nog over. Ze zei iets waaruit bleek dat ze hem eigenlijk nog steeds alleen maar tolereert, niet waardeert.'

'Wat dan?' vroeg Robin, maar Mandy schudde haar hoofd. 'Ik weet het niet meer letterlijk.'

Even stapten ze voort, zwijgend, hun benen automatisch in hetzelfde ritme zoals dat gaat wanneer je naast elkaar loopt. 'Zou Judith echt een bepaald wantrouwen tegen Willem hebben gehad, of vond ze het gewoon moeilijk dat jullie moeder een andere man kreeg?' vroeg hij toen. 'Ik wil geen advocaat van de duivel spelen, maar eigenlijk heeft hij jullie nooit een aanleiding gegeven om aan hem te twijfelen, toch?'

Mandy schudde haar hoofd. 'Dat niet, maar ik herinner me nog wel hoe Judith hem in het begin soms zat uit te horen. Beroepsdeformatie, denk ik. Ze heeft me weleens verteld dat ze altijd moeite heeft mensen in het begin te vertrouwen, omdat ze dagelijks ziet waar mensen toe in staat zijn en hoe goed ze soms kunnen liegen.'

Robin keek opzij. 'Wat zal ze van mij dan wel niet hebben gedacht?'

'Geen idee. Dat heeft ze niet met mij gedeeld. Maar ik weet wel dat ze je inmiddels helemaal vertrouwt, en dat punt heeft Willem kennelijk niet bereikt.'

'Zou ze dan zomaar naar hem zijn gaan speuren, waarna ze op een oude criminele maat van hem is gestuit om daar vervolgens verder in te duiken?'

Mandy haalde diep adem en proefde zout. Fris zeewater spoelde bij elke stap over haar voeten. 'Dat klinkt best ongeloofwaardig, hè?'

'Ja', zei Robin, terwijl een krabbetje voor hun voeten wegschoot. 'Dat klinkt best ongeloofwaardig.'

Het was precies wat ze nodig hadden. Arjan had handschoenen aangetrokken om geen sporen te ruïneren en klikte nu de ene map na de andere aan op de computer van Judith. Alles stond erin: zaken waaraan ze werkte, mails die ze belangrijk genoeg vond om te bewaren en mails die nieuw binnen waren gekomen, contacten, haar digitale agenda, de zoekgeschiedenis in haar browser – alles. Met hulp van de collega's van de digitale recherche hadden ze alle bestanden op de harde schijf eerst veiliggesteld in een back-up en daarna gekopieerd, zodat diverse rechercheurs er tegelijkertijd mee aan de slag konden. Op de afdeling gonsde het nu van de activiteit. Arjan had zichzelf samen met Manon toegelegd op Judiths documenten. Een snelle zoekopdracht op de namen Cornelis Groen en Willem van Nieuwbeek had nog niets opgeleverd.

'Maar de kans is ook niet zo groot dat Judith eventuele documenten over een van de twee met naam en toenaam op haar computer zou opslaan', had Manon terecht opgemerkt. 'Ik denk dat we alle mappen een voor een moeten uitpluizen.'

Dat was precies waar ze nu mee bezig waren. Manon had de mappen onder de noemer 'werk' voor haar rekening genomen. Dat waren er niet al te veel, Judith gebruikte voor haar werk natuurlijk alleen de vaste computer in haar werkkamer op het parket. De computer waartoe ze al eerder toegang hadden gekregen, maar dat onderzoek had niets opgeleverd. Arjan had snel rondgekeken in de werkmappen op Judiths eigen laptop en had voornamelijk aantekeningen gezien, die ze blijkbaar thuis had gemaakt en daarom op haar eigen laptop had opgeslagen. Manon zou er vermoedelijk niet al te veel tijd aan kwijt zijn.

Arjan zelf hield zich bezig met alle mappen en documenten die Judith onder 'privé' had geplaatst. Er was een vrij omvangrijke map met allerlei administratie – Arjan was onder de indruk van de keurig geordende manier waarop Judith die bijhield. Hijzelf moest ieder jaar bij het doen van zijn aangifte weer zoeken en graven tot hij alle benodigde documenten bij elkaar had, maar Judith had alles keurig per jaar en per instantie gegroepeerd. Vluchtig keek hij de mappen door. Later zou hij of een collega er verder in duiken, maar vooralsnog leken ze inderdaad alleen maar administratie te bevatten.

Er was een map met foto's, eveneens netjes geordend, die zo te zien ook geen verrassingen bevatte. Lang niet al Judiths foto's stonden erin, Arjan vond er slechts enkele tientallen die ze kennelijk belangrijk genoeg had gevonden om op haar computer op te slaan. Hij maakte een aantekening dat hij zijn collega's van de digitale afdeling moest vragen hoever ze waren met het kraken van Judiths iCloud-account. Hier zouden ze waarschijnlijk nog veel meer foto's en bestanden kunnen vinden, maar het was ontzettend moeilijk om zonder wachtwoord toegang te krijgen. Apple was een bedrijf dat bekendstond om de goede beveiliging.

Hij klikte meer mappen aan. 'Documenten', was de naam van een van die mappen. Daarbinnen bevonden zich submappen: 'werk', 'woning', 'tennis'. Arjan opende die laatste en vond allerlei bestanden die te maken hadden met de tennisvereniging waar Judith lid van was geweest. Hij herinnerde zich dat Mandy erover had verteld, door tijdgebrek was Judith twee jaar geleden gestopt.

De map 'werk' bevatte weinig verrassingen. Alleen de locatie van de map viel hem op. Er was een andere map die 'werk' heette en die allerlei andere mappen bevatte die zo te zien met Judiths werk te maken hadden. Arjan fronste licht. Waarom bevond zich een map met deze naam op een gedeelte van de harde schijf dat Judith duidelijk voor privé had ingeruimd? Gezien de totale ordentelijkheid van de laptop leek het Arjan sterk dat dit een slordigheidje was.

Hij scrolde langs de documenten, die nummers als naam hadden. Zaaknummers? Hij klikte een Word-bestand aan. Een pop-upvenster opende zich. *Wachtwoord.*

Arjan fronste. Hij klikte nog wat bestanden aan, overal kreeg hij dezelfde melding. Hij ging terug en opende een ander bestand, in de map 'woning'. Hij klikte het aan, het opende zich meteen. Vluchtig las hij het door, het bleek een contract met een energieleverancier te zijn. Hij ging naar de andere map die 'werk' heette en klikte daar willekeurig wat bestanden aan. Een voor een openden ze zich. Geen wachtwoord, geen beveiliging.

Terwijl hij nadacht, tikte hij met zijn vingers tegen het bureau. Wat was er zo belangrijk aan de bestanden in die map, dat Judith de moeite had genomen ze stuk voor stuk te beveiligen?

'Wat is er?' vroeg Manon, die zijn nadenkende blik had opgemerkt. 'Heb je iets?'

Arjan staarde haar aan. 'Ik weet het niet', zei hij naar waarheid. 'Zijn onze digitale collega's er nog?'

Manon knikte. 'Een van hen is op ons bureau gebleven om te helpen. Hoezo?'

Arjan gaf geen antwoord. In plaats daarvan stond hij op en vond Lucas Sijtsema, zoals de jonge rechercheur van de digitale afdeling bleek te heten, aan het werk in een spreekkamer. De man fronste toen Arjan vertelde waar hij tegenaan liep en volgde hem toen naar zijn werkplek. Hij ging achter de laptop zitten, klikte wat dingen aan en belde toen een collega. Het gesprek bevatte zoveel vaktermen dat Arjan het amper kon volgen. Toen toverde Lucas wat schermen tevoorschijn, voerde codes in en even later ontgrendelde hij een voor een de bestanden. Daarna draaide hij zich om naar Arjan. 'Opgelost.'

'Geweldig', zei Arjan, onder de indruk. 'Hoe deed je dat?'

Hij luisterde naar het antwoord, maar begreep er weinig van. Waar het op neerkwam was, als hij het goed had geïnterpreteerd, dat de computer in z'n geheel erg goed beveiligd was geweest, maar dat de beveiliging van de bestanden daarentegen nogal wankel was. In plaats van het wachtwoord – dat hij niet kende – in te voeren, had Lucas de hele bestandsbeveiliging uitgeschakeld.

Arjan nam weer plaats achter de laptop en met een gevoel van stijgende opwinding bekeek hij wat Judith nu juist zo graag onbekeken had willen laten.

Hoofdstuk 13

DE MIDDAG GLEED GERUISLOOS OVER IN DE AVOND EN iemand had pizza besteld. Arjan had voor de vorm een paar happen genomen, maar honger had geen vat op hem en hij had het eten al snel aan de kant gelegd. Dat was een goed teken. Altijd als een zaak voor zijn gevoel een doorbraak bereikte, verloor hij zijn eetlust. Dan wilde hij alleen maar doorwerken.

De vergrendelde bestanden bleken vooral aantekeningen te bevatten. Losse gedachtespinsels van Judith, allemaal met hetzelfde onderwerp: haar stiefvader. Het oudste bestand was al meer dan drie jaar geleden aangemaakt, had Arjan vastgesteld. Tien jaar na het huwelijk tussen Willem en Judiths moeder, zo'n twaalf jaar na hun eerste ontmoeting. Wat de aanleiding was geweest voor Judith om te gaan speuren in zijn verleden, was Arjan niet duidelijk. Maar blijkbaar had ze die wel gehad, want vanaf dat moment had ze vele gedachten aan hem gewijd.

Arjan had zich nooit eerder afgevraagd hoever de opsporingsbevoegdheden van een officier van justitie precies reikten en hij wist dan ook niet of Judith met haar zoektocht haar boekje te buiten was gegaan, maar in elk geval had ze heel wat informatie boven tafel gekregen. Uit de diverse documenten had hij het beeld vastgesteld dat Judith werkte aan een tijdlijn. Een tijdlijn van het leven van haar stiefvader.

Alles stond erin: belangrijke data in zijn leven, adressen, werkgevers, zelfs vakanties. Foto's en gescande documenten onderschreven die gegevens en als Judith bewijs had, voegde ze een gebeurtenis kennelijk pas toe aan de tijdlijn. Arjan vond uittreksels van de burgerlijke stand, koopcontracten van woningen, een trouwkaart van Willem en zijn eerste vrouw Mireille. Een snelle check had Arjan geleerd dat zij tien jaar geleden was overleden, maar Willem en zij waren na een huwelijk van slechts drie jaar al begin jaren negentig gescheiden. Er waren foto's van Willem in zwembroek op een tropisch strand – Arjan schatte hem daar een jaar of twintig – en ook zwart-witkiekjes van een onbekende vrouw met een baby in haar armen. Op de eveneens ingescande achterkant van die foto was te lezen dat het Willem en zijn moeder waren, vier maanden na zijn geboorte.

Stukje voor stukje werkte hij zich door alle documenten en foto's heen. Judiths nauwkeurigheid leek eindeloos, de details kwamen hem soms voor als onbeduidend, maar toch had ze ze vermeld. Maar hoe meer hij vond, hoe meer de vraag die niet werd beantwoord zich aan hem opdrong: waarom wilde ze alles over haar stiefvader weten?

Hij opende het laatste, meest recente bestand. Terwijl de computer zijn werk deed en het document op het scherm toonde, nam Arjan de laatste slok uit zijn blikje cola en zette het bij op het kleine blikjes-kerkhof op zijn bureau. Het document had de onbeduidende naam Document17, zoals Word automatisch een bestand opsloeg wanneer je er geen betere naam aan gaf. Hij wreef in zijn ogen, die brandden van het staren naar een scherm. Zijn hoofd duizelde van de vele vragen die de bestanden hadden opgeroepen. Vanavond – of uiterlijk morgenochtend – zou hij opnieuw tegenover Willem van Nieuwbeek zitten. Dan wilde hij antwoorden.

Document17 bleek te zijn verdeeld in twee kolommen. Arjan kneep zijn ogen samen. Bovenaan de linkerkolom stond 'Willem van Nieuwbeek', bovenaan de rechter had Judith 'stiefvader' neergezet. Eronder stond een greep uit de data en gegevens die Judith over Willem van Nieuwbeek – die zij kennelijk niet per se beschouwde als dezelfde persoon als haar stiefvader – had verzameld. Arjan liet zijn ogen over de regels glijden. Willem was geboren in Nijmegen en had, zo had Judith uit de gemeentelijke administratie geleerd, als twintiger een tijdje aan de Parkweg gewoond, nabij het Kronenburgerpark. In de rechterkolom, waar de gegevens van 'stiefvader' stonden, had Judith de aantekening gemaakt dat haar stiefvader de Parkweg nooit had genoemd toen ze hem naar zijn precieze adressen in Nijmegen had gevraagd.

De volgende regel ging over een voetbalteam waar Willem van Nieuwbeek als tiener had gespeeld, Arjan had een oud krantenartikel over een overwinning gelezen. 'Stiefvader' had nooit gevoetbald, had hij gezegd, aldus Judiths aantekeningen.

Regel voor regel volgde hij Judiths vergelijking, de ene sterker dan de andere. Er was een aantekening over een litteken dat haar stiefvader had, op zijn rechterzij, ter hoogte van zijn onderste ribben. Militaire dienst, had hij volgens Judith als verklaring gegeven. In de linkerkolom stond één zinnetje: *Willem van Nieuwbeek is afgekeurd voor militaire dienst.*

Arjan bleef een tijdje naar die zin staren terwijl hij hem tot zich liet doordringen. Hij scrolde nog wat verder. Judith had ook iets opgeschreven over de bruiloft, dertien jaar geleden. Het stond in de kolom 'stiefvader', in de andere kolom had ze er niets tegenover gezet.

14 juni, 20.10 uur, in de duinen. Wie liep daar?

Arjan maakte een aantekening op zijn notitieblok. 'Ja', zei hij zacht voor zichzelf. 'Wie liep daar, Judith?'

Hij bleef een tijdje zitten om de informatie op zich te laten inwerken. Dit was groot, veel groter dan wat ze tot nu toe hadden ontdekt. Het was tijd om zijn collega's in te lichten. Hij ging staan en riep het team bij elkaar. 'Er staat iets interessants op de laptop', zei hij met een stem die kalmer klonk dan zijn gemoed was. 'Ik denk dat jullie dit moeten zien.'

Hij vroeg ook Koppens om aan te sluiten en nam het

team mee naar een vergaderruimte. Daar sloot hij de laptop aan op het grote tv-scherm aan de muur. Toen nam hij zijn collega's mee in de mappen op Judiths computer. Hij bouwde zijn verhaal op, precies zoals hij zelf ook door de bestanden was gegaan: van de losse aantekeningen en documenten naar het bestand waarin Judith alles met elkaar had vergeleken. Het werd doodstil in de ruimte. Koppens keek toe met samengeknepen ogen. Toen hij alle bestanden had getoond, sloot Arjan de laptop. Hij keek de ruimte rond.

Koppens verbrak de stilte. 'Is Van Nieuwbeek al onderweg naar ons?'

'Nee', zei Arjan beslist. 'Ik wil eerst alle gegevens op orde hebben.'

Zijn chef knikte een paar keer. Arjan nam het woord weer. 'Waarom Judith al deze moeite heeft gedaan, is momenteel nog onduidelijk. Ik hoop dat haar zus opheldering kan geven, maar betwijfel dat ten zeerste. Wel denk ik dat we nu weten in welk licht we de informatie moeten zien die Mandy heeft ontvangen. De foto die Judith bij haar informant heeft ingeleverd en de gegevens die hij vervolgens voor haar heeft opgezocht.'

Ze discussieerden een tijdje over die informant. Arjan vond het een aannemelijk verhaal dat Judith aan de identiteit van haar stiefvader was gaan twijfelen en daarom een foto van hem had gegeven aan iemand die kennelijk speurwerk voor haar kon verrichten. Tegen Mandy had de man gezegd dat dit hem zijn baan kon kosten, wat bij Arjan het vermoeden had doen rijzen dat hij professioneel in de opsporing werkte en had rondgeneusd in systemen zonder dat hij daartoe vanuit zijn baan aanleiding had. De informant was toen kennelijk Willems vroegere maatje Cornelis Groen op het spoor gekomen. Of 'maatje'... 'Kennis' was misschien een beter woord.

'Als Willem van Nieuwbeek niet is wie hij zegt te zijn,' zei Jonas uiteindelijk, waarmee hij verwoordde wat ook in Arjans hoofd rondging, 'en de informant linkt hem aan Cornelis Groen, is het dan niet de moeite waard om te kijken of de gegevens die Judith over haar stiefvader heeft ontdekt, wel matchen met die van Groen? Heeft Groen bijvoorbeeld wel op de Parkweg in Nijmegen gewoond? Heeft hij wel gevoetbald bij die club? Is hij getrouwd geweest met ene Mireille?'

Er klonk gemompel in de zaal. Arjan knikte langzaam. Het was een idee dat ook in zijn hoofd steeds vastere vormen aannam. Had Willem van Nieuwbeek – of hoe hij in werkelijkheid ook heette – de identiteit van iemand anders aangenomen?

Meteen kwam er een nieuwe stortvloed van vragen op gang, maar Arjan parkeerde die even in zijn hoofd. Eerst wilde hij het ergens anders over hebben. 'Wat als haar stiefvader op een of andere manier te weten is gekomen dat Judith bezig was met een onderzoek naar hem?' legde hij het team voor, al kon hij zelf genoeg scenario's bedenken die daarvan het gevolg waren.

'Dan zal hij op z'n minst opheldering gewild hebben', zei Jonas. 'Maar de vraag is: hoe kan hij dit hebben gezien? Judiths computer was goed beveiligd.'

'Misschien is het andersom', zei Manon. 'Dat zij opheldering wilde van hem.'

Arjan knikte een paar keer terwijl hij nadacht. Toen haalde hij diep adem. 'De laptop bevat alleen vingerafdrukken van Judith en de bestanden zijn meer dan een week voor het begin van hun vakantie voor het laatst geopend geweest.'

'Misschien heeft hij die bestanden al eerder gezien', zei Jonas. 'Hij kan gewacht hebben tot hij in Judiths nabijheid was, dus tijdens de vakantie, en haar daar hebben gevraagd wat dit te betekenen had.' Hij pauzeerde even en zei toen fronsend: 'Iemand met enig verleden in de criminaliteit zal heus wel op het idee komen om de laptop na gebruik schoon te vegen, zodat er geen vingerafdrukken achterblijven.'

Het viel niet uit te sluiten, dat moest Arjan ook toegeven. Maar toch viel dit scenario ook niet direct op z'n plaats. Het voelde omslachtig. Iets ontdekken dat op z'n minst verontrustend moest zijn geweest voor Willem, en dan een week – of langer? – wachten voor hij Judith erop aansprak? Hij kende Willem niet goed, maar hij kon zich voorstellen dat in de emotie die volgde op zo'n ontdekking, iemand toch meteen opheldering zou willen.

In de zaal ging de discussie tussen de rechercheurs verder. Scenario's kwamen voorbij en werden afgeschoten of als aannemelijk beschouwd – de moeite van het onderzoeken waard. 'We moeten het alibi niet vergeten', zei Arjan. 'Hij was thuis op het moment dat Judith verdween. Elly heeft hem de hele tijd gezien, Mandy en Robin een deel van de tijd.'

Een echtgenote was niet het meest betrouwbare alibi, dat wist Arjan ook wel. Maar toch, ze konden het niet zomaar terzijde schuiven.

Hij wreef over zijn vermoeide ogen. De hele zaak voelde als een serie radertjes die niet goed in elkaar pasten. Er draaide wel iets, maar het liep voortdurend vast. En dan die datum, onderaan. De dag dat Janne Govers verdween, ongeveer dezelfde tijd. *Wie liep daar?*

Om halfeen 's nachts gingen ze uit elkaar, Arjan wist dat ieder van hen morgenochtend weer vroeg present zou zijn. Zelf stapte hij op de fiets naar huis. De koele avondlucht deed hem goed. Thuis ging hij een tijdje op zijn balkon zitten, het ruisende geluid van de golven in de verte. Hij was moe, maar slaap was ver weg. Ergens in de verte klonk het geluid van een vogel. *Wie liep daar?* ging weer door zijn hoofd, als begin van een hele serie vragen. De belangrijkste bleef rondgaan in zijn gedachten, ook lang nadat hij in bed was gaan liggen. Wie was Willem van Nieuwbeek?

Mandy werd wakker zonder een idee van welke dag het was. Nu tijd zowel hun grootste vijand als totaal irrelevant was, ontglipte die haar soms volledig. Ze keek op haar telefoon. Kwart over vijf in de ochtend. Vrijdagochtend. Morgen was het officieel de laatste dag van hun vakantie. Ze zou het liefst vandaag al naar huis gaan, maar om een of andere reden voelde het dan alsof ze Judith in de steek liet.

Ze draaide zich op haar rug en staarde naar het plafond. Het eerste ochtendlicht sijpelde door het gordijn naar binnen. Naast haar was Robin nog in slaap. Beneden hoorde ze gerommel. Dat zou haar moeder wel zijn, die amper een oog dichtdeed. Het was haar aan te zien, Elly had donkere kringen rond haar ogen en in minder dan een week tijd leek ze wel vijf kilo te zijn kwijtgeraakt. Mandy merkte het ook aan haar eigen kleren – alles zat losser, en eetlust had ze nauwelijks.

Ze wachtte tot zes uur en stapte toen uit bed. De dagen duurden eindeloos lang op deze manier en door de vermoeidheid bracht ze sommige uren als verdoofd door. Op andere momenten stond alles aan haar juist weer aan, alsof geen zintuig nog een filter had. Dat vrat energie, net als het niet-weten. Elke seconde kon er iets gebeuren, kon een telefoontje alles veranderen, kon een bezoekje haar volledig uit het lood slaan. Op internet had ze verhalen gelezen van ouders die maanden of soms zelfs jaren op hun kind hadden gewacht, zonder levensteken, zonder wat dan ook. Op andere momenten had Mandy hun verhaal aangrijpend gevonden, nu vond ze het ronduit beangstigend. Deze situatie kon toch niet nog jaren duren?

Tegelijkertijd wist ze dat het wel kon. Er was geen enkele garantie voor wat voor afloop dan ook. Gek hoe je toch meende daar recht op te hebben. Maar in Judiths verdwijning lag eigenlijk het hele leven besloten: geen veiligheid, geen zekerheid, geen garantie. Nooit had Mandy daarbij stilgestaan.

Ze nam een snelle, lauwe douche en trok een wit zomerjurkje aan. Met enige verbazing stelde ze vast dat er toch telkens nieuwe, schone kleren uit haar kast kwamen. Ook de koelkast beneden was telkens gevuld. Wie deed dat? Robin? Willem? Het zou best kunnen, ze wist het niet. Ze wist ook niet wanneer ze voor het laatst iets had gegeten.

Beneden was het weer stil geworden. Blijkbaar was haar moeder teruggegaan naar de slaapkamer of was ze gaan douchen. Mandy stopte een cupje in de Nespresso en drukte op de knop. Zwarte koffie liep gestaag in het kopje. Ze opende de koelkast om melk te pakken.

Net toen ze de deur wilde sluiten viel het haar op. Haar onderbewuste zond al een koude rilling over haar rug, nog voor haar hersenen het plaatje goed en wel compleet hadden gemaakt. Het melkpak gleed uit haar handen en witte vloeistof golfde over haar voeten.

Het vakje was leeg. Het vakje in de deur van de koelkast, waar eerder Judiths insulinevoorraadje had gestaan. Mandy zag het nog precies voor zich. Het witte, papieren zakje van de apotheek, met daarop een etiket met de bekende esculaap erop. Ze had er zo vaak vluchtig naar gekeken, als een pijnlijke herinnering aan het feit dat Judith allang door haar voorraad heen moest zijn en het medicijn nodig had om in leven te blijven.

Ze keek naar de melk op de grond zonder een idee wat ze moest doen. Haar hart beukte tegen de binnenkant van haar ribbenkast.

Het volgende moment kwam ze als vanzelf in beweging. Ze holde naar het halletje waar de deur van de slaapkamer van haar moeder en Willem op uitkwam. 'Mama!' Haar stem klonk hard door het stille huis. 'Mam!'

Het was alsof haar moeder achter de deur had staan

wachten, zo snel kwam ze naar buiten. Ze droeg een grijs nachthemd en haar haar zat rommelig. 'Wat is er?' vroeg ze gealarmeerd. 'Is er nieuws?'

'De insuline is weg!' Mandy schreeuwde bijna, al stond haar moeder vlak naast haar. 'De koelkast! Het is weg!'

Ze renden terug naar de keuken. Vluchtig keek ze naar de melk op de vloer en gooide er een theedoek overheen. Toen ze de deur van de koelkast opende, hijgde ze. 'Kijk hier.'

Haar moeder sloeg haar hand voor haar mond. Met grote ogen keek ze heen en weer tussen Mandy en de koelkast. 'Maar... Maar dat is...'

Willem en Robin waren op de opwinding afgekomen. Robin floot zacht tussen zijn tanden. Willem deed zijn mond open, maar sloot hem weer. Mandy's gedachten schoten zo hard heen en weer dat ze zich niet lieten vangen in zinnen, waardoor ze uiteindelijk allemaal stonden te zwijgen.

'We moeten de politie bellen', zei Robin en hij voegde de daad bij het woord.

Willem pakte een handdoek en verdween naar de woonkamer. 'De tuindeur is niet op slot', zei hij enigszins onthutst. Ze liepen met hem mee. 'Dit is misschien wel een inbraakspoor', wees Willem, maar de beschadiging van het hout had er net zo goed al die tijd al kunnen zitten. Mandy had er niet eerder op gelet. Als een flard van wat belangrijk zou kunnen zijn, kwam in haar hoofd een fragment op van een tv-programma dat ze onlangs had gekeken. Als je sloten wat verouderd waren, konden inbrekers soms zonder sporen naar binnen komen. Ze had geen idee van de staat van deze sloten.

Met zijn telefoon maakte Willem foto's van de schade. Mandy probeerde intussen vat te krijgen op haar gedachten, maar niet een ervan was logisch. Op een of andere manier was het idee dat Judith zelf haar medicijnen was komen halen het eerste wat in haar opkwam, en tegelijkertijd was dat totaal uit de lucht gegrepen. Judith was niet vrijwillig verdwenen, dat wist Mandy zeker. Dus zou ze niet naar binnen sluipen en stiekem haar spullen meenemen. Iemand anders moest dat voor haar hebben gedaan en dat moest betekenen dat Judith nog in leven was en dat degene die haar vasthield dat ook zo wilde houden. De hoop, die ze sowieso nooit had willen verliezen, laaide in alle hevigheid op.

Mandy haalde diep adem en richtte haar aandacht op het gesprek tussen Robin en Willem, die zich beiden met de schade aan de deur bezighielden. 'Misschien was hij gewoon niet op slot', zei Robin. 'Hebben we dat gisteravond gecontroleerd?'

Mandy schudde haar hoofd, maar zij was dan ook voor Willem en haar moeder naar bed gegaan. Elly keek weifelend. 'Ik weet het niet meer. Misschien niet.'

Willem gaf geen antwoord. Mandy dacht weer aan het moment dat ze wakker werd. 'Was jij daarstraks beneden bezig, mam? Ik dacht dat ik iemand hoorde.'

Haar moeder keek haar verschrikt aan. 'Nee, ik sliep. Ik was juist tegen halfvijf in slaap gevallen en werd wakker toen je mij riep.'

Willem zei nog steeds niets, tot Mandy hem aankeek. 'Ik sliep', zei hij kortaf. En daarna, toen Robin naar de koelkast liep: 'Niet aankomen.'

'Ik wil alleen...'

'Er kunnen ook vingerafdrukken op zitten.'

Mandy keek naar haar vriend. Hij was het ook niet geweest, ze wist zeker dat hij naast haar had liggen slapen. Hoe meer ze zich realiseerde wat de verdwenen insuline betekende, hoe harder ze begon te trillen. Op een bepaald moment moest ze gaan zitten. Al haar zenuwen waren tot het uiterste gespannen. Toen de bel ging, slaakte ze een kreet van schrik.

Terwijl Willem naar de voordeur liep, legde Robin zijn hand op Mandy's schouder. 'Ik ga thee voor je maken.'

Twee agenten kwamen binnen. Ze bekeken de schade aan de deur, namen foto's en daarna liep een van hen naar buiten om te bellen. 'Onze collega's van de technische recherche zijn hier over vijf minuten.'

Robin gaf Mandy de thee. Ze sloeg haar handen om het glas alsof ze het koud had, terwijl haar huid juist leek te gloeien. Twee mannen en een vrouw met donkerblauwe jassen kwamen binnen, achterop stond in witte letters het woord 'politie'. Gek, bedacht Mandy terwijl ze hen gadesloeg, dat zij nog maar een paar dagen geleden haar auto hadden onderzocht, terwijl dat in haar hoofd al weken eerder gebeurd leek te zijn.

Een van de agenten kwam een update geven. 'Het lijkt er inderdaad op dat de deur geforceerd is. Dat zal niet veel moeite hebben gekost, het slot is niet erg stevig. Als je spanning op de deur zet, draai je het met wat eenvoudig gereedschap zo open.' Hij deed het voorkomen alsof dit een fluitje van een cent was, al had Mandy geen idee hoe je zoiets moest aanpakken.

'Dus iedereen kan het gedaan hebben?' zei Robin.

De agent knikte. 'Iedereen met een klein beetje technische kennis, ja.'

De technische rechercheurs verplaatsten hun aandacht naar de koelkast. Met een kwastje met speciaal poeder maakten ze vingerafdrukken zichtbaar, die ze vervolgens zorgvuldig vastlegden. Het waren er veel, zag Mandy, maar wat zei dat? Alleen zijzelf had de koelkast de afgelopen dagen al tientallen keren aangeraakt.

De politiemensen praatten op zachte toon met elkaar. Daardoor klonk het geluid van een telefoon ineens ongewoon hard. Niet haar eigen ringtoon, hoorde Mandy meteen, en daarna zag ze dat Willem zijn mobiel pakte. Mandy wierp een blik op de klok, het was kwart over zeven.

Het werd een kort gesprek. Toen hij had opgehangen, praatte Willem met Elly. Mandy kon het niet verstaan, hij had zich helemaal naar haar toe gebogen. Haar moeder leek eerst te schrikken, maar herstelde zich snel. Toen knikte ze vooral erg vaak. Willem verdween in de richting van hun slaapkamer.

'Hij moet even naar de politie', zei Elly. 'Ze willen iets vragen.'

Opnieuw ging Mandy's blik naar de klok. Daarna keek ze naar Robin. Zo vroeg?

Verrassend snel was de technische recherche ineens klaar. Ze pakten hun spullen en wensten hun een fijne dag toe, wat Mandy onder de omstandigheden ijdele hoop vond, maar toch bedankte ze de rechercheurs. Gelijk met de politiemensen liep ook Willem naar buiten. 'Ik breng hem even', zei Elly, die zich kennelijk vliegensvlug had aangekleed. De deur viel achter hen dicht. De stilte die zich plotseling diep en zoemend opdrong, werd verbroken door het geluid van Mandy's eigen telefoon. Haar hart miste een slag toen ze zag wie het was.

'Met Mandy', zei ze, ook al wist ze wie ze aan de lijn kreeg.

'Mandy, met Arjan.' Zijn stem klonk wat gehaast. 'Ik heb gehoord wat er is gebeurd bij jullie. Hoe gaat het?'

'Ja, goed. We zijn wel geschrokken, maar ergens denk ik dat dit goed nieuws is. Als Judith haar medicatie nodig heeft, leeft ze nog.'

'Ja', zei Arjan, om daarna van onderwerp te veranderen. 'Je hebt, denk ik, wel begrepen dat ik je stiefvader heb gevraagd naar het bureau te komen. Ik heb hetzelfde verzoek voor jou, het zou fijn zijn als je hier in de loop van de ochtend zou kunnen zijn. Er zijn wat dingen die we je moeten vertellen.'

'Ja', zei Mandy, terwijl ze ondertussen een onsuccesvolle poging deed haar gedachten te ordenen. 'Natuurlijk. Ik zal er zijn.'

'Wat gebeurt er allemaal?' vroeg Robin, toen Mandy had opgehangen. Ze keek naar haar vriend en deed haar mond open, maar uiteindelijk schudde ze alleen maar met haar hoofd.

Hoofdstuk 14

VOOR HIJ DE DEUR OPENDE, HIELD ARJAN EVEN ZIJN PAS in. Jonas, die achter hem liep, botste bijna tegen hem op. Arjan haalde diep adem. Zocht zijn concentratie. De halve nacht had hij in zijn hoofd dit gesprek al gevoerd. Maar nu moest het gebeuren. De verrassing stond aan zijn kant, maar hij had één kans. Hij wisselde een blik met Jonas, waarin hij zijn eigen gevoel weerspiegeld zag. Ze waren niet nerveus, wel tot het uiterste gespannen. Die spanning had je nodig, die bracht focus. Even keken ze elkaar aan, daarna duwde Arjan de klink naar beneden.

Willem was alleen. Omdat hij niet was gearresteerd, had hij niet standaard het aanbod van een advocaat gekregen. Toch wilde Arjan niet scherp langs de regels zeilen. Alles wat vandaag werd gezegd, moest bruikbaar zijn.

'Goedemorgen', zei hij, terwijl hij ging zitten. 'Bedankt voor je komst.'

Willem knikte kort. 'Geen probleem.'

Arjan schikte zijn papieren, naast hem deed Jonas hetzelfde. Ze waren beiden om halfzeven op het bureau geweest om dit gesprek voor te bereiden. Aan de papieren viel eigenlijk niets te schikken of te groeperen, alles lag precies klaar zoals Arjan het wilde hebben. Maar een moment van stilte was altijd prettig. Stilte veroorzaakte ongemak, maar niet bij hem. Hij merkte dat Willem zijn bewegingen nauwgezet volgde.

Na iets meer dan een minuut nam Arjan het woord. 'Ik wil je er allereerst op wijzen dat je dit gesprek op elk moment kan onderbreken en dat je het recht hebt om juridische bijstand in te roepen.'

Het was hem al eerder opgevallen dat Willem zijn eerste reactie altijd in de hand leek te kunnen houden. Ook nu fronste hij slechts licht. 'Heb ik dat nodig dan?'

Arjan staarde terug, onbewogen. 'Laten we beginnen.'

Arjan zou het gesprek leiden, Jonas zou hem bijstaan met informatie of een scherpe vraag. Het was een formule die ze al zo vaak hadden gebruikt en die bijna altijd werkte om een verdachte – of betrokkene, zoals ze Willem op dit moment moesten beschouwen – even uit het lood te slaan. Jonas kon als geen ander zijn vinger op een zere plek leggen – een onvolkomenheidje in iemands informatie, een aarzeling, een blik.

'We zijn op wat informatie gestuit die we graag willen verifiëren', zei Arjan toen – een neutraal begin. 'We komen er zelf niet helemaal uit en hopen dat je daarbij kan helpen.'

Willem sloeg zijn armen over elkaar en haalde diep adem. Het leek of hij iets wilde zeggen, maar hij deed het niet.

Arjan bouwde het gesprek langzaam op. Hij vroeg naar Willems adressen van vroeger, zijn voetbalvereniging, zijn eerste vrouw – waarbij hij buiten Willems medeweten precies het lijstje van Judith afwerkte. De vragen leken Willem te irriteren. 'Wat heeft dit met Judith te maken?' vroeg hij keer op keer, maar Arjan negeerde hem.

Hij moest zijn best doen niet af en toe een blik met Jonas te wisselen. Adressen, sport, zelfs geboortedatum van zijn eerste vrouw – Willem leek maar bar weinig af te weten van zijn eigen verleden, al bracht hij de informatie met het grootst mogelijke zelfvertrouwen. Met elk woord leek de kuil die hij ongemerkt voor zichzelf groef, groter te worden. Toen de wijzers van Arjans horloge elf uur in de ochtend aangaven, besloot de rechercheur dat het tijd was voor de laatste vraag.

'Ga zitten.' De vrouwelijke rechercheur die Mandy nog kende van het verhoor waaraan ze liever niet terugdacht, was een en al vriendelijkheid. Dit keer geen kale verhoorkamer, maar een kleine vergaderzaal met een tafel voor vier personen. Er stond zelfs een vaasje op tafel met een gele nepbloem erin. Aan de muur hing een aquarel van de duinen.

'Zo nu en dan proberen we onze vergaderruimtes wat

op te leuken', zei Manon, die Mandy's blik volgde. 'Met wisselend succes, dat moet ik toegeven.'

Mandy glimlachte. 'Het is beter dan niets.'

'Thee?' vroeg Manon en ze schoof een bekertje heet water naar Mandy toe. 'Arjan is nog in gesprek, hij probeert zo aan te sluiten.'

Mandy knikte kort. Het idee dat ergens in hetzelfde gebouw de recherche al uren bezig was Willem aan de tand te voelen, maakte haar nerveus. Het gesprek duurde lang, veel langer dan ze had verwacht. Thuis had ze geprobeerd er met haar moeder over te praten, maar die was zoals gewoonlijk verzonken in zwijgzaamheid. Ze had geen idee waarom de politie met Willem wilde praten, had ze gezegd. Hijzelf ook niet. Mandy geloofde haar. Ergens voelde ze zich bezwaard dat ze het kolkende vat aan informatie waar ze voor haar gevoel bovenop zat, niet met haar moeder kon delen.

Manon sloeg haar map open. 'Zoals je weet, hebben we onze collega's van de digitale recherche gevraagd om de beveiliging van de laptop van je zus te omzeilen. Het kostte enige moeite, maar het is uiteindelijk gelukt. Sinds gisteravond hebben we toegang tot al Judiths e-mails en bestanden.'

Mandy voelde hoe kippenvel over haar hele lijf kroop. 'Echt?' vroeg ze, met een stem die niet van haar leek te zijn. 'Weten jullie nu...' Ze maakte haar zin niet af. Manon glimlachte bemoedigend. 'Het is echt een grote stap voorwaarts in ons onderzoek, al hebben we niet een-op-een antwoord gekregen op onze belangrijkste vraag, namelijk waar Judith is. Wel hebben we meer zicht op waar ze de laatste tijd mee bezig is geweest.' Ze haalde een stapeltje papier tevoorschijn, dat met een nietje in de bovenhoek bij elkaar werd gehouden. 'Dit is het belangrijkste document dat we hebben gevonden.'

Mandy pakte de papieren aan. Ze zag twee kolommen, een met de naam van haar stiefvader erboven, eentje met alleen het woord 'stiefvader'. Ze kneep haar ogen samen. 'Wat is dit?'

Ze had de vraag eigenlijk meer aan zichzelf gesteld, maar Manon gaf antwoord. 'Je zus heeft allerlei documenten op haar computer waaruit blijkt dat ze is gaan zoeken naar de identiteit van je stiefvader. Wat je hier voor je hebt, is eigenlijk een samenvatting daarvan. Ze heeft alles wat ze heeft ontdekt naast elkaar gezet.'

Mandy's ogen gleden langzaam over de regels. Er waren adressen, personen, lidmaatschappen, zelfs medische informatie. Elke keer had Judith de vergelijking gemaakt tussen informatie die kennelijk bij Willem van Nieuwbeek hoorde en informatie die bij hun stiefvader hoorde. Het kostte Mandy even tijd om de betekenis daarvan tot zich te laten doordringen. 'Maar denkt Judith dan...' Ze keek Manon Thijssen aan. 'Denkt ze dat Willem van Nieuwbeek niet mijn stiefvader is?'

De rechercheur haalde kort haar schouders op. 'Dat weten we niet precies. We kunnen alleen maar afgaan op wat we hebben gevonden op haar computer en onze eigen interpretatie daarvan.'

Mandy keek weer naar de papieren, met haar vinger

ging ze langs alle regels. Hoeveel interpretaties waren er mogelijk?

Haar vinger bleef hangen bij een zin die haar raakte als een mokerslag. *Willem van Nieuwbeek is afgekeurd voor militaire dienst.*

Onmiddellijk was ze terug aan de tafel in dat restaurant, vijftien jaar geleden. Ze kende Willem nog maar net, haar moeder had een etentje georganiseerd omdat ze aanvoelde dat het contact maar stroef verliep. Iedereen deed die avond z'n best. Ook Judith, ook Willem. Hij had hun allerlei vragen gesteld over waar ze mee bezig waren en geïnteresseerd naar de antwoorden geluisterd. Ze hadden een fles wijn gedronken en toen nog eentje. En toen had Willem – Mandy wist de aanleiding niet meer – allerlei anekdotes uit zijn diensttijd opgedist. Ongein die in de barakken werd uitgehaald, oefeningen in het holst van de nacht, hogergeplaatsten die hun macht maar al te graag lieten gelden. Toen had hij verteld over de oefening in het buitenland – Duitsland, als Mandy het zich goed herinnerde – waarbij het was misgegaan. Een glasscherf had zich in zijn zij geboord en omdat ze midden in het bos zaten, had het een tijd geduurd voor Willem in het ziekenhuis was aangekomen. Dat verklaarde waarom de wond niet echt goed was behandeld en een lelijk litteken had achtergelaten. Jaren later, toen ze hem voor het eerst in zijn zwembroek zag, had Mandy begrepen wat hij bedoelde.

Ze beet op haar onderlip. 'Ik weet zeker dat hij heeft verteld dat hij in het leger gewond is geraakt.'

Manon knikte een paar keer. 'We hebben het gecheckt: Van Nieuwbeek is inderdaad niet in militaire dienst geweest en hij is ook later niet werkzaam geweest voor defensie.'

Het kippenvel op Mandy's lijf verdiepte zich en ze rilde. 'Waarom zou hij daarover liegen?' vroeg ze, opnieuw meer aan zichzelf dan aan de rechercheur.

Het was een tijdje stil tussen hen, terwijl Mandy verder las. Uiteindelijk kwam ze bij een zin in de kolom 'stiefvader'. Ze legde haar vinger erop en las hem hardop voor. '*14 juni, 20.10 uur, in de duinen. Wie liep daar*?' Mandy keek de rechercheur aan. 'Wat bedoelt ze daarmee?'

'Dat willen wij ook graag weten. Kijk, hierboven staat een jaartal. Het is het jaar dat je moeder en je stiefvader zijn getrouwd en als we het goed hebben begrepen, was Judith toen in Zandvoort. We denken dat het een eigen observatie van haar is.'

Mandy fronste. Niet alleen Judith, ook zijzelf was toen in Zandvoort geweest. Het was de avond voorafgaand aan de bruiloft, ze hadden met z'n allen geborreld en later die avond was Mandy met Judith in een restaurant gaan eten. Wat Judith had gedaan na het borrelen en voor het restaurantbezoek, wist ze echt niet meer. In de duinen gewandeld? Het was goed mogelijk. Mandy meende zich te herinneren dat zijzelf zich op haar hotelkamer had teruggetrokken, maar misschien was dat de meest logische optie waarmee haar hersenen automatisch een gat in haar geheugen opvulden.

'Zou ze denken dat ze mijn stiefvader daar heeft zien

lopen?' vroeg Mandy. Ze tikte met haar vinger tegen het zinnetje. 'We hadden die middag met z'n allen iets gedronken bij een strandtent, dus het zou best kunnen. Mijn moeder en stiefvader hadden een vakantieappartement in Zandvoort waar ze een week verbleven.'

'Weet je nog hoe laat jullie uit elkaar gingen na het borrelen?'

Mandy haalde diep adem. 'Nee, sorry', zei ze uiteindelijk. 'Het is dertien jaar geleden. Ik weet dat het nog licht was, maar dat zegt in die tijd van het jaar niet zoveel.'

'Blijkbaar vond je zus het belangrijk genoeg om er een aantekening van te maken.'

Mandy knikte nadenkend. 'Het was dezelfde avond dat die vrouw verdween, ik weet nog dat Judith daar achteraf erg mee bezig was. Ik ging ervan uit dat de zaak haar interesseerde omdat ze toen hulpofficier was en deze zaak vanuit professioneel oogpunt natuurlijk erg interessant was. Bovendien vond ik het zelf beangstigend dat het vrijwel onder onze neus was gebeurd en volgens mij had Judith dat ook wel. We hebben het er regelmatig over gehad, maar ik heb nooit van haar gehoord dat ze meende dat ze Willem die avond in de duinen had gezien.' Toen ze de naam uitsprak, klonk die ineens vreemd. 'Ik bedoel: onze stiefvader.'

Manon knikte een paar keer. Mandy dacht nog even na. 'Ik kan me ook voorstellen dat wanneer ze een vermoeden had gehad, ze naar de politie was gestapt. Ik bedoel: juist als je zelf werkt in de opsporing en vervolging, weet je je weg naar de juiste afdeling wel te vinden, lijkt me.'

'Het is wel familie. Jullie moeder was net met hem getrouwd.'

'Judith had in die tijd niet veel met hem op. Dat heeft lang geduurd.'

'En nu?'

'De laatste jaren ging het goed. Iedereen leek z'n plek te hebben gevonden in dit nieuwe...' Tja, wat was het woord? Gezin? 'In de nieuwe situatie.'

Ze namen de hele lijst door, en toen lichtte Manon er nog een paar punten extra uit. Mandy wilde graag dat ze alles kon ophelderen, maar hoe langer het gesprek duurde, hoe meer ze zich realiseerde dat ze zich nooit uitgebreid in Willems leven had verdiept. De punten die genoemd stonden, kwamen haar vaag bekend voor. Willem had verteld dat hij in Nijmegen had gewoond, maar niet precies in welke straat. Of Mandy had de naam niet onthouden. Het was goed mogelijk dat hij het weleens over een voetbalvereniging had gehad, maar Mandy kon echt niet vertellen hoe die heette. Over Mireille, Willems eerste vrouw, had ze het nooit met hem gehad, dat wist ze zeker. Dat hij eerder getrouwd was geweest, had ze van haar moeder vernomen. 'De scheiding is al heel lang geleden', zei ze en Manon knikte.

De rechercheur stond op om nog iets te drinken te halen. Mandy had het idee dat ze haar bewust even alleen liet. Dat was prettig, ze had een moment nodig om tot zichzelf te komen.

Toen de rechercheur de kamer had verlaten, leunde Mandy achterover in haar stoel. Ze haalde een paar keer diep adem. Toen pakte ze de papieren op en liet haar ogen voor de zoveelste keer langs alle woorden gaan. Waarom, ging er maar door haar hoofd. Mandy fluisterde het zacht voor zich uit. 'Waarom heb je me dit niet verteld?'

De kamer kon wel wat zuurstof gebruiken, maar er kon geen raam open. Arjan richtte zijn blik op Willem. De vele koffie van vanochtend had hem hyperalert gemaakt en tegelijkertijd begon concentreren hem steeds meer moeite te kosten. Willem daarentegen zat erbij alsof het gesprek hem weinig inspanning had gekost. Een paar keer was hij wat op zijn hoede geweest, maar verder maakte het ogenschijnlijk weinig indruk op hem. Dat kon niet waar zijn, al realiseerde Arjan zich ook dat er vanuit Willems optiek niet zoveel aan de hand was. Hij had alle vragen gepareerd met antwoorden die voor hemzelf de waarheid – wat dat ook mocht zijn – waren. Het was tijd om dat beeld te doen kantelen.

'We willen het over je militaire dienst hebben', zei Arjan nu, en hij probeerde zijn stem iets nonchalants mee te geven. Ergens in Willems blik zag hij de waakzaamheid opvlammen, zoals tijdens het gesprek al een aantal keer was gebeurd. Elke keer was het vlammetje echter minder sterk en ook nu doofde het snel uit. Willem knikte wat, leek eerder geërgerd dat het nog niet voorbij was dan dat hij zich zorgen maakte.

'Je hebt daar een litteken opgelopen?' vroeg Jonas. 'Hoe is dat precies gebeurd?'

'Hoe weten jullie dat?'

'Vertel het maar gewoon.'

'Het gebeurde tijdens een oefening.' Het verhaal was goed ingesleten, het kwam eruit zonder horten. 'Het is lang geleden', sloot Willem het af. 'Ik denk er amper aan.'

'Hm.' Arjan deed alsof hij even moest zoeken naar een bepaald document, al lag het in werkelijkheid al precies klaar waar hij het wilde hebben. Hij zorgde dat zijn stem weifelend klonk, peinzend ook. 'Ik begrijp alleen iets niet', zei hij toen. Hij voelde zijn hartslag toenemen, naast hem was ook Jonas alert. Het was alsof ze in gestaag tempo een berg hadden beklommen en nu op het puntje stonden. Vanaf dit moment zouden ze met duizelingwekkende vaart naar beneden razen. Arjan zette zich schrap.

'Je moet ons even helpen om een paar dingen op te helderen', zei hij. Over tafel schoof hij het document naar Willem toe. 'Want hier staat dat je helemaal nooit in militaire dienst bent geweest.'

Voor het eerst bleef het niet bij een blik. Willem verstrakte zichtbaar. 'Dat slaat nergens op', zei hij meteen, maar er ontbrak iets van overtuiging in zijn stem. Zijn ogen schoten over de regels, binnen tien seconden gaf hij het papier al terug. 'Dit klopt niet, ik heb mijn volledige dienstplicht vervuld.'

Arjan liet een stilte vallen, waarin hij Willem bleef aankijken. Het was een bekende maar daardoor niet minder effectieve truc om iemand aan het praten te krijgen. Mensen hielden niet van stiltes.

'Het is al lang geleden', zei Willem nu. 'De administratie zal vast niet helemaal op orde zijn.' Hij keek wat om zich heen. 'Luister, zijn we klaar? Mijn vrouw en ik hebben andere dingen aan ons hoofd dan mijn levensloop en mijn dienstplicht. Zoals jullie vast niet is ontgaan, is haar dochter al dagenlang vermist.'

Arjan liet de sneer zwijgend van zich afglijden. 'Nog even', zei hij en hij schoof het volgende papier naar Willem toe. 'Het valt me op dat nogal veel van wat je vertelt, niet overeenkomt met de informatie die wij hebben. Zo noem je adressen waar je nooit hebt gewoond en de plekken waar je wel hebt gewoond, noem je juist niet. Je hebt geen idee wat je eigen trouwdag was, laat staan dat je de geboortedatum van je eerste vrouw kon noemen. Je hebt ooit eens een opleiding tot lasser gevolgd, maar die lijk je nu glad te zijn vergeten. En waar het gaat om je werkverleden, klopt er maar weinig. Moeten we ons zorgen maken om je geheugen, Willem?'

Deze keer was de stilte dieper en zwaarbeladen. Het enige geluid in de kamer kwam van de ademhaling van Willem van Nieuwbeek. 'Wat zeg je nu eigenlijk?' vroeg hij met een scherpe stem.

'Waarom klopt er zo weinig van wat je zegt?' Arjan liet het plastic lepeltje van zijn koffie knakken tussen zijn vingers. 'Wie ben je echt, Willem van Nieuwbeek?'

Mandy staarde naar het lege vak in de deur van de koelkast, alsof de insuline daar voor haar het antwoord op al haar vragen had achtergelaten. Pas na een tijdje deed ze de deur weer dicht. Het blikje cola dat ze net had gepakt, nam ze mee naar de woonkamer.

Robin en haar moeder waren er niet. Ze had haar vriend net gesproken, hij had haar moeder overgehaald koffie met hem te drinken op het terras van een strandtent. 'Ze moest er echt even uit, Man', had Robin aan de telefoon gezegd. 'Ze zit er helemaal doorheen, ze kon alleen nog maar trillen. Ik kon het niet meer aanzien.'

Mandy had eigenlijk gedacht dat haar moeder op het politiebureau op Willem zat te wachten, maar blijkbaar was ze toch naar huis gegaan. Lief van Robin dat hij zich over haar ontfermde. Het gaf haar bovendien de ruimte om even alleen te zijn. Dat was een welkome onderbreking van de continue aanwezigheid van Robin, haar moeder en Willem. Haar hoofd tolde. Er was zoveel om te verwerken dat ze niet wist waar ze moest beginnen. Als een bol wol die zo in de knoop zat dat zelfs het begin en eind onvindbaar waren. Zo'n bol moest je weggooien. Het was een aanlokkelijke gedachte: weggaan, vluchten. Was het maar mogelijk.

Waar was Judith mee bezig geweest? Hoe Mandy ook haar best deed het te begrijpen, het antwoord liet zich niet vangen. Ze hadden allebei hun twijfels gehad bij Willem, in het begin, zoveel jaar geleden. Urenlang hadden ze daarover gepraat. Mandy wist heel goed dat slechts een deel van die twijfel de persoon van Willem had betroffen, een ander deel kwam voort uit het niet willen loslaten van hun vader. Als hun moeder verderging, was hij een beetje meer dood. Rationeel gezien natuurlijk onzin, maar emotioneel wel hun beleving.

En Willem zelf... Er was geen onmiddellijke klik geweest, nee, maar had hij nu echt zoveel fout gedaan in het begin? Hadden ze hem een oprechte kans gegeven? Mandy schudde haar hoofd als antwoord op haar eigen vragen. Terugkijkend kon ze geen enkele aanleiding bedenken waarom Judith hem zo zou willen natrekken. Tenzij haar zus meer had geweten dan zij.

Waarom had Judith dat niet gedeeld? Geloofde ze niet in haar eigen ontdekkingen of had ze het juiste moment nog niet gevonden? Wilde ze eerst nog meer informatie verzamelen? Of was het haar plan om eerst Willem te confronteren met wat ze had ontdekt?

Die laatste gedachte veroorzaakte een huivering die door haar hele lijf trok. Wat als Judith dat al had gedaan? Misschien had ze juist deze vakantie uitgekozen...

'Nee.' Mandy sprak zichzelf hardop tegen. Ze schudde haar hoofd. Judith zou een beter moment hebben uitgezocht. Maar als haar onderzoek zich op Willem had gericht, waarom had ze er dan toch voor gekozen om samen met hem in de villa te zitten? Wilde ze geen argwaan wekken of had ze niet geloofd dat de informatie iets te betekenen kon hebben?

Een nieuwe gedachte kwam in Mandy's hoofd op. Wat als ze op een of andere manier had ontdekt dat ze gevaar liep? Was het mogelijk dat ze dan uit zichzelf was ondergedoken?

Meteen schoten de tegenargumenten door haar hersenen. Zoveel, dat ze de mogelijkheid wel als ongeloofwaardig moest afdoen. Als Judith onopvallend wilde verdwijnen, was het politieonderzoek – dat ze met deze actie had kunnen voorzien – het laatste wat ze nodig had. Bovendien zou ze haar insuline dan zeker hebben meegenomen, voor diabetespatiënten was dat hun tweede natuur. Tenzij ze halsoverkop was vertrokken, maar Mandy had ernaast gestaan toen Judith zich klaarmaakte voor de wandeling. Ze had er niet gehaast uitgezien.

Mandy nam een paar slokken cola en kneep haar ogen een paar keer achter elkaar dicht. Haar hoofd werd er niet helderder van. De strandwandeling, Judiths zoektocht, Willem, het paste allemaal niet in elkaar. Wat ze van de politie had gehoord was verbijsterend en beangstigend, maar het idee dat Willem Judith iets aan zou doen om wat ze allemaal over hem had ontdekt, was gewoonweg vergezocht. Misschien niet in theorie, maar wel in de praktijk. Toen Judith verdween, was hij de hele tijd bij Elly geweest. Hoe had hij haar iets aan moeten doen? Een handlanger?

Mandy schudde haar hoofd. Het klopte gewoon niet.

Haar hart miste een slag toen de bel ging, gevolgd door een hard kloppen op de deur. Ze liep naar de voordeur. Opnieuw werd er geklopt. 'Elly!' klonk een mannenstem. Mandy legde haar hand op haar hart.

'Willem', zei ze, toen ze opendeed. 'Wat is...'

Haar stiefvader beende langs haar naar binnen. In de huiskamer keek hij ongeduldig om zich heen. 'Waar is je moeder?'

'Weg. Ze is met Robin...'

Willem gromde en draaide zich met een ruk naar haar om. De blik in zijn ogen was zo donker, dat Mandy in elkaar kromp. 'Wat is er aan de hand?' vroeg ze, maar ze was geen goede leugenaar.

'Alsof je dat niet weet.' Willem deed een stap naar voren. Mandy week achteruit. Met zijn wijsvinger priemde hij in haar richting. Hij liep over van woede en die leek zich in één keer allemaal op haar te richten. 'Alsof jij niet zou weten wat jouw zus allemaal voor leugens over mij heeft verzameld. En alsof jij niet tegen de politie hebt gezegd dat ze mij moeten hebben.'

Mandy deed nog een paar stappen naar achteren, maar ze raakte de muur. Willem stond nu heel dichtbij. Er parelden zweetdruppels op zijn voorhoofd. In zijn oog was een adertje gesprongen.

'Jij bent geen haar beter dan zij', blafte Willem in haar gezicht, zijn stem trillend, zijn ogen woest.

Mandy drukte zichzelf nog wat steviger tegen de muur. Ze zei niets. Misselijk van angst hoopte ze dat Willem zou kalmeren. Voorzichtig tastte ze naar haar telefoon in haar zak.

'Wie denken jullie wel dat jullie zijn?' Willems blik boorde zich nu in die van haar. 'Nou? Eerst allemaal onzin over mij vertellen, en nu ben je je tong verloren?'

Mandy deed haar mond open. Hij voelde kurkdroog, als schuurpapier. 'Willem, ik...' zei ze, maar de woorden ontglipten haar.

'Wat?' Een scherpe pijn schoot door Mandy's gezicht toen Willem haar kin greep. Zijn vingers drukten hard in haar vlees. Een rauwe kreet ontsnapte uit haar mond. Ze rook zijn adem, zijn vingers. 'Wat heb je te zeggen? Waar zijn je praatjes gebleven?'

Mandy sloot haar ogen. Haar ademhaling was gejaagd en oppervlakkig. 'Natuurlijk niet', bracht ze piepend uit. 'Natuurlijk heb jij hier niets mee te maken.'

Willem snoof diep. Hij liet haar kin los, de plekken waar zijn vingers haar hadden gegrepen, klopten pijnlijk. 'Precies, ik heb hier niets mee te maken. Die zus van jou is een rare, altijd al geweest. Ze heeft me nooit gemoeten, dat weet ik al vanaf het begin. Elly weet het ook. En toch altijd verdedigen, hè. Dit krijg je ervan. Dan gaan ze allemaal rare ideeën in hun hoofd halen.'

Mandy probeerde haar gedachten in de hand te houden, al vlogen die alle kanten op. Willem wist niet dat ze net bij de politie was geweest, maar hij ging ervan uit dat ze al eerder op de hoogte was gebracht. Door Judith?

'Ze heeft tegen mij nooit iets over jou gezegd', zei Mandy, in een poging de angel uit zijn woede te halen. 'Ik weet niet beter dan...'

'Lieg niet!' Willems boosheid leek alleen maar op te vlammen. 'Natuurlijk heeft ze dat wel gedaan. Ze heeft leugens over mij verspreid, ze heeft dat allemaal niet voor zichzelf zitten opzoeken. Als ze lef had gehad, had ze het wel tegen *míj* gezegd. Maar nee, alles achter mijn rug om.' Hij maakte opnieuw een geluid dat het meest op een grom leek. 'Ik heb haar niets aangedaan, maar ik heb er nu wel zin in.' Als om zijn woorden kracht bij te zetten, balde hij zijn vuisten. Hij staarde Mandy recht aan. Haar hart hamerde bijna haar ribben kapot, haar maag trok samen. Naast woede zag ze iets anders in zijn ogen. Iets kouds en donkers, dat paniek in grote golven door haar lichaam deed gaan. Voor het eerst geloofde ze zonder twijfel waar Willem toe in staat was.

Het volgende moment was het voorbij. Met een ruk draaide hij zich om. Hij beende weg, de kamer uit, het volgende moment dreunde de klap van de voordeur na in het huis. Mandy's knieën leken het te begeven en langs de muur zakte ze naar beneden. Ze sloot haar ogen en legde haar voorhoofd op haar knieën. Zo bleef ze zitten tot haar hart eindelijk tot bedaren kwam.

Hoofdstuk 15

'Heb je al iets van het lab gehoord?' ongeduldig trommelde Arjan Dalstra met zijn vingertoppen op de rand van zijn bureau terwijl hij zijn collega aankeek. Jonas keek op van zijn scherm met iets van verwondering in zijn blik.

'Niks.' Jonas schudde zijn hoofd. 'Ze zeiden dat ze meteen zouden bellen als ze iets weten.'

'Wie?'

'Iemand van het lab, ik heb geen naam.'

'Hm.' Arjan knikte een paar keer. Hij keek op de klok. Er was al een uur verstreken. Hij richtte zijn aandacht weer op zijn computerscherm, maar zijn concentratie was ver te zoeken. Daarom stond hij maar weer op om koffie te gaan halen, al had hij waarschijnlijk genoeg cafeïne gehad voor een hele week.

In het keukentje leunde hij met zijn rug tegen het kleine aanrecht, terwijl het koffieapparaat zijn beker vulde met een dubbele dosis. Hij begreep de verwonderde blik van Jonas wel, en van andere collega's toen hij net was weggelopen. Voor zijn doen was hij ongewoon onrustig. Het gesprek met Willem van Nieuwbeek klonk nog na in zijn hoofd en hij had moeite zich op zijn andere werk te concentreren. Het was alsof ze op het randje van een doorbraak in het onderzoek stonden, maar anders dan vaak het geval was, wist hij niet precies welke doorbraak. Het kon gewoon niet níéts betekenen, het gesprek met Willem, de niet-kloppende gegevens. Maar ze hadden nu nog te weinig om hem te kunnen vasthouden of hem het vuur aan de schenen te leggen wat betreft de verdwijning van Judith. Arjan had het gevoel dat ze zich in een schaduwgebied bevonden. Ze hadden te weinig om Willem aan de zaak van Judith te linken en te veel om hem buiten beeld te laten. Er was nog iets nodig, iets groots, iets concreets. Hij hoopte dat dat de uitslag van het lab kon zijn.

Koppens was het gelukkig met hem eens geweest en had zijn goedkeuring gegeven voor het onderzoek. Willem had morrend zijn vingerafdrukken afgegeven, foeterend dat de politie een fout maakte en hem onterecht van alles in de schoenen schoof. 'We schuiven je niets in de schoenen', had Arjan gezegd. 'Je bent vrij om naar huis te gaan.'

Dat was ook zo, zonder verdenking konden ze Willem niet op het bureau houden. Valse informatie verschaffen over jezelf – of 'details vergeten', zoals Willem het noemde – richting je eigen familie, was geen misdrijf. Je voordoen als iemand anders was dat wel, maar alleen richting officiële instanties.

'Ik wil een vergelijking', had Arjan tegen Jonas gezegd zodra Willem het bureau had verlaten. 'Laat het lab de vingerafdrukken van Willem naast die van Cornelis leggen. En vraag bij het archief of de afdrukken van Willem van Nieuwbeek nog beschikbaar zijn.' Ook al was Willem destijds alleen voor een klein vergrijp met de politie in aanraking gekomen, zijn vingerafdrukken moesten zijn afgenomen. De vraag was alleen of ze bewaard waren gebleven.

'Gaat het?'

Arjan keek op. Manon stond voor hem met een lege koffiebeker in haar hand. 'Ben je klaar?' vroeg ze met een knikje richting het apparaat. Arjan knikte en pakte zijn eigen beker.

'Nou?' vroeg Manon, toen ze het apparaat had ingesteld.

'Wat?'

'Gaat het?'

'Ja.' Arjan haalde diep adem. 'Prima. Ik wil je iets vragen.'

Manon knikte kort. Ze pakte haar gevulde beker en volgde Arjan naar een spreekkamer. 'Er is een boekje verschenen over de verdwijning van Janne Govers', zei hij, toen hij de deur sloot. 'Het is geschreven door een inmiddels overleden journalist en het is ongeveer een jaar na haar verdwijning uitgebracht. Ik heb het gekocht en er staat naast de informatie die ook bekend is uit het politieonderzoek, vooral veel in wat de journalist heeft opgetekend uit de mond van vrienden en familie van Janne.' Arjan voelde zich te rusteloos om te gaan zitten en liep in plaats daarvan naar het raam.

'Stond er iets bruikbaars in?' vroeg Manon.

'Alleen dat haar buurvrouw vermoedde dat Janne sinds kort een relatie had', zei Arjan. 'Ik heb het er met Koos over gehad.'

'Koos?'

'Onze oud-collega. Hij werkte destijds aan deze zaak en mailde me over de verdwijning van Judith. Dat hij overeenkomsten zag met de zaak van Janne.'

'Hm', zei Manon en ze knikte een paar keer. 'En was het zo? Had Janne een relatie?'

Arjan haalde kort zijn schouders op. 'Koos wist nog dat het destijds een spoor was geweest dat ze hadden onderzocht, maar het liep dood. Alleen de buurvrouw had een paar keer een man bij Janne gezien, verder wist niemand er iets van af. De man is toen nooit gevonden. Als ze echt een relatie hadden, was het misschien logisch geweest als hij zich bij de politie had gemeld.'

'Tenzij hij liever niet in beeld kwam bij het onderzoek.'

'Tja', zei Arjan.

'Waarom vertel je me dit? Wat is er met dat boekje?'

Arjan glimlachte. Manon kende hem te goed. 'Waar het om gaat, is dat ik het boekje heb gekocht bij de boekhandel in Haarlem. De verkoper maakte een opmerking die me eigenlijk niet heeft losgelaten.' Hij nam een slok koffie. 'Hij zei dat hij het jarenlang niet had verkocht en dat ik nu al de tweede in korte tijd was. Hij dacht dat het met de verdwijning van Judith te maken had. Dat mensen nu weer aan die oude zaak dachten.'

Manon knikte langzaam. 'Dat is goed mogelijk, toch?'

'Ja.' Arjan staarde nadenkend uit het raam. 'Dat is goed mogelijk. Maar ik dacht: wat als dat niet de reden is? Uiteindelijk is de verdwijning van Janne Govers dertien jaar geleden en de zaak was destijds weliswaar flink in het nieuws, maar die belangstelling doofde ook relatief snel uit toen ze niet werd gevonden. Op een bepaald moment had het publiek zich erbij neergelegd en hoorde je ook steeds vaker het idee dat Janne er zelf voor had gekozen te verdwijnen, ook al heeft de politie dat nooit als het hoofdscenario beschouwd.'

'Ze was misschien niet zo mediageniek', zei Manon, half knikkend. 'Erg op zichzelf, geen familie die vol emotie de media opzocht.'

'Facebook was ook nog niet zo groot als nu.'

Manon fronste en dacht even na. 'Denk je dat de koper van het boekje niet zomaar aan Janne dacht?'

Arjan haalde diep adem. 'Ik weet het niet, ik denk alleen dat het niet ondenkbaar is dat de aanschaf geen toeval is. Of dat die niet voortkomt uit de duik van een toevallige geïnteresseerde in het verleden.'

Manon was weer een tijdje stil, terwijl ze in haar hoofd blijkbaar wat zaken aan elkaar probeerde te leggen. 'Oké', zei ze, toen ze overeind kwam. 'Ik ga ermee aan de slag. Hopelijk hebben ze een camera bij de deur.'

'Er hangt er eentje van stadstoezicht op nog geen tien meter afstand', zei Arjan. Dat soort dingen viel hem altijd op.

Manon glimlachte even. 'Wie weet was het die mysterieuze vriend van haar, van destijds. Die ene die blijkbaar niet met haar in verband gebracht wilde worden, of niet genoeg interesse had om zich met de verdwijning van Janne bezig te houden. Dan vinden we die ook nog.'

Arjan trok met zijn mond en knikte, al was dat meer voor de vorm. Hij geloofde niet in zoveel toeval.

Manon wilde net de deur opendoen, toen die na een kort klopje al door Jonas werd opengezwaaid. 'De labuitslag van de vingerafdrukken is er', zei hij en hij leek opgewonden. 'Er is een match gevonden.'

Arjan volgde hem onmiddellijk, Manon sloot de rij. Op het scherm van zijn collega keek Arjan naar de informatie die het laboratorium had gestuurd. Hij moest het twee keer lezen en knipperde toen een aantal keer achter elkaar. Het stond er echt.

De vingerafdrukken van de heer W. (Willem) van Nieuwbeek vormen een match van 100% met de vingerafdrukken van de heer C. (Cornelis) Groen, opgeslagen in het archief.

Er stond een datum bij waarop de afdrukken van Cornelis Groen waren afgenomen, ergens begin jaren negentig. Dat maakte niets uit, vingerafdrukken veranderden immers niet met het verstrijken van de jaren.

Arjan floot zacht tussen zijn tanden. 'Dus toch...' zei hij. Het gevoel dat er iets niet klopte, had hem maar niet losgelaten. Nu begreep hij waarom.

'Manon, wil jij zorgen dat hij wordt opgehaald. We moeten hem onmiddellijk spreken.'

Zijn collega knikte en liep weg. Arjan probeerde intussen

de losse gedachten in zijn hoofd te vangen en tot logica te dwingen. Het laatst bekende moment waarop Cornelis Groen in Nederland was gezien, was de overval op Laponder. Daarna was hij nooit meer met de politie in aanraking gekomen, en gek genoeg kwam hij in geen enkel systeem meer voor: geen verhuizing, geen ziektekostenverzekering, geen boetes, niets. Het was alsof zijn leven was gestopt, behalve dan dat hij ook niet officieel was overleden. Was dat het moment waarop Cornelis Groen zijn identiteit had gewisseld? Het was Arjan opgevallen dat Willem – althans, degene die zich voor hem uitgaf – van recentere gebeurtenissen wel zijn herinneringen op orde had. Verhuizingen uit de beginjaren van de eenentwintigste eeuw, bijvoorbeeld. Hij kende de data en de adressen. Logisch, aangezien hij deze gebeurtenissen kennelijk wel zelf had doorleefd.

'Het moet rondom Laponder zijn gebeurd', zei Jonas nu, die kennelijk dezelfde gedachten had als Arjan. 'Of misschien niet rondom, maar ten tijde van.'

Arjan dacht aan de foto's, het vele bloed. Er was die dag niemand om het leven gekomen, als je de officiële lezing mocht geloven. Maar wat als het slachtoffer nooit officieel was gevallen? Er had meer bloed gelegen dan één persoon mogelijkerwijs kon verliezen zonder het leven te laten. Niemand had zich gemeld bij een ziekenhuis in de omgeving. Vluchtig dacht Arjan aan het litteken van Willem – Cornelis, verbeterde hij zichzelf in gedachten al – dat hij tijdens de niet-bestaande dienstplicht opgelopen zou hebben. Toch schudde hij zijn hoofd. Nu niet te snel willen.

Geen dingen aan elkaar leggen omdat hem dat goed zou uitkomen.

Het was mogelijk: dat was eigenlijk het enige wat hij met recht kon concluderen. Het was mogelijk dat Willem van Nieuwbeek – de echte – die dag het leven had gelaten en dat zijn identiteit was overgenomen door Cornelis Groen, die zelf al een fiks strafblad had, dat hij met de roof bij Laponder nog eens zou verzwaren, mocht hij gepakt worden. Stel dat Willem van Nieuwbeek ter plekke bijna of helemaal was doodgebloed en door zijn maten was ingeladen – in de zwarte bestelbus waar twee getuigen melding van hadden gemaakt en die een paar uur later volledig uitgebrand was teruggevonden? – en meegenomen. Een nieuwe identiteit aannemen was sowieso al niet zo heel ingewikkeld als je in criminele kringen verkeerde. Er was altijd wel iemand die een vals paspoort kon fabriceren, als je maar betaalde. En na de roof bij Laponder was geld geen probleem meer geweest voor alle betrokken daders.

Er was nooit een lichaam gevonden, maar Arjan was niet zo naïef om te denken dat ieder lijk daadwerkelijk door de politie werd opgespoord. In het uitgebrande busje waren geen menselijke resten gevonden, maar er waren talloze andere manieren om van een lichaam af te komen zonder dat ooit iemand het zou merken. Zolang er geen familie aan de bel trok...

Die gedachte bracht hem bij die andere zaak, die er ogenschijnlijk misschien niet mee te maken had. Maar er was die aantekening van Judith, die juni-avond vlak voor de bruiloft. De duinen van Zandvoort... Ze had het belangrijk genoeg gevonden om te vermelden. En Arjan kon niet anders dan vaststellen dat Judith met de overige informatie akelig accuraat bleek te zijn geweest.

Even ging de opmerking van Manon door zijn hoofd. De mysterieuze vriend, die niet gevonden wilde worden... Het was een slag in de lucht, dat wist hij ook wel. Maar hij moest het weten. Moest het proberen. Waarschijnlijk zou het niets opleveren, maar met het alleen te vragen verloor hij ook niets.

'Jonas', zei hij en hij wenkte zijn collega om mee te komen naar zijn bureau. Daar gaf hij hem het boekje van de journalist. 'Zoek de buurvrouw op die het hierin over Jannes eventuele relatie heeft. Als je haar vindt, vraag haar dan om naar het bureau te komen. Ik wil haar iets voorleggen.'

Als zijn collega al verbaasd was, dan slaagde hij erin dat te verbergen. 'Komt in orde', knikte hij en hij haastte zich met het boekje terug naar zijn eigen werkplek. Arjan bleef heel even staan, uiterlijk kalm, vanbinnen een en al adrenaline. Dit was het. Het moment waarop hij had gewacht. Het moment waarop het onderzoek kantelde. Concreet hadden ze nog niets, maar dat kon niet lang meer duren. Zijn intuïtie maakte overuren. Hij moest nu scherp blijven. De rust bewaren. Hoe moeilijk dat ook was.

Mandy greep Robin vast alsof zij een drenkeling was en hij een reddingsboei. 'Hé', zei hij en streelde haar haar. 'Gaat het?' Mandy knikte tegen zijn borst, ook al ging het helemaal niet. Ze ademde diep in. Robins warmte en zijn vertrouwde geur maakten dat ze wat kalmeerde.

'Ik schrok van je telefoontje', zei hij. 'Je klonk overstuur.'

Mandy knikte, maar zei niets. Pas na een paar minuten maakte ze zich los uit zijn omhelzing. Op een afstandje zag ze haar moeder. Die stond daar maar, voor zich uit starend. Zou de politie haar ook iets hebben verteld?

Waar is Willem, wilde Mandy vragen, maar toen klonk er gemorrel aan de voordeur. Hij stapte binnen in een zweem van boosheid. 'Je bent er weer', zei hij tegen Elly. Die knikte. Mandy ging tegen Robin aan staan. Ze wilde weg, niet voor nu, maar definitief. Terug naar huis, niet meer – nooit meer – in Willems gezelschap zijn. Er klopte niets van zijn verhaal, Mandy had geen idee wie hij was. Judith had het goed gezien, en nu was Judith weg.

Maar tegelijkertijd zou ze voor geen goud haar moeder alleen laten met hem. Niet nu hij in deze staat verkeerde.

Robin schatte de situatie in op zijn eigen manier. 'Kom even mee naar boven', zei hij tegen Mandy, omdat hij kennelijk dacht dat Willem en haar moeder wat privacy nodig hadden. Mandy aarzelde, maar stemde uiteindelijk in. Zolang zij boven waren en haar moeder beneden, kon er niet zoveel gebeuren.

'Laat de deur open', zei ze tegen Robin, toen die de deur van hun slaapkamer juist wilde sluiten. 'Ik wil horen wat er beneden gebeurt.'

Haar vriend keek verwonderd en ging op de rand van het bed zitten. Hij klopte op de plek naast zich, maar Mandy bleef staan. Onrustig beende ze heen en weer.

'Ga je me nog vertellen wat er is gebeurd?' vroeg Robin,

maar Mandy had moeite haar gedachten te ordenen.

'Ja', zei ze een paar keer. Ze knikte nerveus. 'Het is een bizar verhaal.'

Hortend en stotend deelde ze het met hem, struikelend over haar eigen woorden. Ze zag de verbijstering op Robins gezicht toenemen met elke zin die ze uitsprak. Toen ze vertelde over Willems uitbarsting en hoe hij haar kin had vastgegrepen, veranderde de verbijstering in woede. 'Wat denkt hij wel niet', gromde Robin en hij sprong op, maar Mandy hield hem tegen. Een woordenwisseling – of erger – was het laatste wat ze nu konden gebruiken.

'We moeten goed opletten', zei ze. Gek genoeg had het vertellen van het hele verhaal haar enigszins gekalmeerd. 'Als hij daadwerkelijk liegt over wie hij is, kan het kleinste detail hem verraden. Hij vermoedt dat ik het weet, maar hij kan daar niet zeker van zijn.'

'En je moeder?'

'Die weet niet wat de politie heeft ontdekt in Judiths laptop.'

'Waarom vertellen ze het haar niet?'

Mandy haalde kort haar schouders op. 'Wat ik begreep, is dat ze dat nog gaan doen. Maar eerst wilden ze mij vragen of ik hiervan afwist.'

Robin ging weer zitten en schudde ongelovig zijn hoofd. 'Denk je echt dat Willem zich heeft voorgedaan als iemand anders? Is het niet veel logischer dat er een fout in de systemen van de politie zit? Of misschien heeft hij wel wat geheugenverlies.' Hij liet zijn adem ontsnappen. 'Het voelt gewoon alsof ze de meest vergezochte verklaring nu voor waar aannemen.'

Mandy dacht even na. 'Als dat zo is, hoeft hij niet zo woedend te reageren. Hij was echt des duivels over Judiths onderzoek naar hem. Als het allemaal onzin is, zou hij toch niet zo boos worden? Dan zou hij eerder verbijsterd zijn.'

Robin dacht daar even over na. 'Als hij niet weet dat hij geheugenverlies heeft, zou hij misschien wel kunnen denken dat het een complot is.'

Mandy zuchtte diep. 'Er is eigenlijk niet één logische verklaring.'

'Misschien, maar dat neemt niet weg dat hij tegen jou normaal moet doen. Hij heeft het recht niet om je zo te behandelen.'

Mandy schudde haar hoofd. Van beneden klonken stemmen, die van Willem hard, die van haar moeder zachter. Mandy ging bovenaan de trap staan, maar ze kon niet verstaan wat er werd gezegd. Uiteindelijk ging ze naast Robin op de rand van het bed zitten. 'Ik begrijp er gewoon niets van', zei ze hoofdschuddend. 'Dat Willem zich heeft voorgedaan als iemand anders is al een absurd idee, maar ik snap al helemaal niet wat dit met Judith te maken heeft.'

'Heeft het wel iets met elkaar te maken?' vroeg Robin. 'Denkt de politie dat?'

'Volgens mij weten ze het niet. Ze zijn het nog aan het onderzoeken en...'

Haar hart sprong op toen de bel ging, zoals bij elk geluid leek te gebeuren. Verschrikt keek ze Robin aan. In de hal klonken de voetstappen van Elly.

'De recherche', zei Mandy zacht tegen Robin toen ze

hoorde wie er aan de deur was. Daarna liep ze naar beneden.

'Waarom?' hoorde ze haar moeder vragen met een stem die zowel sterk als vreemd breekbaar klonk. 'Waarom wilt u hem meenemen?'

'Dat zullen we hem op het bureau uitleggen.'

'Maar...'

'Geen sprake van.' Dat was Willem. Zijn stem klonk weer zoals hij tegen Mandy had gepraat. Ze zocht de blik van Robin, maar hij had zijn ogen op Willem gericht. Mandy keek naar haar stiefvader. Ze probeerde in te schatten wat er in zijn ogen stond te lezen, maar ze had geen idee. Toen hij door een van de politieagenten bij de arm werd gepakt en meegenomen naar de auto voor de deur, bedacht ze dat ze hem waarschijnlijk helemaal niet kende.

Hoofdstuk 16

WILLEM VAN NIEUWBEEK LEEK IN EEN PAAR UUR TIJD een paar jaar ouder te zijn geworden. Arjan ging tegenover hem zitten en keek hem eerst een tijdje zwijgend aan. 'Dag Willem', zei hij. 'Of zal ik je maar gewoon Cornelis noemen?'

Het antwoord was niet meer dan een grom. Hij deed geen moeite het te ontkennen. 'Waarom?' vroeg Arjan. 'Waarom geef je je al meer dan twintig jaar uit voor iemand anders?'

'Ik ben de politie geen verklaring verschuldigd.'

'Identiteitsfraude is een misdrijf.'

'Mijn advocaat is al onderweg.'

Dat verbaasde Arjan niet. 'Ik wilde je net wijzen op je rechten, maar dat is dus niet meer nodig.' Hij zweeg weer even. 'Ik probeer de hele tijd om het te begrijpen. Wat had

Willem dat jij niet had? Een relatief schoon strafblad?'

De enige reactie was een kleine beweging met zijn wenkbrauwen. De deur ging open en Manon kwam binnen. Ze knikte naar Cornelis en schoof Arjan een vel papier onder zijn neus. Hij las het fronsend. 'Ah, dat verklaart een hoop', zei hij met een grijns naar Cornelis. 'Ik wilde dat al mijn vragen zo makkelijk werden beantwoord. Wat Willem wel had en Cornelis niet, is zo te zien een rekening met destijds achthonderdduizend gulden erop.' Hij knikte een paar keer achter elkaar. 'Slim. Waar heb je het lichaam van de echte Willem gelaten?'

'Ik wil wachten tot mijn advocaat er is.'

Arjan leunde ontspannen achterover in zijn stoel. 'Ik heb de tijd.'

In de stilte die volgde bekeek hij het papier van Manon nog eens goed. Willem van Nieuwbeek – de echte – had blijkbaar een klein fortuin bij elkaar gespaard. De herkomst van het geld was onduidelijk, maar hij had het destijds gestald bij een bank in Luxemburg. In de twee jaar na de Laponder-overval was het in kleine gedeeltes van de rekening gehaald, elke keer cash. 'Dat waren heel wat tripjes naar Luxemburg', zei Arjan, maar Cornelis reageerde niet.

Na een klop op de deur maakte de advocaat zijn entree. Dat ging gepaard met een hoop stampij over het onrechtmatig verhoren van zijn cliënt, maar uiteindelijk konden ze dan van start.

'Uit een vergelijking van vingerafdrukken is gebleken dat, hoewel je je uitgeeft voor Willem van Nieuwbeek, je eigenlijk Cornelis Groen bent', zei Arjan. 'Klopt dat?'

Hij deed zijn best om uiterlijk ontspannen over te komen, al kon hij niet ontkennen dat zijn bloed vanbinnen door zijn aderen raasde. Cornelis keek even naar zijn advocaat. Uiteindelijk knikte hij. 'Dat klopt.'

Wat volgde was een hele stroom vragen van Arjan en Manon over het waarom van de identiteitswissel. Cornelis was niet erg spraakzaam, maar uiteindelijk kreeg Arjan het beeld dat hij inderdaad op het geld van zijn kompaan uit was geweest en dit bovendien een prettige manier vond om zich van zijn eigen, zware strafblad te ontdoen.

'Ik neem aan dat de echte Willem van Nieuwbeek dood is?' zei Arjan.

Cornelis keek naar zijn advocaat, die zijn hoofd schudde. Arjan verwachtte al half een 'geen commentaar', maar tot zijn verbazing zei Cornelis: 'Hij is omgekomen bij de overval. De eigenaar van de winkel verdedigde zich met een mes. Willem werd dodelijk geraakt, ikzelf liep dat litteken op. We hebben Willem meegenomen in ons busje en later hebben een paar van de jongens zich van zijn lichaam ontdaan.' Hij staarde Arjan aan. 'Als je me nog wil pakken voor die overval, herinner ik je er graag aan dat de zaak verjaard is.'

Arjan keek terug. 'Ik had niet die intentie.'

'Als dit alleen maar gaat om identiteitsfraude, kunt u mijn cliënt niet vasthouden.'

Arjan keek naar de advocaat. 'Dit gaat niet alleen om identiteitsfraude. Ik probeer een vermissing op te lossen.'

'Daar heb ik niets mee te maken', zei Cornelis.

Manon nam even het woord. Er kwam een bericht

binnen op Arjans telefoon. Onopvallend keek hij ernaar. Het was van Jonas.

De buurvrouw zit in vergaderzaal 3. Kom je zelf?

Arjan liet niets merken, maar voelde de goedkeuring door zich heen gaan. Dat had zijn collega snel geregeld. Hij wachtte even, liet Manon het gesprek verder oppakken en stond toen op. 'Zo terug', zei hij en hij merkte de verwarring bij Cornelis op. Alleen maar goed.

Manon zou het verhoor even op een laag pitje moeten zetten, maar dat begreep ze zonder woorden. Arjan haastte zich naar zijn werkplek, rommelde in het dossier en liep daarna door naar de vergaderkamer. De dame die zat te wachten keek verschrikt op toen hij binnenkwam. Hij schatte haar rond de zestig. 'Arjan Dalstra', zei hij toen hij haar de hand schudde. 'Recherche. Bedankt voor uw komst.'

'Karina Patman.' Ze keek hem nerveus aan. 'Wat is er aan de hand? Waarom ben ik hier?'

'Niets ernstigs', zei Arjan, al wist hij zeker dat Jonas haar al had gerustgesteld. 'En zeker niets dat met u persoonlijk te maken heeft. Door de recente gebeurtenissen met de verdwenen vrouw is de zaak van Janne Govers echter ook weer onder onze aandacht gekomen. Daar heb ik een vraag over aan u.'

'Ach ja.' Karina legde haar hand op haar borst, ter hoogte van haar hart. 'Ik moet de laatste dagen ook zo aan haar denken. Vreemd hoe de geschiedenis zich herhaalt.'

'Dat vinden wij ook', zei Arjan en hij legde de foto op tafel. Het was geen goede print en de kleuren waren ook wat verbleekt, maar de figuur op de foto was goed zichtbaar. Hij zag dat Karina's blik ernaartoe werd getrokken. Ze fronste wat.

'Destijds heeft u tegen mijn collega's en later ook tegen een journalist gezegd dat Janne in de periode voor haar verdwijning iemand had ontmoet. Een man, met wie ze een relatie kreeg. Klopt dat?'

Karina hield haar blik op de foto gericht toen ze langzaam knikte. 'Dat heb ik inderdaad gezegd. Het was me opgevallen dat hij in de weken voor Jannes verdwijning regelmatig langskwam. Janne was opgetogen en vrolijk, maar als ik vroeg of ze verliefd was, gaf ze geen antwoord.'

'En u wist zijn naam niet?'

'Nee, ook al heb ik hem een keer op straat kort gesproken.' Ze pakte de foto op en staarde er peinzend naar. 'Kijk, ik wilde ook niet die nieuwsgierige buurvrouw zijn. Als Janne iets wilde vertellen, zou ze dat vanzelf wel doen. Ik vond het na haar verdwijning wel opvallend dat hij zichzelf niet bij de politie meldde. Als ze daadwerkelijk iets hadden, en zelfs als hij alleen maar een vriend was, zou hij zich toch zorgen hebben gemaakt?'

Arjan knikte in de richting van de foto in haar handen. 'Herkent u deze man?'

'Bedoelt u of het hem is?'

Arjan knikte half. Hij mocht haar niet sturen, dat was niet goed voor het onderzoek.

'Het zou goed kunnen', zei de vrouw, haar ogen ietwat samengeknepen. 'Het is dertien jaar geleden en ik heb hem maar een paar keer gezien. Ik herinner me inderdaad dat hij een bril droeg en donkerbruin haar had. En een soort moedervlek in zijn wenkbrauw, dat heeft deze man ook.' Ze dacht nog even na. 'Gek hoe dat soort dingen je bijblijft.'

'Als we als onderdeel van het onderzoek officieel zouden vragen of deze man inderdaad degene is die destijds bij Janne op bezoek ging, wat zou dan uw antwoord zijn?' vroeg Arjan. 'Bedenk dat u bij twijfel geen ja zou kunnen antwoorden.'

Karina Patman zuchtte diep. Daarna staarde ze nog een tijdje naar de foto. De stilte in de kamer zoemde in Arjans oren. Uiteindelijk tuitte de vrouw haar lippen en knikte langzaam. 'Dan zou ik inderdaad zeggen dat het hem is.'

Arjan kwam overeind. 'Mijn collega komt zo bij u.'

Hij haastte zich de kamer uit. 'Neem haar verklaring op', zei hij in het voorbijgaan tegen Jonas, die net terugkeerde. 'Ze is bereid te verklaren dat de man op deze foto dezelfde is als de man die Janne Govers destijds bezocht.'

Jonas keek naar de foto in Arjans hand. 'Cornelis?'

'Of Willem, of hoe hij toen ook heette. Maar inderdaad, het is onze man.' Arjan liep met vlugge passen terug naar de verhoorkamer. Daar was het gesprek inmiddels zo goed als stilgevallen. De advocaat leek bijzonder geïrriteerd.

'Wat moet dit voorstellen?' vroeg hij zodra Arjan binnenkwam. 'U heeft niets om mijn cliënt vast te houden, dus wat doet hij hier nog?'

'Momentje', zei Arjan en hij legde de foto op tafel. 'Ben jij dit?'

Cornelis staarde van een afstandje naar de afdruk. 'Dat lijkt me wel.'

'Ja of nee?'

'Ja.'

'Weet je wanneer deze foto is gemaakt?'

'Geen idee.'

'Zou het zo'n vijftien jaar geleden kunnen zijn?'

Cornelis haalde kort zijn schouders op. 'Dat is best mogelijk.'

'Had jij destijds contact met Janne Govers?'

'Met wie?'

Zijn zogenaamde onnozelheid irriteerde Arjan, maar hij liet het niet merken. 'De vrouw die ten tijde van je bruiloft hier in Zandvoort spoorloos verdween.'

Cornelis schudde zijn hoofd. 'Nee, geen contact mee. Ik heb over die zaak gehoord in de media.'

Arjan keek even naar Manon en daarna naar Cornelis. 'Weet je, er zijn allerlei manieren waarop we dit kunnen doen. Ik stel voor dat we alle onzin achterwege laten en ter zake komen. Wij weten dat je Janne Govers wel degelijk kende en in de weken voor haar verdwijning regelmatig bij haar over de vloer bent geweest. En je begrijpt waarschijnlijk wel dat wij graag willen weten waarom.'

Cornelis deed zijn best om het te verbergen, dat moest Arjan toegeven. Maar hij had het toch gezien. De flikkering. Het rafeltje. Het korte moment van schrik.

'Onzin', zei Cornelis, maar zijn stem had iets van zijn kracht verloren. 'Ik ken die vrouw niet.'

Arjan leunde voorover. 'Weet je wat het is? Uiteindelijk

gaan we dit aantonen, hoe dan ook. We hebben al een belangrijke getuige die je heeft herkend. Je kunt het blijven ontkennen, maar je maakt je eigen kuil alleen maar dieper.'

'Rechercheur', zei de advocaat, maar Arjan stond op.

'Voor nu sluiten we dit verhoor. We houden u in de cel in verband met identiteitsfraude en vermoedelijke betrokkenheid bij de verdwijning en mogelijke dood van Janne Govers.'

Zowel Cornelis als zijn advocaat begon te protesteren, maar Arjan luisterde niet. Hij had het recht aan zijn kant, met de toestemming van de rechter-commissaris op zak. Voor hij de kamer verliet, keek hij nog één keer om.

Cornelis staarde hem recht aan. 'Ik heb niets met Judith te maken', zei hij. 'Je kunt me overal van beschuldigen, maar je zoekt in de verkeerde richting.'

Toen Arjan uiteindelijk de gang op liep, wist hij zeker dat Cornelis over een aantal zaken loog. Maar gold dat ook voor die laatste opmerking? Het onaangename gevoel dat hij nog steeds niet meer dan losse puzzelstukken en geen link had, begon Arjan steeds meer te benauwen.

Haar moeders hand voelde koud en breekbaar en Mandy durfde er niet in te knijpen. 'Het komt vast wel goed', zei ze, omdat ze echt niets beters wist te verzinnen. Natuurlijk kwam het niet goed. Mandy wist niet eens wat 'goed' in dit geval betekende. Dat Judith terugkwam, ja, maar verder? Dat Willem zich gewoon weer bij hen voegde en het allemaal niet waar bleek te zijn? Dat hij zich juist niet bij hen voegde en hen gewoon met rust liet? Ze wist trouwens niet eens of haar moeder haar wel hoorde. Net had Mandy haar alles verteld wat ze van de politie had begrepen. De zoektocht van Judith, de vergelijking... Haar moeder had het allemaal aangehoord en uiteindelijk had ze haar handen voor haar gezicht geslagen.

'Wie is hij dan?' had ze gevraagd, maar daar hadden Mandy en Robin ook geen antwoord op gehad.

Een tijdje hadden ze met z'n drieën zitten zwijgen. Uiteindelijk had haar moeder haar mond opengedaan. 'Dus daarom wilde hij weg.'

'Hoe bedoel je?'

'Net voordat de politie kwam. Hij kwam binnen en zei dat hij van me hield en het graag anders had gezien, maar dat hij moest gaan. En dat ik het later wel zou begrijpen.' Haar stem knakte en er rolde een traan over haar wang naar beneden. 'Hij kwam afscheid nemen. Maar toen kwam de politie.'

Mandy schrok toen haar telefoon ging. Arjan Dalstra, zag ze in het scherm. Ze moest even diep ademhalen voor ze opnam.

'Zit je?' vroeg hij, er klonk bezorgdheid door in zijn stem. 'Wat ik je nu ga vertellen heeft grote impact, zowel voor jou als voor je moeder.'

'Mijn moeder is hier', zei Mandy. 'Ik zet je op de luidspreker.'

'Willen jullie liever hiernaartoe komen?'

Mandy schudde haar hoofd. 'Vertel het maar gewoon.'

'Oké.' Hij nam een adempauze. 'We hebben de vingerafdrukken van Willem vergeleken met bij ons bekende vingerafdrukken in de database. Daaruit is een match naar voren gekomen.' Arjan zweeg even, misschien zoekend naar de juiste woorden. 'De vingerafdrukken van Willem komen overeen met die van Cornelis Groen, de man die ook in de zoektocht van Judith naar voren kwam.'

Het begon Mandy te duizelen. 'Dus Judith had gelijk?'

'Ja. We hebben je stiefvader net geconfronteerd met onze bevindingen en hij heeft het toegegeven. Bij de overval op Laponder is de echte Willem van Nieuwbeek om het leven gekomen en vervolgens heeft Cornelis Groen zijn identiteit aangenomen.'

In de stilte die viel, maakte haar moeder een hoog en piepend geluid. Met haar handen voor haar mond geslagen staarde ze Mandy aan, een blik vol radeloosheid in haar ogen. Mandy sloeg haar arm om haar moeder heen en voelde haar over haar hele lichaam beven.

'Mandy?' vroeg Arjan. 'Gaat het?'

'Ik eh...' Ze sloot haar ogen en knipperde een paar keer stevig. 'Ik weet het niet. Het is...'

'Het is bizar, hè. Ik moet zeggen dat wij zoiets ook nog nooit hebben meegemaakt.'

'Maar is... Heeft hij... de echte Willem...' Mandy durfde de vraag amper te stellen. 'Heeft hij hem vermoord?'

'In het kader van het onderzoek kan ik je eigenlijk niets vertellen.'

'O. Oké.' Mandy slikte moeizaam. 'Ik begrijp het.'

'Ik heb wel een andere vraag. Het gaat om de periode rondom de bruiloft, dertien jaar geleden. De verdwijning van Janne Govers ligt weer op tafel, omdat we overeenkomsten zien met de verdwijning van Judith. Er is niets concreets dat de zaken aan elkaar linkt, maar het toeval is te groot om over het hoofd te zien.'

'Ja', zei Mandy, maar ze wist niet goed welke kant het op ging. 'Dat zei je al.'

'In het licht van onze nieuwe ontdekkingen willen we graag ook naar deze zaak kijken. Als jullie daarover informatie hebben, wat dan ook, dan is die welkom.'

'Bedoel je dat...' vroeg Mandy, maar ze maakte haar zin niet af.

'Ik bedoel alleen maar dat alles wat we tot nu toe weten, in een ander licht is komen te staan.'

Mandy knikte een paar keer. 'Ik begrijp het', zei ze toen. En daarna: 'Kunnen we straks terugbellen? We hebben even tijd nodig.'

Ze hing op en keek eerst naar haar moeder en daarna naar Robin. Uiteindelijk staarde ze naar buiten, waar het duingras bewoog in de wind, wat het enige op de wereld leek te zijn dat nog klopte.

'Ik krijg zo de beelden binnen', zei Manon. 'Kijk je mee?'

'Hm?' Arjan keek op van zijn scherm, waar hij minutieus de dossiers van Willem van Nieuwbeek en Cornelis Groen zat door te vlooien. In een ander tabblad stond het dossier van de zaak-Janne Govers open, in het volgende dat van Judith Houtstra. 'We zien iets over het hoofd', had hij al een paar keer tegen zijn collega's gezegd. Bijna het hele team zat momenteel in dezelfde dossiers. Allemaal draaiden ze in hetzelfde kringetje.

'De beelden', herhaalde Manon. 'Van de boekhandel. Daar heb je om gevraagd.'

Arjan knipperde een paar keer. Zijn ogen brandden. 'O ja, natuurlijk. Ja, ik kijk met je mee.'

Hij nam een paar slokken water, maar voelde zich niet opgefrist. Het verhoor van Cornelis was nu twee uur geleden, het telefoontje naar Mandy en haar moeder iets minder. Hij had gehoopt dat Mandy zich weer zou melden voor een gesprek, maar hij had nog niets gehoord. Ze hadden genoeg vragen aan haar en haar moeder, maar Arjan wilde hen nu even niet lastigvallen. Wat ze te horen hadden gekregen, had tijd nodig. Misschien kon hij hen straks bellen, even peilen hoe het ging.

Het toestel op zijn bureau kondigde een intern telefoontje aan. 'Arjan', mompelde hij toen hij opnam.

'Met Annette. Mandy Houtstra en haar moeder zijn hier. Ze hebben geen afspraak, maar heb je tijd?'

Arjan schoot overeind. 'Ik kom eraan.'

Ze zagen er beiden uit alsof ze in geen dagen hadden geslapen, wat waarschijnlijk ook zo was. Arjan nam hen mee naar een spreekkamer. Robin was er ook en bood aan op de gang te wachten.

'De beelden zijn er', zei Manon, die aan was komen lopen, maar dat zou moeten wachten.

'Schuif ook even aan', zei Arjan. Hij wilde dat ze met z'n tweeën vragen zouden stellen. En zouden luisteren.

'Gaat het?' vroeg Arjan, en hij keek eerst Mandy en daarna Elly aan. 'Wat een schok moet dit voor jullie zijn.'

Alleen Mandy knikte. Daarna ging ze verzitten en vermande zich zichtbaar. 'We zijn hier vanwege de opmerking die jij maakte over de zaak-Janne Govers. Mijn moeder...' Ze blikte even opzij. Elly zweeg, maar haar ogen stonden waakzaam. 'Mijn moeder wil daar graag iets over zeggen.'

Arjan keek even naar Manon, die op haar beurt naar Elly keek. Automatisch leunde hij iets achterover en liet zijn collega het woord doen. Elly was kwetsbaar en Manon had van nature meer empathie dan hij. 'Wat een verschrikkelijke dag moet dit voor u zijn', zei ze.

Het duurde even voor Elly begon te praten en toen ze dat deed, klonk haar stem zo zacht en kwetsbaar, dat Arjan bang was dat ze zou breken. Maar hoe langer ze aan het woord was, hoe meer ze aan kracht leek te groeien.

'Op de dag voor onze bruiloft hebben we wat gedronken met de gasten die al in Zandvoort waren', vertelde ze. 'Dat was in de middag, rond vier of vijf uur. Om zes uur of halfzeven gingen we allemaal terug naar onze accommodatie, Willem en ik naar het appartement dat we hadden gehuurd.' Ze leek even te aarzelen bij de naam, maar bleef hem toen toch Willem noemen. 'Om halfnegen zouden we elkaar allemaal weer treffen in een restaurant. Ik ging douchen in de tussentijd, Willem had zich zoals gewoonlijk sneller dan ik omgekleed en zat te lezen op het balkon.'

Aan haar blik was te zien dat ze terug was in de tijd. Manon zweeg, Arjan ook. Mandy legde haar hand op die van haar moeder.

'Ik weet niet meer precies hoe laat het was, maar op een

bepaald moment zei Willem dat hij nog iets moest kopen voor de dag erop. Ik vroeg wat het was, maar hij lachte en zei dat ik niet alles hoefde te weten. Ik vroeg niet verder, de dag erna was immers de bruiloft en ik dacht dat hij een verrassing had geregeld. Hij was laat terug, later dan halfnegen, maar ik besteedde er geen aandacht aan, omdat nog wat mensen laat waren voor het dinertje en we het een halfuur hadden uitgesteld. Toen hij terugkwam deed hij normaal, voor zover ik me dat kan herinneren.'

Arjan haalde diep adem. Manon keek de vrouw aan. 'Dus u weet niet waar uw man was tussen grofweg zeven uur en halfnegen op de avond voorafgaand aan uw bruiloft.'

Elly beet op haar onderlip. Ze staarde naar haar eigen handen voor zich op tafel en schudde haar hoofd. 'Het enige wat ik weet, is dat hij niet bij mij was.'

Arjan wisselde een blik met Manon. In haar ogen zag hij zijn eigen gevoel weerspiegeld. Dit was groot. Dit was heel groot.

Hoofdstuk 17

HIJ VOELDE AAN ALLES DAT CORNELIS WIST, OF AANvoelde, dat er iets te gebeuren stond. Arjan keek de man aan zonder zijn best te doen de triomf uit zijn blik te weren. Als een doorbraak forceren in een onderzoek te vergelijken was met het beklimmen van een berg, stond hij nu rechtop op de top. Cornelis kon dit niet zomaar ontkennen. Juist omdat de verklaring van zijn vrouw kwam, was die veel waard. Dat zou een officier van justitie of een rechter ook vinden. Dat ze eerst dertien jaar lang haar mond had gehouden, deed daar in dit geval niet zoveel aan af. Eerder had ze ook niet zo'n belangrijke reden gehad om aan haar man te twijfelen.

De deur schoot open en in een waas van haast en drukte wervelde de advocaat binnen. Hij kapte zijn telefoontje af en keek daarna van Arjan naar Manon en vervolgens naar Cornelis. Arjan verwachtte al dat hij zou protesteren tegen het verhoor van zijn cliënt, maar de man sloot zijn mond weer en ging zitten. Hij zei iets in Cornelis' oor dat Arjan niet kon verstaan. Cornelis knikte kort.

'U kunt mijn cliënt na het eerste voorarrest niet langer vasthouden, rechercheur', nam de advocaat toen toch het woord. 'U heeft daarvoor geen toestemming van de rechter-commissaris.'

Arjan knipperde een paar keer. 'Toch wel, we hebben tien minuten geleden toestemming ontvangen. Dat is de reden van dit gesprek.'

De advocaat fronste diep. Een gebaar dat duidelijk ingesleten was na jaren in dit vak. 'Dan ben ik benieuwd op welke grond.'

Arjan verschoof zijn papieren. 'Dat zal ik u uitleggen.' Hij richtte zich tot Cornelis. 'Nadat we eerder al hebben vastgesteld dat je jarenlang onder een valse identiteit hebt geleefd, blijken er nu nog meer zaken te zijn waarover je ons niet hebt verteld. Je hebt ontkend dat je Janne Govers kende of ooit contact met haar hebt gehad, maar we hebben een getuige die jou aan haar linkt. Deze vrouw heeft je destijds met regelmaat bij haar naar binnen zien gaan en dit heeft ze ten tijde van de verdwijning ook bij ons aangegeven. De man in kwestie hebben we toen niet gevonden en hij heeft zich ook niet bij ons gemeld. Wel vreemd, voor iemand die al wekenlang intensief contact met haar had.'

Cornelis staarde hem aan. Zijn advocaat zat zich zichtbaar op te vreten. 'De hiaten in uw onderzoek van destijds zijn niet het probleem van mijn cliënt, rechercheur. Hij heeft al uitgelegd dat hij mevrouw Govers niet kende.'

'We hebben een getuige die je heeft herkend van een foto. Zij heeft officieel verklaard dat jij de man bent die destijds een innige vriendschap of een relatie met mevrouw Govers onderhield.'

'Onzin', zei de advocaat. 'Het is dertien jaar geleden. Dat is wel een heel bijzonder geheugen dan.'

Arjan negeerde hem. 'Waar was je die avond?' vroeg hij aan Cornelis. 'Waar was je tussen halfzeven en halfnegen, precies de tijdspanne waarin Janne Govers verdween?'

'Moet ik dat echt nog weten, na al die jaren?'

'Jullie hadden geborreld met vrienden en gingen 's avonds in een restaurant eten', zei Arjan, om zijn geheugen op te frissen. 'Waar was je in de tussentijd?'

'Mijn cliënt heeft tijd nodig om zijn herinneringen op een rijtje te zetten', zei de advocaat, en daarna fluisterde hij iets in Cornelis' oor. Arjan bleef hem kalm aankijken. Cornelis trok met zijn mond.

'Ik kan wel even helpen bij die herinneringen', zei Arjan. 'We hebben namelijk van een belangrijke getuige begrepen dat die uren niet zijn ingevuld. Je bent na het borrelen met je vrouw – toen nog aanstaande vrouw – naar jullie appartement gegaan en terwijl zij zich ging opfrissen, ben jij naar buiten gegaan omdat je zogenaamd nog iets moest kopen. Pas vlak voor het etentje, dat naar negen uur was uitgesteld, voegde je je weer bij haar.'

Het klopte, dat zag hij aan Cornelis' gezicht, hoe die ook zijn best deed om zichzelf niet te verraden. 'Ja?' zei de man, zijn blik uitdagend. 'Als jij het zegt.'

'Je weet dat dit klopt. En mijn vraag is: waar was je in die uren?'

Cornelis haalde diep adem. Zijn advocaat zei weer iets, maar hij reageerde daar niet op. Hij staarde Arjan rechtstreeks aan, terwijl de temperatuur in zijn blik leek te zakken. 'Als ik zei dat ik iets ging kopen, dan ging ik iets kopen.'

'Wat dan?'

'Weet je zelf nog wat je dertien jaar geleden op een avond hebt gekocht?'

Arjan gaf geen antwoord. In plaats daarvan liet hij een stilte vallen die zwaar aanvoelde.

'Is dit wat mijn vrouw zegt?' vroeg Cornelis.

Arjan aarzelde even, maar besloot toen dat een bevestigend antwoord misschien iets zou losmaken wat ze nu nodig hadden. 'Dit is wat ze zegt', knikte hij. 'Ze heeft er nooit iets achter gezocht, tot nu. Ze zei dat...'

Cornelis vloekte plotseling tussen zijn tanden. Zijn hele gezicht verhardde zich en zijn mond werd een streep. Opnieuw vloekte hij, nu harder. Zijn advocaat probeerde weer wat te fluisteren, maar Cornelis luisterde niet. 'Mijn cliënt heeft een pauze nodig', zei de advocaat. 'Ik verzoek om...'

Het gebeurde. Arjan keek vluchtig naar Manon, en daarna weer naar Cornelis. In eerdere dossiers had hij genoeg gelezen over Cornelis' woedeaanvallen, die hem vaker parten hadden gespeeld. Als hij maar genoeg werd getriggerd... En hij werd genoeg getriggerd. Met een ruk sprong hij overeind. Zijn arm raakte bijna het gezicht van zijn advocaat, die verschrikt een ruk naar rechts maakte. 'Cornelis', zei hij, en hij ging ook staan. 'Probeer te kalmeren. Ga nu niet...'

Wat volgde was een scheldtirade waarin Cornelis niet alleen zijn vrouw vervloekte, maar ook alle opsporingsdiensten van Nederland. En Janne.

'Als ik die trut in mijn handen krijg, draai ik haar nek om!' dreigde hij, doelend op Elly. 'Niemand, níémand heeft het recht om mij te verraden. Jarenlang heb ik voor haar gezorgd en nu dit?' Opnieuw volgde een serie vloeken. Cornelis leek volledig door te draaien, de blik in zijn ogen was furieus. Manon keek vragend naar Arjan. Of ze versterking moest halen, bedoelde ze. Hij schudde kort zijn hoofd.

Cornelis plantte nu zijn beide handen op de tafel en leunde dreigend in Arjans richting. De advocaat had er het zwijgen toe gedaan. Een zweetdruppel liep langs de zijkant van Cornelis' gezicht naar beneden. Arjan keek hem recht aan. 'Ik weet dat je het gedaan hebt', zei hij, zacht maar scherp. 'Je vrouw heeft zich al tegen je gekeerd, je hebt jezelf al verraden. Je bent nergens meer.'

Cornelis' neusvleugels trilden. Hij was niet voor rede vatbaar, dat zag je aan alles. Arjan hield zijn blik vast. 'Ik weet het', herhaalde hij. 'Ik weet wat je Janne hebt aangedaan.'

'Jij weet helemaal niets', blafte Cornelis in zijn gezicht. 'Je hebt geen idee. Zij was het, niet ik. Zij was degene die naar mij toe kwam. Zij bedreigde me. Zij chanteerde me. Ze vroeg er zelf om.' Hij slingerde een reeks verwensingen naar haar hoofd de wereld in. Arjan keek naar Manon. Hij zag de opwinding in haar ogen. Het was geen bekentenis, maar het zat er dicht tegenaan.

'Dus je geeft toe dat je iets met haar had.'

'Ze maakte me helemaal gek', snoof Cornelis. 'Ik wilde niets met haar, maar ze zorgde voor kolder in mijn kop. Riep van alles: dat we samen verder moesten, dat we voor elkaar gemaakt waren. Ik had Elly, ik wilde Janne niet. Maar ze sleurde me mee.'

'Hoe kende je haar?'

'Weet ik veel, ze kwam gewoon op een avond naar me toe. In Zandvoort, waar ik met een vriend was. We praatten wat en ik zei dat ik bezet was, maar dat interesseerde haar niet. Toen nam ze me mee naar huis.'

Arjan moest zijn best doen om niet sarcastisch te antwoorden. Cornelis als willoos wezen in de tentakels van Janne? Hij kneep zijn lippen op elkaar. 'En toen?' vroeg hij.

'Kan je dat zelf niet bedenken?' Cornelis keek hem giftig aan. Arjan gaf geen antwoord. Uiteindelijk begon Cornelis weer te praten. 'En toen zagen we elkaar vaker. Ze had me helemaal in haar bezit, ze bleef maar smeken. Tot ik het niet meer wilde, echt niet meer wilde. Dat heb ik haar verteld.'

'Maar dat accepteerde ze niet?' zei Arjan.

'Nee.' Cornelis schudde wild met zijn hoofd. 'Ze zou alles aan Elly vertellen, zei ze vlak voor de bruiloft. Alles. En dan zou Elly bij me weggaan en was ik voor haar, voor Janne. No way, zei ik tegen haar, maar ze bleef er maar over doorgaan.'

‘En toen had je geen keus’, zei Arjan.

‘Ik wil overleg met mijn cliënt’, zei de advocaat. Arjan moest zijn best doen om niet te vloeken. Hij was nu zo dichtbij.

Cornelis blikte vluchtig opzij naar zijn raadsman, maar leek hem niet te zien. Niet echt. Het was of hij in gedachten ergens anders verkeerde. ‘Ze liet me geen keus’, zei hij hoofdschuddend. ‘Ze heeft het zelf gedaan. Als ze me gewoon met rust had gelaten...’

‘Wat heb je met haar gedaan?’ vroeg Arjan.

In de kamer werd het doodstil. Tien seconden, twintig. Arjan hield zijn adem in, ook Manon maakte geen enkel geluid. Even dacht Arjan dat dit het was, dat Cornelis zou dichtslaan. Toen deed hij uiteindelijk zijn mond open.

‘Ze moest gewoon zwijgen.’

‘Heb je haar gewurgd?’

Cornelis keek hem aan. Zijn ogen waren gelig. Hij straalde ineens niets anders dan vermoeidheid uit. ‘Ja.’

‘Waar is haar lichaam?’

‘In de duinen.’

Arjan leunde achterover. Hij knikte een paar keer. ‘En nu willen we weten waar Judith is. Als je meewerkt, kunnen we proberen of de rechter...’

‘Ik heb niets met Judiths verdwijning te maken.’

Arjan sloot even zijn ogen. ‘Het is nog niet te laat, Cornelis. Je kunt er nog voor kiezen om het juiste te doen. Als je ons vertelt...’

‘Luister je niet? Ik heb het niet gedaan. Ik weet niet waar Judith is.’

‘Maar…’

‘Ik wil terug naar mijn cel’, zei Cornelis, en zijn advocaat kwam in actie. ‘Mijn cliënt is…’

‘Oké’, zei Arjan, achteroverleunend. ‘We gaan op een later tijdstip verder.’

Cornelis werd meegenomen door twee agenten, de advocaat liep met vlugge passen achter hem aan. Arjan haalde zijn handen door zijn haren en liet een grote hap lucht ontsnappen. Hij keek Manon aan en ze wisselden een veelzeggende blik. ‘Koffie?’ vroeg ze, en ze liep voor hem uit naar het keukentje. Staand bij het aanrecht dronken ze allebei een bekertje leeg, zonder veel te zeggen. ‘Het is tijd om het team bij te praten’, zei Arjan en met een boog gooide hij het bekertje in de prullenbak.

Ze zaten in dezelfde spreekkamer als eerder die dag. Mandy was zo rusteloos dat ze de neiging om op te staan en rond te lopen moest onderdrukken. Naast haar frunnikte haar moeder onophoudelijk aan een los draadje van de mouw van haar dunne vest. Robin zat aan haar andere zijde. Hij had zijn ellebogen op tafel geplant en zijn vingers als een dakje onder zijn kin gevouwen.

‘Rechercheur Dalstra komt eraan’, had de agente die hen hierheen had gebracht, net gezegd. Mandy keek op haar telefoon. Het was nog maar een halfuur geleden dat ze hem aan de telefoon had gehad. Of ze met spoed naar het bureau konden komen. Ze was zich wild geschrokken, maar het had niet met Judith te maken, dat had hij er meteen bij verteld. Althans, niet direct.

Op de gang klonken vlugge voetstappen en toen ging de deur open. 'Bedankt voor jullie komst', zei Arjan en hij ging zitten. 'Ik heb een moeilijke mededeling voor jullie.'

Mandy voelde hoe haar spieren verstrakten. Haar maag deed ook mee, ze legde haar hand op haar buik. Onder tafel voelde ze Robins hand op haar knie. 'Wat dan?' vroeg ze met haar keel dichtgeknepen.

Arjan haalde diep adem en keek hen om beurten aan. 'Cornelis – of Willem – heeft zojuist de moord op Janne Govers bekend.'

Het was alsof haar stoel onder haar vandaan gleed, alsof ze in een vrije val terechtkwam. Mandy voelde zich duizelig worden. Haar moeder slaakte een korte kreet, en sloeg haar hand voor haar mond. Robin mompelde iets dat ze niet kon verstaan. 'Maar...' zei Mandy. En toen nog eens, zonder een idee hoe ze die zin moest afmaken. 'Maar...'

'Ja.' Arjan knikte een paar keer en keek naar Elly. 'We hebben hem geconfronteerd met de verklaring van Jannes buurvrouw en met wat u heeft verklaard over de avond van Jannes verdwijning. Daarop ontstak hij in woede en bekende hij dat hij enige tijd een affaire met Janne heeft gehad, die hij wilde beëindigen. Daarop dreigde zij voorafgaand aan de bruiloft alles openbaar te maken.'

De woorden echoden na in Mandy's oren. Het idee dat ze al die tijd met hem was omgegaan, dat hij met haar moeder had samengeleefd, dat hij bij haar thuis was gekomen en met Lize had gespeeld... Ze slikte een paar keer, maar kon niet voorkomen dat zuur gal in haar keel brandde. 'Gaat het?' hoorde ze Robin vragen, maar zijn stem kwam van ver.

Haar moeder begon te huilen. Mandy sloeg haar arm om haar heen, maar eigenlijk zocht ze vooral zelf steun. Arjan praatte, maar de woorden bereikten haar niet. Die leken te verdwijnen in een mist van schok en onbegrip, waarin ze zich ineens bevond. Haar stiefvader? Een moordenaar?

'Maar waarom?' vroeg haar moeder. 'Ik begrijp niet... Ik had hem...'

'We weten verder nog niet veel', zei Arjan. 'Na zijn bekentenis heeft hij het gesprek afgekapt, we gaan op een later tijdstip verder.'

'Wat betekent dit voor Judith?' vroeg Robin, de eerste die uit de mist stapte. 'Wat heeft hij over haar gezegd? Is het niet veel te toevallig...'

'Hij blijft volhouden dat hij daar niets van afweet', zei Arjan. 'Op dit moment hebben we ook geen concreet bewijs van het tegendeel. Maar we zijn nog niet klaar. Zodra het kan, verhoren we hem opnieuw. Als hij inderdaad meer weet, krijgen we dat boven tafel, daar gaan we alles aan doen.'

Mandy staarde naar de rechercheur. Zijn krachtige woorden bleven door de ruimte zweven. Ze wilde ze vangen, wilde ze geloven. Maar dat lukte niet. Het was alsof ze beland waren in een aardbeving die niet meer ophield. Niets klopte meer. De wereld stopte niet met schudden. En te midden van die enorme chaos voelde ze Judith steeds verder van zich wegglijden.

Hoofdstuk 18

DE KLEUR VAN DE LUCHT VERANDERDE, DE DAG ZOU weldra plaatsmaken voor de avond. Arjan staarde ernaar vanuit het raam van het politiebureau en wilde dat hij nog even naar het strand kon gaan, zijn surfplank erbij kon pakken. Maar hij kon het onderzoek nu niet in de steek laten. De doorbraak mocht dan groot zijn en had hem bovendien een waarderend telefoontje van Koppens opgeleverd, Judith was nog altijd niet terug.

Langzaam liet hij de gebeurtenissen van de afgelopen dag nog eens door zijn hoofd gaan. Hij kon niet eens in de verste verte bedenken hoe het leven van Elly van Nieuwbeek – hij realiseerde zich nu pas dat haar achternaam voor haar wrang moest voelen – nu op z'n kop stond. Eerst de verdwijning van haar dochter, dan de bizarre mededeling dat haar man heel iemand anders bleek te zijn en als tragisch hoogtepunt nu ook nog het nieuws dat hij een moord op zijn geweten had. Hij had haar gevraagd of ze behoefte had aan hulp en daarna had hij slachtofferhulp voor haar gebeld. Dit moest traumatisch voor haar zijn, en dat gold voor Mandy natuurlijk net zo goed. Zij had een paar keer het verband gelegd tussen het misdrijf dat haar stiefvader had gepleegd en de verdwijning van haar zus. Arjan snapte dat heel goed, maar toch was het veel te kort door de bocht om dan maar te denken dat Cornelis ook met Judiths vermissing te maken had. Het kon, ja, het kon altijd. Maar eigenlijk geloofde hij het niet.

Eerder in het onderzoek had hij bedacht en ook met collega's besproken dat Elly als echtgenote niet het meest betrouwbare alibi was. Maar na alles wat er was gebeurd en wat er aan het licht was gekomen, bleef ze bij haar verklaring. Haar man was die avond bij haar geweest. Nu ze geen loyaliteit meer voor hem hoefde te hebben en het zelfs aannemelijk zou zijn dat ze hem liet vallen, werd Cornelis' alibi ironisch genoeg alleen maar sterker. Als hij al iets met Judiths verdwijning te maken had, dan in elk geval niet in hoogsteigen persoon.

Buiten was de lucht alweer veranderd. De dag naderde duidelijk z'n einde. Het frustreerde Arjan. Weer een dag verstreken, nog altijd geen spoor van Judith.

'Arjan?' De stem van Manon haalde hem uit zijn gedachten. 'Sorry, stoor ik?'

'Nee.' Arjan schudde zijn hoofd en zette zijn gedachten van zich af. 'Wat kan ik voor je doen?'

'We zijn nog niet aan de camerabeelden toegekomen',

zei Manon. 'Maar ik denk dat het goed is dat we daarnaar kijken. Er is iets wat me niet lekker zit.'

'Ja.' Arjan wreef even over zijn ogen. 'Ja, natuurlijk. Heb je ze op je scherm?'

Hij volgde Manon naar haar computer. Ze klikte een paar dingen aan en het volgende wat hij zag, was een helder beeld van Haarlem op een mooie zomerdag. 'Deze beelden zijn van vrijdagmiddag', zei Manon, wijzend op de datum en tijd. 'Een dag voordat Judith verdween. Het boekje over Jannes verdwijning is op die dag aangeschaft en de boekhandelaar heeft in het kassasysteem de tijd opgezocht.'

'Hoe is het betaald?'

'Contant', zei Manon en ze keek spijtig. Een pintransactie had de zoektocht behoorlijk kunnen vergemakkelijken. 'Op basis van de tijd waarop het is aangeschaft, hebben we de camerabeelden bekeken en binnen vijf minuten na het tijdstip van de transactie hebben vijf mensen de winkel verlaten.' Ze liet de video op haar scherm een stukje verder lopen. 'De boekhandelaar weet nog dat het door een man is gekocht, dus drie vallen er sowieso af. Van de overige twee heeft hij er eentje aangewezen van wie hij denkt dat dat de koper is. Al moet je daar een marge van onzekerheid inbouwen.'

'Hm', zei Arjan en hij trok een stoel bij. De beelden waren goed. Niet voor het eerst prees Arjan in gedachten het besluit van de gemeente om te investeren in degelijk cameratoezicht. Zeker als de beelden overdag waren gemaakt, kon je gezichten veel makkelijker dan vroeger identificeren, wat in diverse rechtszaken al tot veroordelingen had geleid. Nu zag hij vooral veel drukte.

'Let op deze man', zei Manon, haar vinger op het scherm. Ze had de video iets teruggespoeld. 'Hij gaat hier de boekwinkel binnen.'

Arjan leunde voorover en staarde naar een man met blond haar, die zich vlug door de mensenmassa bewoog. Hij hield even in voor een oudere dame met een rollator en glipte toen zonder op of om te kijken de winkel binnen. Manon spoelde de beelden door. Drie minuten, zag Arjan aan het klokje bovenaan het scherm. 'Kort bezoek', mompelde hij toen hij de man weer naar buiten zag komen.

'Klopt, maar het kan als hij alleen het boekje heeft gekocht. Maar kijk.' Manon zette het beeld stil en zoomde in. Het gezicht van de man kwam redelijk duidelijk in beeld. 'Ik heb telkens het idee dat ik hem eerder heb gezien, maar ik weet niet waar. De database levert niets op.'

Arjan kneep zijn ogen samen. Het blonde haar, de ietwat plompe gelaatstrekken, de wat gezette gestalte... 'Je hebt gelijk', zei hij. 'Hij komt mij ook bekend voor.'

Hij pakte zijn telefoon. 'Hai', zei Mandy, die vrijwel meteen opnam. Haar stem klonk gespannen.

'Kan ik je iets doorsturen?'

'Ja. Ja, natuurlijk.'

Arjan maakte een foto van het scherm en stuurde die via WhatsApp naar Judiths zus. 'Komt deze man jou bekend voor?' vroeg hij vervolgens.

Even kwam er geen antwoord, omdat Mandy de foto op

haar scherm bekeek. 'Nee', zei ze toen. 'Volgens mij heb ik hem nooit gezien. Wie is dat?'

'Dat proberen we uit te vinden.'

Mandy beloofde het ook aan haar moeder te vragen en hing op. Binnen een paar minuten kwam het antwoord. Elly had ook geen idee.

Met zijn vingers masseerde Arjan zijn slapen. 'Ik weet zeker dat ik hem heb ontmoet', zei hij, zijn eigen geheugen vervloekend. Het was alsof hij jeuk had op een plek waar hij net niet bij kon. 'Recent ook, en niet op het bureau, volgens mij.' Hij keek naar Manon. 'Als jij hem ook kent, is het misschien gebeurd op een plek waar we met z'n tweeen waren.' Hij trok een notitieblok naar zich toe en maakte een tijdlijn van hun gezamenlijke bezoeken. Manon deed aanvullingen.

'We zijn naar de garage van Judiths auto geweest', zei ze, terwijl ze met haar vinger op het notitieblok tikte. 'Om de computer te laten uitlezen.'

Arjan maakte een aantekening. Hij wilde al verder denken, maar toen was het alsof er een klikje klonk in zijn hersenen. Met een ruk keek hij naar Manon. 'Daar was het', zei hij, ineens zeker van zijn zaak. 'Daar hebben we hem gezien. Dit is de monteur van Judiths auto. Ik ben zijn naam vergeten, maar ik herken hem nu.'

Terwijl Manon dat nieuws op zich liet inwerken, pakte Arjan zijn telefoon. Hij zocht het telefoonnummer van de garage op, maar kreeg het antwoordapparaat. *Maandag zijn wij weer geopend...*

Met een grom verbrak hij de verbinding en wenkte Jonas.

'Ik heb het mobiele nummer nodig van deze garagehouder', zei hij, terwijl hij de gegevens doorstuurde naar de telefoon van zijn collega. Jonas knikte en ging meteen aan de slag. Nog geen vijf minuten later had Arjan het nummer in zijn mail.

'Kuin', klonk het kort toen er aan de andere kant van de lijn werd opgenomen.

'Dalstra, recherche. We zijn recent bij u geweest in verband met de auto van Judith Houtstra.'

Als de garagehouder al verbaasd was over het telefoontje, dan liet hij het niet merken. 'Ja? Wat kan ik voor u doen?'

'Uw werknemer, blond haar, hij had aan de auto van Judith gewerkt. Wat is zijn naam?'

'Tim?'

Ja. Arjan stak zijn vinger in de lucht. Dat was het, Tim. 'En de achternaam?'

'Tim Steenman. Wat wilt u van hem?'

'We hebben een vraag aan hem. Ik heb zijn adres nodig.'

'Wacht even, ik weet niet of ik dat zomaar kan geven. Privacy en...'

'We hebben het nodig', zei Arjan. 'Het dwarsbomen van een politieonderzoek is strafbaar, meneer Kuin.'

Aan de andere kant van de lijn werd duidelijk geaarzeld, maar uiteindelijk klonk de onwillige stem van Menno Kuin. 'Ik zal het opzoeken.'

Arjan wist niet of de man er expres extra lang over deed, maar het leek eindeloos te duren. 'De computer is langzaam', zei de garagehouder. Arjan onthield zich van een antwoord.

Uiteindelijk kreeg hij een adres in een wijk aan de noordkant van Haarlem. 'Wat wilt u van hem?' vroeg de garagehouder nog, maar Arjan verbrak de verbinding al. 'Kom mee', zei hij tegen Manon, terwijl in zijn hoofd allerlei radertjes begonnen te draaien. Inval, mogelijk gevaar, kogelvrij vest, versterking – hij moest regelen en handelen. Met samengeknepen ogen keek hij zijn collega aan. 'We moeten snel zijn.'

De voordeur kon wel een likje verf gebruiken en het ruitje was bekrast. Arjan had aangebeld, maar er gebeurde niets. Nu hield hij zijn vinger langer op de bel, vijftien seconden, twintig. Hij keek naar het slot, dat weinig voorstelde. Gelukkig had hij al om versterking gevraagd.

Het duurde vijf minuten tot de collega's er waren, nog eens vijf tot het slot nutteloos in de deur hing. Het trappenhuis rook muf en vochtig. Volgens hun gegevens woonde Tim op de eerste verdieping.

Dat slot stelde al helemaal weinig voor. Een van de agenten forceerde het met een schroevendraaier en Arjan duwde tegen de deur, die niet meegaf. Hij probeerde het opnieuw, zette zijn hele lijf ertegenaan. Maar meer dan een centimeter ging de deur niet open. Zelfs door dat kleine kiertje kwam hem vanuit de woning een vreselijke lucht tegemoet.

'Hij heeft de deur gebarricadeerd', zei Arjan gefrustreerd.

'Aan de kant.' Dat was weer een andere collega. Drie agenten droegen een stormram tussen zich in. Het volgende moment viel met denderend geraas de deur aan gruzelementen. Arjan knipperde even en keek naar Manon, die goedkeurend knikte.

De barricade was veroorzaakt door een bankstel, dat precies tussen de deur en de muur in geplaatst was. Soepel sprong Arjan eroverheen. De huiskamer was verduisterd en rook naar huisvuil. Met een ruk trok Arjan de gordijnen open. Vanaf de bank staarden twee katten hem geschrokken aan. Dat was de andere lucht die hij rook. Kattenpis.

In de keuken stond de vaat hoog opgestapeld, de badkamer vertoonde vooral veel schimmel. De laatste kamer van het kleine appartement was gesloten. 'Op slot', zei een van de agenten. Arjan keek naar zijn collega's. 'Op drie.'

Ook deze deur vormde geen enkel bezwaar voor de stormram. Het kostte Arjan een paar seconden om zijn hersenen het plaatje te laten vormen van wat zijn ogen zagen. Op het bed lag een vrouw, lijkbleek, duidelijk buiten bewustzijn. Of erger. 'Roep een ambulance op!' riep Arjan en meteen trok een van de agenten zijn portofoon tevoorschijn. Naast de vrouw – Judith? Arjan kon het niet goed zien – zat de man die hij herkende van de garage, maar dan met zijn haar door de war en een verwilderde blik in zijn ogen. 'Als jullie haar pakken, dan schiet ik!' riep hij en in zijn trillende hand ontdekte Arjan een revolver.

'Tim', zei hij. 'We zijn hier om je te helpen. Laat haar gaan.'

'Nee!' De hand trilde harder. De revolver wees nu op Arjans borst. Arjan vervloekte zoals zo vaak de grootschalige ondergrondse handel in wapens, die iedere gek in staat stelde op internet een pistool te bestellen. Arjans hand ging naar zijn dienstpistool, zijn collega's deden precies hetzelfde.

'Tim', zei Arjan opnieuw, wetend dat zijn kogelvrije vest hem enige bescherming zou bieden. 'Doe dit niet. We kunnen je helpen. Als je haar laat gaan, dan...'

Het volgende moment gebeurde er van alles tegelijk. Tim was zo op Arjan gefocust geweest, dat hij niet had gezien hoe twee anderen in beweging kwamen. Zonder nog langer te aarzelen, doken zij boven op hem en werkten hem tegen de grond. De revolver landde met een plof op het bed, de persoon die daar lag verroerde zich niet. Arjan dook naar voren en voelde haar pols. Het was Judith, dat kon hij nu duidelijk zien. En onder zijn duim voelde hij alleen nog maar heel ver weg het vage ritme van een hartslag.

Binnen een paar minuten kwamen er twee ambulancemedewerkers de trap op, snel daarna gevolgd door nog twee, die een brancard droegen. Tim werd geboeid afgevoerd door de agenten. Arjan keek toe hoe ze hem sommeerden mee te lopen. Heel even ving zijn blik die van de jongen. Arjan had moeite om te duiden wat daarin te lezen stond.

Terwijl vier ambulancemedewerkers hun uiterste best deden om Judith te redden, haalde Arjan zijn mobiele telefoon uit zijn zak. Hij liep naar de huiskamer en bleef daar even staan om op adem te komen. Zijn vinger zweefde boven het nummer. Een paar seconden lang sloot hij zijn ogen, toen rechtte hij zijn rug en tikte het telefoonnummer aan. Er werd meteen opgenomen.

'Mandy...' Tot zijn eigen verbazing merkte Arjan dat het hem plotseling moeite kostte om te praten. Hij slikte een paar keer ferm voor hij zijn stem hervond. 'We hebben je zus gevonden.'

Mandy had geen idee hoe laat het was. Buiten was het donker, dus het moest avond zijn, of nacht. Binnen werd haar leven beheerst door het krijtwitte gezicht van haar zus en de regelmatige piepjes van de apparaten waaraan ze was verbonden.

INTENSIVE CARE, had Mandy in het voorbijgaan op een bord zien staan. Ze wilde daar niet te veel gedachten aan wijden. Ja, het was ernstig. Dat hadden de artsen ook duidelijk gemaakt. Alle termen die voorbij waren gekomen, zweefden door Mandy's hoofd. Hartfalen, coma, kritiek... Ze had het allemaal gehoord, ze had geknikt, ze had haar moeder opgevangen. Maar ze weigerde om al die woorden bezit van haar te laten nemen. Judith was sterk. Judith zou vechten. Judith moest erbovenop komen. Er was gewoon geen andere optie.

De uren regen zich aaneen. Mandy zat daar maar, naast dat grote bed met al die apparatuur eromheen. Onophoudelijk hield ze Judiths hand vast en praatte ze zacht tegen haar zus. Haar moeder zat afwisselend aan de andere kant van het bed of op de meer comfortabele stoel in de hoek van de kamer. Robin redderde voortdurend met koffie en water en wist midden in de nacht ergens broodjes vandaan te halen, die onaangeroerd bleven liggen.

En toen het eerste licht van de ochtend zich aandiende en Mandy tegelijkertijd doodmoe was en stijf stond van de adrenaline, voelde ze het. Een minuscule beweging tegen haar hand. Heel zacht, bijna onmerkbaar, maar toch onmiskenbaar. Meteen veerde ze op. 'Judith?' vroeg ze, haar stem schor. 'Juud?'

'Wat?' Haar moeder schrok op. 'Wat is er?'

'Ik voelde haar hand bewegen.'

Met z'n tweeën bogen ze zich over haar heen. Praatten tegen haar. Streelden over haar haar. En toen voelde Mandy het weer, deze keer duidelijker. 'Ze gaat het redden, mam', zei ze, terwijl de tranen over haar wangen stroomden. 'Ze gaat het echt redden.'

Hoofdstuk 19

'Tante Judith, kijk!' Met haar armen wijd rende Lize tegen de wind in, waarbij ze bijna naar achteren werd geblazen. Golven spoelden rond haar voeten en ze gilde van plezier.

'Goed zo, lieverd!' Judith stak haar duim op. 'Nu met de wind mee!'

Lize draaide om en rende een eindje vooruit, om daarna weer om te keren. 'Gek om hier te zijn, vind je niet?' vroeg Mandy.

Judith knikte. 'Maar ook goed. Het is alsof we het moesten afsluiten met elkaar, voor zover dat ooit mogelijk zal zijn. En dat moet hier gebeuren.'

Het was vreemd hoe snel en langzaam de tijd ging, op hetzelfde moment. Het was al herfstvakantie, vier maanden nadat het allemaal was gebeurd. Fysiek was Judith goed hersteld, mentaal kreeg ze nog steeds de hulp die ze nodig had. Inmiddels had ze haar werk weer opgepakt en ging ze door met haar leven, maar Mandy wist dat de ervaring haar zus had veranderd. Zorgeloos over straat, vertrouwen hebben in andere mensen – het zou haar lange tijd, of misschien voor altijd, meer moeite kosten.

Zwijgend stapten ze naast elkaar voort over het zand. Vandaag waren ze aangekomen in Zandvoort, een plek waar zoveel herinneringen lagen dat Mandy nog altijd een klem om haar maag voelde als ze de plaatsnaam alleen maar hoorde. Ze had zich aanvankelijk verzet tegen het idee van haar moeder om in de herfstvakantie met elkaar naar deze plek te gaan. Maar hoe langer ze erover had nagedacht, hoe meer ze zich ervoor had opengesteld. Haar moeder wilde het erg graag, Judith had ingestemd en ook Robin had gezegd dat het hem een goed idee leek. Nadat het allemaal was gebeurd, hadden ze zowel met elkaar als ieder individueel in een rollercoaster gezeten. Mandy had soms het idee dat ze zichzelf voorbijliep in haar pogingen er altijd voor haar moeder en haar zus te zijn. Tegelijkertijd kon ze hun pijn niet wegnemen, dat kon alleen de tijd, en zelfs die niet helemaal. Een deel zou altijd blijven. Een deel dat de ruwe waarheid omvatte, dat ze jarenlang een moordenaar als familie hadden beschouwd. Dat een vrouw die niets anders had gedaan dan haar hart verliezen en proberen te verdedigen wat in haar ogen van haar was, dat met de dood had moeten bekopen. Die waarheid was zo groot en zo donker, dat Mandy er nog steeds niet goed mee om kon gaan. Laat staan dat ze kon voelen hoe dit voor haar moeder moest zijn. Niet alleen omdat ze haar leven had gedeeld met een monster, ook omdat Cornelis inmiddels had verklaard dat het vooral het geld van Elly was waar hij op uit was geweest. Hij had zijn leven wel degelijk met Janne Govers willen delen, maar dat hij door de bruiloft uiteindelijk toegang kreeg tot de vele tonnen die Elly sinds het overlijden van haar man op de bank had, was voor hem een te grote verleiding geweest. Daarom had hij het gedaan, zei hij nu. Daarom had hij voor Elly gekozen en zich van Janne ontdaan. Het voelde voor Mandy nog steeds als een wrange genoegdoening dat haar moeder nooit een big spender was geweest en dat ze Cornelis al helemaal geen carte blanche had gegeven wat betreft haar bankrekening.

Mandy keek naar de duinen. Iets verderop, richting het noorden, was de plek waar de resten van Janne Govers waren gevonden. Die dag was gitzwart geweest. Op aanwijzen van haar stiefvader was de politie gaan zoeken en al snel hadden ze de eerste botten meters onder het zand vandaan gehaald. Haar moeder was letterlijk ingestort bij dat bericht en Mandy en Judith hadden de huisarts laten komen, die haar iets kalmerends had voorgeschreven. Dat had Elly slechts één keer gebruikt. Gek genoeg leek ze zichzelf daarna vermand te hebben. Mandy had bewondering voor de kracht waarmee haar moeder het leven weer had opgepakt. 'Dertien jaar is lang om aan iemand te verspillen', had ze gezegd. 'Met elke dag die daarbij komt, doe ik mezelf tekort.'

Nu liep Elly naast Robin, een meter of tien voor haar

en Judith. Mandy kon niet horen waar ze het over hadden. De laatste tijd was het veel over de rechtszaak gegaan, die voor het eind van het jaar zou beginnen. De verwachting was dat Cornelis voor alles wat hij had gedaan, een zware gevangenisstraf boven het hoofd hing. Vooral Judith volgde de zaak op de voet en hoopte dat het Openbaar Ministerie heel hoog zou inzetten. Ondertussen hield ze zich ook bezig met de juridische kant van de scheiding, die hun moeder had aangevraagd. De verwachting was dat de rechter die zeer binnenkort zou uitspreken. Hopelijk zou dat weer een stapje verder zijn naar het punt waarop ze dit allemaal achter zich konden laten. Al zou dat misschien pas gebeuren als ook Tim was berecht.

De verwachting was dat ook hij een gevangenisstraf zou krijgen en dat hij daarnaast een traject van verplichte hulpverlening in ging. Niemand had ooit gemerkt hoe slecht het werkelijk met hem ging, na een jeugd in pleeggezinnen en ouders die hem hadden afgestoten. Nu hij halverwege de twintig was en op zichzelf aangewezen, had hij lange tijd weten te maskeren dat hij het leven helemaal niet aankon. Zijn lage IQ in combinatie met zijn extreme verlatingsangst, was een gevaarlijke combinatie geworden. En omdat Judith altijd vriendelijk voor hem was, had hij bedacht dat zij degene was met wie hij zijn leven zou delen. Hij was er echt van overtuigd geweest dat die wens wederzijds was, zeker nadat ze hem een keer in de stad was tegengekomen en een ijsje met hem had gegeten.

'Ik vond het sneu voor hem', had Judith later aan Mandy uitgelegd. 'Hij liep daar maar, verloren, met zijn ziel onder zijn arm. En dus bood ik dat aan, zonder daarbij ook maar te vermoeden dat hij er meer achter kon zoeken.'

Toen Judith, terwijl ze op haar auto wachtte, berichten met David had uitgewisseld, was Tim achterdochtig geworden. 'Wie is dat?' had hij gevraagd en Judith, zich van geen kwaad bewust, had met een glimlachje geantwoord dat ze dat zelf ook nog niet wist, maar wel graag wilde weten. In Tims hoofd was het vanaf dat moment helemaal fout gegaan. Nadat Judith ook had verteld dat ze op een korte vakantie naar Zandvoort ging, had hij automatisch aangenomen dat ze daar met haar nieuwe lover zou zijn. Hij had – zo bleek uit het rechercheonderzoek – gegoogeld op 'ontvoeren in Zandvoort' en was bij de zaak van Janne uitgekomen. Hopend dat hij hierin een handleiding kon zien voor hoe hij dit moest aanpakken, was hij het bewuste boekje gaan kopen. Toen dat hem geen duidelijkheid had verschaft, had hij besloten om dan maar op zoek te gaan naar Judith. Die middag had hij haar op het strand gevonden en daarna was hij haar gevolgd naar de villa. 's Avonds was ze naar buiten gegaan en had Tim besloten haar opnieuw te volgen. Toen zij op het verlaten strand wandelde, had hij haar vastgegrepen en meegenomen naar zijn auto, die op een stille parkeerplaats stond. Judith kon zich herinneren hoe ze daar waren aangekomen, daarna zat er een gat in haar geheugen, tot ze bij Tim thuis weer bij kennis kwam. In de tussentijd had Tim haar per ongeluk of met opzet een fikse hoofdwond bezorgd toen hij haar in de achterbak van zijn auto had gelegd en daar had vastgebonden. Onderweg naar zijn huis was hij langs de villa gereden. In een opwelling had hij verzonnen om iets van het bloed aan zijn handen af te vegen aan een bij de villa geparkeerde auto. 'Op tv of zo', had hij bij de politie verklaard hoe hij op het idee was gekomen dat te doen. 'Dan denken ze dat iemand anders het heeft gedaan.'

Het ongelukkige toeval wilde dat hij daarvoor de auto van Mandy had uitgekozen.

De politie dacht niet dat Tim echt de intentie had gehad om Judith te vermoorden. Hij wilde haar hebben, dat wel. En daarvoor had hij een extreme manier bedacht.

'Hij is alleen te beperkt om te begrijpen dat voor haar een gebrek aan insuline levensgevaarlijk kan zijn', had Arjan Dalstra gezegd.

Toen het heel slecht ging met Judith, was Tim er daarom op uit gegaan haar insuline te halen. Toen hij terugkwam in zijn huis, trof hij Judith al bewusteloos aan. Daarop had Tim haar veel te veel insuline gegeven, wat haar ook bijna haar leven had gekost. 'Een paar uur later en ze was er niet meer geweest', hadden de artsen in het ziekenhuis gezegd. Mandy wilde daar niet aan denken, en toch beheerste dit nog vaak genoeg haar gedachten.

Robin en Elly hielden hun pas in. Robin keek om en glimlachte even naar Mandy. Gaat het, leken zijn ogen te vragen, en Mandy knikte. Als ze iets moois moest noemen dat was voortgekomen uit de hele situatie, was het dat ze nu echt helemaal zeker wist dat ze haar leven met Robin wilde delen. Het was ongelooflijk hoe hij haar had gesteund en hoe hij altijd precies wist wat ze nodig had.

Terwijl hij zelf ook genoeg aan zijn hoofd had gehad. Mandy keek even naar Lize. Met Eva hadden ze ook een turbulente tijd achter de rug. Toen ze had begrepen dat haar dochter al die tijd regelmatig in de buurt van een moordenaar had verkeerd, was ze razend geworden. Ze had via de rechter geprobeerd om Robin uit de ouderlijke macht te zetten, wat natuurlijk was mislukt. Gek genoeg leek ze zich daar uiteindelijk bij neer te hebben gelegd, al kon Mandy onmogelijk zeggen dat er sprake was van een warme band. Maar de verstandhouding was enigszins genormaliseerd, en dat was onder de omstandigheden heel wat.

Dat de spanning iets was afgenomen, had Mandy ook wat meer vertrouwen gegeven in de toekomst. Genoeg vertrouwen waardoor ze vorige week eindelijk de knoop had doorgehakt. 'Laten we samen een kindje krijgen', had ze tegen Robin gezegd, en bij de herinnering aan de blik in zijn ogen maakte haar hart weer een sprongetje.

Mandy was zo in gedachten verzonken geweest, dat ze nu pas opmerkte dat Judith druk was met haar telefoon. 'Wat?' vroeg Mandy toen ze haar zus zag glimlachen. 'Iets leuks?'

Haar zus leek even te aarzelen. 'Weet je nog dat ik me op een datingsite had ingeschreven? En dat ik na de vakantie een afspraak zou hebben?'

Mandy knikte. 'De politie heeft die man nog opgespoord, maar hij had er niets mee te maken.'

'Nee, klopt.' Judith staarde even in de verte. 'Ik kreeg een berichtje van hem dat hij het nieuws had gevolgd en had gezien dat ik was gevonden. En dat hij hoopte dat het goed met me ging.' Ze zweeg even. 'Er stond ook in dat hij moeite had mij uit z'n hoofd te zetten, ook al hadden we elkaar niet ontmoet.'

'Echt?' Mandy glimlachte. 'Wat een lief bericht.'

'Dat vond ik ook, dus ik stuurde terug dat het goed met me ging en zo raakten we aan de praat. We hebben tot diep in de nacht zitten chatten en al snel ging het helemaal niet meer over mij, maar over van alles en nog wat. We bleken over zoveel dingen hetzelfde te denken.'

Mandy keek opzij naar haar zus. Judith beantwoordde haar blik niet, maar hield haar ogen gericht op hun voeten, die in hetzelfde ritme over het zand voortstapten. Heel even durfde Mandy een blik in de toekomst te werpen. Een lieve man voor Judith, een kindje van haar en Robin, haar moeder die erin slaagde haar leven weer op te pakken en wie weet opnieuw de liefde vond – als het allemaal zou uitpakken zoals ze hoopte, stond hun ondanks alles nog zoveel moois te wachten.

LINDA VAN RIJN
PISTE ALARM
LINDA VAN RIJN
BLUE CURAÇAO
LINDA VAN RIJN
WINTER CHALET
LINDA VAN RIJN
DE JAARCLUB
LINDA VAN RIJN
ZOMERHUIS
LINDA VAN RIJN
WINTERWERELD

10 jaar Linda van Rijn

In juni 2021 verschijnt de 27^e^ thriller: *Provence.*

JUBILEUMUITGAVE, € 10,-

Bloedkoraal

€ 15,-

Strandslag

€ 15,-

Zoutelande

€ 15,-

Ibiza Club

€ 10,-

Costa Brava

€ 6,-

Bestemming Bonaire

€ 6,-

Zomernacht
€ 6,-

Casa Ibiza
€ 6,-

Winterwereld
€ 6,-

Zomerhuis
€ 6,-

Winterzon
€ 6,-

Zeezicht
€ 6,-

De jaarclub

€ 6,-

Vive la France

€ 6,-

Ski resort

€ 6,-

Villa Toscane

€ 6,-

Off piste

€ 6,-

Viva España

€ 6,-

Winter chalet

€ 6,-

Blue Curaçao

€ 6,-

Piste alarm

€ 6,-

Last minute

€ 6,-

Vakantievrienden

€ 6,-

Voetbalvrouwen

€ 6,-

Lezers van Linda van Rijn lezen ook graag
Mariëtte Middelbeek

Vier vriendinnen, die elkaar kennen van de middelbare school, zoeken weer contact nadat in de duinen van Bloemendaal het lichaam van de vijfde vriendin uit het groepje wordt gevonden. Maar voor ze elkaar hebben ontmoet, slaat het noodlot ongenadig toe.

Flashback, € 6,-

Als haar driejarige dochter Bibi wordt ontvoerd, begint voor Lena een verschrikkelijke nachtmerrie. Is het geld waar de ontvoerders op uit zijn, of is er iets heel anders aan de hand?

Revanche, € 6,-

Colofon

Redactie: Karin Dienaar
Omslagontwerp: Riesenkind
Omslagbeeld: Unsplash | Cody Black
Zetwerk: Mat-Zet bv, Huizen
Druk: Wilco

Eerste druk april 2021

ISBN 978 94 6068 466 1
E-ISBN 978 94 6068 740 2
NUR 305

Uitgeverij Marmer BV
De Botter 1
3742 GA BAARN
T: +31 649881429
I: www.uitgeverijmarmer.nl
E: info@uitgeverijmarmer.nl

www.lindavanrijn.nl
@lindavanrijnthrillers
@lindavanrijnthrillers